감꽃 길
시골하우스

감꽃 길
시골하우스

제1판 1쇄 2023년 11월 9일

지은이 이영희
펴낸이 이경재
책임편집 비비안 정

펴낸곳 도서출판 델피노
등록 2016년 8월 11일 제2020-000082호
주소 서울시 양천구 신정중앙로 86, 덕산빌딩 5층
전화 070-8095-2425
팩스 0505-947-5494
이메일 delpinobooks@naver.com
ISBN 979-11-91459-73-9 (03810)

이영희 장편소설

감꽃 길
시골하우스

델피노

목차

서문 / 7

서문

사랑하는 조카들
도현, 은희, 은미, 하겸, 하은, 주희, 예희
그리고
세상의 모든 다음 세대들이
이 글과 같은 세상에서
이 글의 사람들처럼 살아갈 수 있기를!

6월에 내린 눈

브라프가 이 모든 일의 시작이었다. 하지만 아무도 그 속내는 짐작조차 할 수가 없었다. 사냥을 하는 날렵한 몸매, 비에 젖어 번들거리는 검은 털, 잘 뻗은 네 다리, 위협인지 경계인지 으르렁대는 소리. 폭우 속 흐릿하긴 했지만 분명 늑대였다.

조금 전 하유가 내린 시골 마을은 고즈넉했었다. 비에 젖은 2차선 도로 양옆으로 단층 건물들만이 늘어섰을 뿐. 간이 정류장 옆 샌드위치 판넬 지붕의 두 건물은 <수곡 헤어샵>, <대천 식육식당> 산자락을 등진 뒤쪽으로는 <수곡 보건지소> 간판이 보였다.

하유는 정류장 맞은편 <수곡 슈퍼>를 응시하며 도로를 건넜다. 작은 가게 안의 중년 여인이 빨간 파리채를 들고 이방인이 분명한 하유를 응시했다. 하유는 목례를 건넸고 여주인은 파리채를 휘두르는 것으로 답례를 했다.

정은이 말했던 <평안 산장>은 슈퍼 쪽 길 끝에서 입간판으로 제 존재를 드러냈다. 글자 아래 표시된 화살표가 왼쪽을 가리키고 있었다. 꺾어 들어온 외줄기 길의 한쪽은 밭이고 반대쪽은 산자락인 완연한 자연이라서 도로변에는 단층 건물 하나 나오지 않았다.

비가 다시 퍼붓기 시작했다. 하유는 속절없이 젖어들 수밖에 없었다. 목덜미를 타고 들어온 빗물에 등 뒤가 서늘했다. 산그늘까지 겹치자 기온은 싸늘해서 체온이 급격히 곤두박질치며 시야가 흐려졌다. 순간 벌거벗은 상체로 제게 다가오던 남자가 떠올랐다. 구토를 달래 준 것은 그나마 멀리 떠나왔다는 위로였다.

이윽고 저만치에 잘 닦인 오르막길이 나타났다. 위쪽으로 건물의 모습도 보였다. 드디어 평안 산장인가 보다. 반가운 마음에 하유의 걸음이 빨라졌다.

오르막길은 양쪽이 감나무 가로수였다. 정은이 평안 산장은 감 농장도 겸하여서 하고 있다고 했다. 가지마다 갓 부화한 새끼 문어들처럼 발을 벌린 감꽃이 오종종 매달렸다. 빗방울들은 문어의 빨판이 되어 동그랗게 맺혔다. 어지러운 시야에도 참 다정해 보였고 발걸음이 한층 빨라졌다.

하지만 조금 전, 그 걸음은 멎고 말았다. 바로 늑대가 나타난 탓이었다. 정체를 확인한 순간 하유의 동공이 진도 3으로 진동을 했다. 하유는 뒷걸음질을 쳤다. 하지만 검은 늑대는 하유가 멀어진 딱 그만큼 다가섰다.

"저리 가!"

얼레 보았다. 하지만 늑대는 멈출 기미가 없었다. 하유는 몇 발 더 물러섰다. 비틀거리던 걸음은 결국 길가까지 밀려났고 돌부리에 걸려 엉덩방아를 찧었다. 그 과정에서 발목마저 삔 모양이었다. 시큰거리는 통증이 물안개처럼 피어올라 왔다. 그래서 몸을 일으킬 수가 없었다.

"도와주세요! 여기 사람이 있어요."

소리를 지른다고는 했지만, 추위와 공포심에 얼어붙은 입술이 마음대로 움직이질 않았다. 어지러움은 한층 더 잠식해 들어왔다. 늑대쪽으로는 쳐다볼 엄두도 못 내고 있는데 늑대가 뛰어오는 소리가 들렸다. 날렵한 달리기에 튀어 오르는 빗방울 소리는 공포영화의 배경음악이었다.

눈앞에서 연노랑 감꽃들이 빙빙 돌았다. 곧 초록색 이파리들도 한 모양으로 섞여들었다. 하유는 비명을 내질렀고 결국 정신을 잃고 말았다.

샤워를 마치고 나온 시곤은 하유가 누운 반대편 창가에 자리했다. 입자가 굵은 쌀가루를 쏟아붓는 듯한 빗소리가 6월을 두들겨대는 중이었다. 시골 마을에 내리는 국지성 호우는 어김없이 폭군이었다.

브라프는 하유의 아래에 몸을 붙이고 누워 있었다. 이 사달을 내놓고는 아무것도 모르오! 뻔뻔하기 짝이 없는 얼굴이었다. 브라프는 그림을 그리던 시곤의 옆에 얌전히 앉았다가 한순간 뛰쳐나갔다. 빗발이 거세지고 있는 터라 시곤은 뒤를 따라 나갈 수밖에 없었다.

곧 비명이 들렸다. 시곤이 우산까지 집어던지고 다가가 보니 하유가 발목을 움켜쥔 채 널브러져 있었다. 브라프는 하유의 상체에 얼굴을 붙인 채 안절부절 꼬리를 흔드는 중이었다. 시곤은 곧바로 하유를 업었고 브라프는 제 목에 하유의 배낭을 걸어 멨다.

거실의 침대 겸용 소파에 하유를 눕혔고 전기장판과 보온담요, 커다란 수건도 깔았다. 권숙이 옷을 갈아입혔고 시곤은 잘 마른 장작을 가져와 난로 속으로 던져 넣었다. 보건소에라도 갈까 했다. 하지만 권숙이 비탈길에 차가 미끄러지기라도 하면 더 낭패라고 만류하였다. 체온도 차츰 올라가고 혈압계에 떠오른 수치가 안정적이라 시곤도 고집을 부리지는 않았다. 그게 벌써 2시간이 훌쩍 지났다.

시곤은 창틀에 몸을 기대고 팔짱을 낀 채 하유를 응시했다. 감은 두 눈에 드리운 새까만 속눈썹과 적당한 높이로 솟은 콧날에 단정히 맞물린 입술. 문득 자신이 아는 얼굴이라는 사실이 기억을 헤집고 나왔다. 그림이나 갤러리와 관련이 있는 사람일까? 아니면 한 다리 건너 인사를 나누었던 사람일까? 물음표를 느낌표로 바꾸려고 애를 써 보았지만, 물음표는 혼자 바깥의 빗속 흐린 풍경 속에 서 있었다.

❀ ❀ ❀

작년 7월, 은순의 영정 앞이었다. 검정 상복과 대조된 하유의 얼굴은 애통을 머금은 창백한 국화꽃이었다.

하유는 새 동화를 계획하며 배경이 되는 진주 내촌호수마을을 은순과 함께 찾아갔다. 내촌호수마을은 진주의 인공 호수인 진양호 언저리에 자리한 마을이었다. 원래는 전형적인 농촌 마을이었는데 남강댐이 들어서고 진양호에 수몰되면서 새롭게 조성이 되었다. 물 사랑 교육농장, 삼림욕장, 등산로 등을 둘러보았다. 통나무집 펜션에서 하룻밤 숙박까지 하고 돌아오는 길이었다.

유난히 바람이 세었다. 하유는 국도변의 편의점 앞에 차를 세우고 음료수를 사서 은순에게 건넸다. 은순은 챙이 넓은 모자를 한 손으로 잡은 채 음료수를 마셨다.

하유는 편의점으로 다시 돌아가 간식거리도 샀다. 그리고 그때 은순의 모자가 바람에 날려갔다. 은순은 모자를 주우려 국도로 나갔고 잠시 후 급 브레이크 소리가 들렸다. 막 편의점을 나서던 하유의 손에서 간식거리들이 떨어져 나뒹굴었다.

　딱 한 번 눈을 뜨고 딱 한 마디의 유언만을 남긴 채 은순은 응급실에서 세상을 떠났다.

　"쯧! 아버지 여읜지 얼마나 됐다고? 양친이 앞서거니 뒤서거니 세상을 떠나누만."

　"가여워서 어쩌누? 형제 하나 없이 이제는 혈혈단신이네."

　"야무진 아이니까 곧 정신을 차리겠지."

　"제 이모가 힘이 되어 줘야 할 텐데."

　하유의 처지를 가여워하는 음성들이 들려왔다.

　"지순이라고 마냥 마음이 편하겠어? 저 애 탓에 하나뿐인 언니를 잃었는데."

　"무슨 말을 그렇게 해? 때가 닿아 된 일을 왜 애먼 애를 잡아?"

　"저 애가 아니었으면 이런 일이 있었어? 제 글 쓴답시고 답사를 갔다가 사고가 났다며?"

　"사고를 인력으로 하는가?"

　"그야 모를 일이지. 저 아이가 불운을 몰고 다니는지도. 저 나이에 한 해에 부모를 다 잃는 게 어디 예삿일이야!"

　고의로 흠집을 내는 말들도 하유에게 들리고도 남았다. 처음 본 일가들이었다.

　"넌 꼴사납게 영정 앞에서 청승만 떨고 자빠져 있을 거야?"

　지금까지와는 차원이 다른 말투가 떨어져 내렸다. 고개 숙인 하유의 시야에 다른 상복의 치맛자락이 들어왔다.

"손님 접대는 나 혼자 한다니? 하여튼 나이는 먹을 만큼 처먹고도 애가 눈치가 없어요. 봐라! 니가 이러니까 니 엄마 아빠가 숨이 막혀서 다 죽은 거야."

이모인 지순이 나직이 악다구니를 퍼부었다.

"아주 고마운 네 덕분에 나도 의지가지 하나 없는 고아가 되어 버렸네."

"엄마! 이 계집애가 입은 달라붙기로 작정을 했나 봐! 그럼 이번 참에 니 엄마 따라서 너도 숨이 꼴딱 넘어가 버리던지."

동갑내기 사촌인 유라가 옆에서 거들었다.

"이러니 항상 나 혼자서 덤터기를 쓰는 거야. 내가 미쳐, 정말!"

하유가 미동조차 없자 지순은 제 가슴을 표나게 두들겼다.

"엄마, 이 계집애가 넋까지 나갔어."

유라는 하유의 모습이 재미있어 죽으려고 했다.

"그래도 지 엄마 은혜는 아는 모양이야."

"그것마저 모르면 사람도 아니고 짐승이게."

"여하유, 짐승 맞잖아. 머리 검은 짐승."

유라는 혀를 내밀었다. 그들의 말은 쇠꼬챙이로 변해 하유를 후벼 팠다. 하지만 하유는 영정 사진만 응시했다. 이윽고 둘은 조문객들 쪽으로 멀어져 갔다.

"죄송해요. 하유가 나서서 접대를 해야 하는데, 저 가여운 게 경황이 없나 봐요."

지순의 말은 음색이나 톤이 판이하게 달라졌다.

"그냥 둬. 지 마음이 지금 지 마음이겠어?"

5촌 당숙의 대꾸였다.

"마음이 아프고 불쌍해서 차마 못 보겠네요."

"그러니까 너라도 힘을 내야지. 유라 너도 나이가 같으니 잘 다독여 주고."

5촌 당숙은 물론 조문객 중 그 누구도 조금 전의 일은 상상하지 못했다.

"장례식 내도록 옆을 지켰는 걸요. 하지만 마음이 아파 하유의 얼굴을 못 보겠어요."

유라는 거짓 울음소리마저 지어내었다.

"그러니까 너희들의 역할이 더 큰 거잖아."

"이런 상황에 무슨 말이 위로가 되겠어요? 그저 따뜻하게 안아주는 수밖에요."

"맞아요. 넋 놓지 않고 버텨주는 것만도 저희는 감사하죠."

이번에는 지순과 유라의 합동 울먹임이 하유를 후벼 팠다.

'엄마!'

하유는 입술을 틀어막고 눈을 감았다. 속으로만 부르는 이름이 눈물과 함께 흘러내려 상복의 치맛자락을 적셨다.

❀ ❀ ❀

꿈은 끝이 났다. 그리고 꿈과는 다른 포근한 온기에 하유는 눈을 떴다. 제일 먼저 기름칠이 잘 된 목재로 서까래를 해 넣은 나무 천장이 보였다. 낯선 풍경이지만 또 왠지 낯익었다. 고개를 옆으로 돌려 보았다. 풍경만큼이나 낯선 시곤이 어둑어둑 비 내리는 창을 배경으로 서 있었다.

"이제 정신이 든 겁니까?"

시곤이 물었다. 하유가 답을 못하고 있는데 아래쪽에서 컹! 개 짖는 소리가 났다. 짙은 흑색의 몸체를 한 개 한 마리가 소파에 몸을 붙이고 엎드려 있었다.

"그 아이의 이름은 브라프예요. 미안합니다. 브라프는 아마도 그쪽을 도와주려던 모양인데 본의 아니게 놀라게 해 버렸네요."

시곤이 하유에게 사정을 설명해 주었다.

"비명을 듣고서 큰일이 난 줄 알고 정말 걱정했습니다."

"죄송해요. 저는 빗속에서 잘못 보고 꼭 늑대인 줄 알았어요."

하유는 그제야 브라프가 아까의 늑대라는 것을 알아차렸다. 아무리 큰 충격에다 폭우까지 맞았다지만 어떻게 도베르만을 늑대로 착각할 수가 있었지?

"브라프, 안녕. 너도 많이 놀랐겠다."

하유가 몸을 일으키자 몸을 덮고 있던 보온담요가 소파 아래로 떨어졌다. 남성용 화장품의 감귤 향이 풍겼다.

"좀 더 누워 있어요."

"아니에요. 이미 큰 폐를 끼쳤는걸요."

브라프는 보온담요를 물어 하유의 다리를 다시 덮어 주었다. 칭찬이라도 바라는 듯 머리를 들이밀어서 하유는 쓰다듬어 주었다.

"춥다거나 어디가 불편하지는 않아요? 업고 급히 뛰기는 했는데 비를 많이 맞아서."

"집안이 따뜻해서 괜찮아요."

그가 정신을 잃은 저를 업고 오르막길을 올라왔을 것이 분명했다. 저의 은인.

"병원으로 갈까도 했는데 비가 너무 오고 체온을 올리는 게 먼저라."

하유는 제가 입은 옷을 내려다보았다. 낯선 옷이었다.

"저희 일을 봐주시는 이모님이 이모님의 옷을 갈아입힌 겁니다."

"그럼 그쪽 분이 평안 산장의 사장님이신가요?"

"평안 산장이요?"

고개를 갸웃거린 시곤은 그제야 하유의 가까이로 다가와 섰다.

"여기는 개인 소유의 농장인 시골하우스입니다. 평안 산장이라면 반대편 쪽이죠."

"그럴 리가 없는데. 제가 분명 평안 산장이 이쪽이라는 입간판을 봤어요."

"그래요? 어찌 된 일일까요?"

"우찌 된 일이긴? 필시 정류소 부락 개구쟁이들의 소행이제. 와 죄 없는 이정표를 걸핏하믄 반대로 돌려놓는지 도디체 알 수가 없다니께."

권숙이 때마침 주방에서 나왔다. 손에는 김이 오르는 죽 그릇이 담긴 쟁반을 들었다.

"이모님이신 모양이네요. 안녕하세요? 길을 잘못 들어와서 신세를 졌습니다."

하유는 자동으로 몸을 일으켰다. 하지만 세미한 발목 통증에 다시 주저앉고 말았다.

"아서! 넘어지믄서 발목을 삐끗한 모양인디."

권숙은 죽 쟁반을 내려놓으며 하유의 어깨를 토닥였다.

"이거 먼저 묵고 나믄 발목은 내가 봐 줄 것이여. 발목을 쥐고 쓰러져 있었다고 시곤이 저 사람이 얘기하던디. 쫌만 참어. 생 치자를 찧어 가 밀가루떡을 만들어 붙이믄 그만헌 단방약은 없응께"

하유는 순간 저 남자의 이름이 시곤이로구나! 생각했다.

"크게 다치지 않았어요. 감사합니다. 연거푸 신세를 지네요."

"무신 그런 말을? 우리가 걱정을 많이 했는디 빨리 정신을 차리 죠 고맙제."

"끓여주신 죽이니 맛있게 먹고 곧 정리해 떠나도록 하겠습니다."

"그것도 아서! 비도 퍼붓고 날도 어둡어. 내가 손님방을 치아 뒀으 니께 오늘은 여기서 머물도록 혀."

"그렇게까지 신세를 질 수는 없어요."

낯설고 어두운 시골길을 혼자 더듬어 내려가기는 싫었다. 하지만 이들의 친절을 덥석 받아들 수도 없는 노릇이었다.

"암만 가고 싶어도 지끔은 몬 가. 이 시간에 이 비를 뚫고 그 몸으 로 가다가는 탈나."

시골 인심도 예전 같지는 않다는데 산자락에 사는 사람들은 산을 닮아서 넉넉한 마음을 가졌나 보았다.

"브라프, 니 죄를 니가 알겠제? 니 때문에 이 아가씨가 참말 큰일 날 뻔했어."

권숙이 브라프에게 알밤을 먹이는 시늉을 했다.

"자! 군소리는 그만 허고 죽일랑 얼른 먹떠라고. 우리는 방에 있을 텐께 필요한 기 있으믄 부리고."

하유가 죽을 편히 먹을 수 있게 배려해 주는 마음이었다.

"동네 조무래기들은 단디 일러놓으라꼬. 내랑 우리 냥반 말은 귓등 으로도 안 듣잖여."

권숙이 시곤과 방 쪽으로 가며 투덜거렸다.

"그냥 두세요. 그러니 아이들이지요."

"시곤이가 자꾸 그랗게 이정표도 예사 돌리놓고 농장에도 번번이 침범을 하는 기여."

"저는 시골하우스의 주인이 아닙니다. 땅의 주인은 땅일 뿐, 인간이 영원히 소유할 수는 없는 법이죠."

"하여간 태팽한 소리는."

이윽고 권숙과 시곤의 모습이 방안으로 사라졌다.

하유는 그러나 죽을 한 숟갈 뜨기만 하고 그 뒷모습을 계속 눈에 담고 있었다. 은순이 세상을 떠난 이후로 늘 추웠던 삶이었다. 매일 얼음이 얼고 얼음이 갈라지는 소리에 가슴에도 금이 갔다. 모자, 목도리, 장갑으로 막아낼 수 있는 추위가 아니었다.

하지만 시곤의 감귤 향이 묻은 보온담요, 권숙이 끓여 온 죽, 제 옆을 지키고 누운 브라프, 잔잔한 온기, 따스한 손길들, 오래 제 기억의 한 장을 차지할 시골하우스에서의 찰나들. 그러자 오늘 아침의 끔찍했던 순간마저 단숨에 위로를 받는 기분이었다.

"따뜻해. 너무 따뜻해. 고맙습니다. 정말 감사해요."

절로 이런 말이 흘러나왔다. 죽 한 모금을 입에 머금자 하유의 눈가가 떨렸다.

하유는 꿈 한 자락 없이 다디단 잠을 잤다. 어제도 정신을 차리기까지 꽤 긴 시간을 잤는데 시골하우스는 그동안의 불면을 모두 갚아주었다. 하유는 방에 딸린 욕실에서 샤워를 하고 제 옷으로 갈아입었다.

거실로 나온 하유를 맞아준 것은 밥 냄새였다. 공해 없는 햇살은 유리창을 통해서 내려앉고 식욕을 자극하는 밥 냄새는 은순의 것과 닮았다. 평화로웠다.

"일어났어요?"

시곤은 신문을 보고 있었다. 저보다 서너 살쯤 많아 보이는 시곤이 신문을 펼쳐 들고 있는 모습도 아침의 평화에 한 몫을 차지했다.

"잠자리가 불편하지 않았어요? 다친 곳은 어때요?"

"눈 한 번 안 뜨고 잘 잤어요. 발목은 말끔히 나았고요."

"다행입니다."

권숙은 어제저녁 치자를 으깨어 반죽한 밀가루떡을 하유의 발목에 붙여 주었다. 샤워를 하려고 붕대를 풀어보니 통증과 붓기는 사라지고 퍼런 멍만이 나와 있었다.

"머 한다꼬 벌씨로 일어났어?"

권숙은 하유가 들어선 주방에서 분주하게 움직이는 중이었다.

"신세만 졌는데, 밥 차리는 거라도 도우려고요."

보나 마나 아침을 먹지 않고는 보낼 사람들이 아니었다. 하유는 식사를 사양하느니 차라리 준비를 돕는 쪽을 택하였다.

"아서! 다친 손님을 내가 머 한다꼬 부리 먹을까?"

"덕분에 말끔히 나은 걸요."

"내가 말리믄 서로 신간스럽겠제? 알았어. 그라믄 식탁에 수저 네 벌 놓고 저 짝 밥솥에서 밥만 좀 퍼 죠."

"수저를 네 벌이요?"

"우리집 냥반이 새백겉이 와 있거등. 지끔 브라프 배변을 보이러 나간 길이여."

종학은 풍성한 머리칼에 말수가 적은 초로의 남자였다. 그래도 네 사람의 식사 시간은 전혀 어색하지 않았다. 권숙이 연신 반찬을 덜어 하유에게 건네며 살뜰히 챙겨준 덕분이다. 하유는 이래 빼빼 말라서 우떡할라냐는 말을 제일 많이 들었다. 브라프는 현관 입구에서 제 몫의 사료를 우아하게 삼켰다.

하유는 설거지까지 도운 후 떠날 채비를 마쳤다. 혼자 갈 수 있는데 시곤은 구태여 평안 산장까지 태워다 주겠다며 따라나섰다.

"좀 더 머물러도 되는디."

권숙은 못내 아쉬웠다.

"이제 다 괜찮은 걸요."

"차라리 고마 집으로 가. 비를 그리 맞꼬 혼절까지 했었는디 젊은 몸이다 마구 낭비하믄 몬 써."

권숙은 혀를 차며 뒤를 따랐고 종학은 현관에서 손만 들어 보였다.

"감사합니다. 생각해 볼게요."

하유는 차마 돈 봉투를 건넬 수는 없었다. 대신 마음이 담긴 선물을 준비해 제가 쓴 동화책과 함께 선물할 작정이었다.

"이리 만난 것도 다 인연인디 오가다 발걸음이 닿아서 다시 만나게 되믄 참 좋겠네."

시골하우스의 본채 밑으로는 돌계단이 자리하고 있었다. 계단 아래는 평평하게 다진 주차장이었다. 승용차 서너 대는 너끈히 댈 수 있겠다.

"브라프는 오데를 가서 코빼기도 안 보이? 쪼끔 전까지만 해도 아가씨한티 찰싹 달라붙어 가 떨어질 생각을 안 하더만."

아닌 게 아니라 브라프는 배낭을 꾸리는 하유를 나라 잃은 독립투사의 눈빛으로 지켜보았었다.

"어디에서 달리기라도 하고 있나 봅니다. 갔다 와서 제가 찾아볼게요."

그러는 시곤을 따라가며 하유도 아쉬워서 휘둘러보았다. 어딘가에서 브라프의 꼬리가 나풀거리고 있을 것 같았다. 하지만 곧 브라프를 찾는 수고는 하지 않아도 되었다.

"여기 있었구나. 못 보고 가는 줄 알았어."

이번에는 하유가 앞서 뛰어갔다. 브라프는 시곤의 자가용 앞에 웅크리고 있었다.

"너한테도 정말 고마워. 건강하게 잘 지내."

하유는 브라프를 껴안아 주고 몸을 일으키려고 했다. 하지만 일어날 수가 없었다. 브라프가 하유의 배낭을 물고 늘어진 탓이다. 시곤이 다가와 떼어놓으려고 했다. 하지만 브라프는 배낭을 더 힘주어 물었다. 한참의 실랑이 끝에야 겨우 떼어낼 수 있었다.

권숙이 하유에게 얼른 타라 시늉을 했다. 하유는 브라프에게서 눈을 떼지 못한 채 조수석에 올랐다. 곧 시곤이 시동을 걸었다. 하지만 차는 출발을 할 수가 없었다. 브라프가 이번에는 아예 자가용의 앞에 대자로 뻗어버린 탓이었다.

"도다체 어제부텀 와 이런댜? 얼릉 일어나더라꼬!"

권숙은 껍데기마냥 늘어진 브라프의 등을 두들겼다. 그러자 브라프는 구슬픈 울음소리를 내지르기 시작했다. 이대로 하유가 가 버리면 망부석이라도 될 모양새였다. 권숙이 혀를 찼다. 시곤은 핸들을 놓고 이마 옆을 두들겼다. 배낭을 안고 있던 하유의 손은 갈 곳을 잃었다. 모두에게 난처하기가 이를 데 없는 상황이었다.

"시골하우스의 분들만 괜찮으시면 제가 브라프를 달래놓고 가도 돼요."

결국 하유가 한참 만에야 상황을 정리했다.

"정말 그래도 괜찮겠어요?"

시곤은 하유를 위해서 그 많은 일을 해 주고도 미안해하고 있었다.

"그건 제가 여쭈어봐야 할 말씀이죠."

하유는 배낭을 멜 틈도 없이 차에서 내렸다. 브라프는 차 문이 열리자 득달같이 하유에게 달려왔다. 곧 배낭을 물어 빼앗았고 목에 건 채 계단을 달려 올라갔다. 바람이 같이 가자고 손을 흔들었다.

"아이고메! 내 살다 살다 우리 브라프 땜시 기가 맥히고 코가 맥히게 댈 쭐이야! 누가 보믄 브라프랑 아가씨가 가족이라고 하겠네."

권숙의 기막힘이 헛웃음이 되어 터져 나왔다.

시골의 저녁은 빨리 찾아들었다. 산 그림자의 색이 짙어졌고 나무의 얼굴들은 더 이상 구분이 되지 않았다. 저녁까지 마친 네 사람은 소파에 둘러앉아 있었다. 하유는 오늘도 시골하우스를 떠나지 못했다. 행방이 묘연해진 배낭 탓이었다. 브라프가 배낭을 숨겨 버렸는데 종일 본채와 별채, 농장 여기저기를 다 찾아보았지만 헛수고였다.

"정말 이럴 거야?"

원래도 중저음인 시곤이 한층 목소리를 깔고서 브라프를 얼렀다. 권숙은 브라프를 흘겨보았고 하유는 죄 없는 죄인으로 소파 한쪽에 걸터앉았다. 종학만이 딴 세상 사람마냥 하품을 했다.

"미안합니다. 급한 전화라도 오면 어떡하죠?"

"정말 괜찮아요. 휴대폰도 사정이 있어서 꺼 놓았고요."

브라프는 하유의 옆에 늘어져 계속 '아무것도 모르오!' 모드였다.

"브라프가 이러는 게 처음이라."

낯설지만 낯설지 않은 여자와 하루를 보냈다. 문득 시곤은 아직까지 여자의 이름도 모른다는 것을 깨달았다.

"시곤이, 내 쫌 따로 보더라꼬."

이윽고 권숙이 일어나 시곤에게 손짓을 했다. 다들 잠시 있으라 하고는 앞서서 방으로 들어갔다.

"시곤이, 그냥 저 아가씨를 우리 시골하우스에 머물라 카믄 어떻겠나?"

시곤이 방문을 닫자 권숙이 속삭였다.

"짐을 보믄 최소 일주일은 평안 산장에 머물라 캣던 모양인디, 우리 시골하우스를 평안 산장이다 생각하고 있으라 카믄 안 되겠나 이 말이제."

"저희가 숙박 시설도 아니고 저도 있잖습니까? 낯선 곳에서 저쪽이 불편할 텐데요."

시곤이 보기에 전반적으로 선이 여린 여자였다. 권숙의 말마따나 살집 하나 없는 몸은 그렇다 치더라도 말소리도 나직하고 밥을 씹어 넘기는 동작 하나도 다소곳했다.

"시곤이가 불편혀?"

"저야 어차피 종일 방에서 그림이나 그릴 텐데요."

"그람 아가씨헌테 물어 보믄 되겠네. 낯선 걸로 치자면야 평안 산장이나 우리 시골하우스나 매한가지이고. 젊은 아가씨가 무슨 사연인지는 몰래도 얼굴이 허여이 질려서는 팬한 생활을 지냈던 건 아닌 것 같어. 거다, 전화도 꺼 놨다 안 캐? 무신 사연이 깊어 전화까지 꺼 놓고 이런 시골로 찾아 왔것노?"

"이모님은 왜 그렇게까지 하시고 싶은데요?"

"몰러. 첨 봤을 때부텀 마음이 짠하니 낯선 이 같지가 않어. 왠지 저 눈빛이 낯이 익단 말이제. 따순 밥이라도 해 먹이다가 보내고 싶은 심정이라. 우리 브라프만 해도 안 그려?"

"다 이모님의 부담이 될 텐데요?"

권숙이 원체 인심이 넉넉하지만 이렇게까지 할 일은 아니었다. 맹목에 가까운 충성심을 가진 브라프의 행동도 납득이 되지 않긴 마찬가지였다. 하지만 분명 제게도 낯익은 얼굴! 게다가 소리 없이 흘리던 여자의 눈물까지. 같이 지내다 보면 그 흔적의 정체를 찾게 될지도 모를 일이었다.

"그냥 있으라 카믄 절대 안 한다 칼 긴께 평안 산장에 머문다 치고 숙박료를 지불하라꼬 카고, 이제 감꽃 솎는 철이잖여. 감꽃 솎는 일손도 좀 도와 달라 카믄 썩 괜찮은 핑계가 되겠는디. 그동안은 우리 냥반이랑 내도 요서 먹고 자고 할 텐께."

권숙은 시곤의 침묵을 망설임이라 여긴 모양이었다. 계속 이유를 갖다 붙였다.

"그렇게 하죠. 대신 저쪽이 거절하면 두 번은 권하시지 않는 겁니다."

시곤은 저의 결정이 여자를 난처하게 만들지 않기만을 바랐다.

"내도 그 정도 막무가내는 안 부릴 끼여."

두 사람이 다시 나왔을 때 종학은 졸고 있었다. 배낭을 찾느라 경사진 길을 오르내렸다. 저녁잠이 많은 종학에게는 꿀맛일 순간이다. 권숙은 종학을 깨워 방으로 보냈다.

"아가씨, 내가 제안하고 싶은 기 있는디."

권숙은 하유의 바싹 옆으로 앉았다.

"혹시 평안 산장에는 올매나 머물 끼라?"

"한 이주일 정도 생각하고 있어요."

"글카믄 혹시 여서 그렇게 머물다 가믄 어떻겄는디?"

"네?" 하유는 선뜻 이해가 되지 않아 되물었다.

"우리 시골하우스가 그 산장이다 여기고 원래 있을라 칸만큼 있다 가란 말이제."

"하지만."

시골하우스는 개인 소유의 농장이고 저는 생판 남이었다.

"사실 지끔이 감꽃을 솎는 시기거등. 요즘은 시골에서도 일손 구하기가 보통 이려븐 기 아이라. 숙박비도 따로 받아 챙길 텐께 여기 머물믄서 감꽃 솎는 일도 좀 돕고."

"한 번도 안 해 본 일이라 폐만 끼칠 거예요."

"그렇지 않여. 좀 다닥다닥 붙었다 싶은 놈들로다 골라 따 내 주믄 돼. 수월혀."

권숙은 끈질겼다. 시곤도 두 번은 권하지 말라 해 놓고 말리지 않았다.

"다들 불편하실 텐데요."

"목욕탕은 방마다 따로 있고 식사만 같이 하믄 되는디? 그라고 시곤이 저 사람은 하루 종일 방에서 그림만 그릴 껴."

"친척도 아니고 이웃도 아닌 제가 정말 그래도 될까요?"

하유는 이제 시곤을 향해 묻는 것이었다.

"그것도 우리끼리는 야그가 끝났어. 맞제, 시곤이?"

시곤은 부드러운 표정으로 고개를 끄덕였다.

사실은 하유가 먼저 부탁하고 싶었다. 이들이 주었던 진심. 은순이 세상을 떠난 후 처음으로 느꼈던 따스함. 괜찮은 척, 아닌 척 할 필요도 없이 있는 그대로의 저로 있어도 좋았던 편안함.

시골하우스를 떠난다고 생각하니 막막했었다. 충격을 못 이겨 집을 나오긴 했지만 낯선 곳에서 혼자 2주일을 지낸다는 것이 불안하였다. 그래서 하유는 이 순간 조금 뻔뻔해지기로 했다. 권숙이 고개를 끄덕이는 하유의 손을 잡았다. 투박하고 거칠지만 따스했다. 말 없는 시곤도 안도의 한숨을 삼켰다.

하유는 눈을 떴을 때, 깊게 잠을 잤다고 믿었다. 아침이 밝아오기 시작해서 창밖이 밝아져 온다고도 생각했다. 하지만 아직 캄캄한 밤중이었다. 먼 데서 들리는 낯선 소리도 분명 밤의 빛깔이었다.

이상한 것은 이 어두운 밤이 한편으로는 환하게 빛이 난다는 것이다. 가로등 불빛도 아니고 달빛도 아니었다. 하유는 창문 쪽으로 다가가 몸을 붙이듯이 하고 섰다. 커튼을 젖히고 바깥을 내다보았다.

놀랍게도 눈이었다. 수 세기 전 한복 입은 사람들의 밤길을 밝혀주던 새하얀 눈발. 가로수로 늘어진 감꽃과 함께 농장 주변을 둘러싼 나무의 가지마다 하얗게 눈이 내려앉았다. 달빛에 반사된 눈의 빛깔은 눈이 아릴 정도였다.

"말도 안 돼. 6월에 눈이라니?"

머리를 흔들었다. 다음으로 확인을 해 봐야겠다는 생각이 들었다. 무서운 줄도 모르고 발소리를 죽여 가며 현관 쪽으로 갔다. 그런데 현관 바로 직전의 방문이 반쯤 열려 있었다. 살그머니 들여다보니 시곤이 이젤 앞에 앉아 붓을 움직이고 있었다. 시곤은 하루 종일 방에서 그림만 그린다던 권숙의 말이 떠올랐다. 하유는 발소리를 더 죽였다. 하지만 곧 시곤과 시선이 마주치고 말았다.

"이 밤중에 어딜 가려는 겁니까?"

시곤이 걱정을 담은 목소리로 다가왔다.

"뭐 필요한 게 있어요?"

"아니요, 저기, 그게, 눈이 내려서. 지금은 분명 6월인데, 그렇죠? 그런데 여기에 이렇게, 눈이……."

횡설수설했다. 6월에 눈이라니, 설득력이 떨어져도 한참을 떨어졌다.

"눈이 내려서 나온 겁니까? 하긴 몰랐겠네요. 우리 시골하우스의 6월에는 하얀 눈이 내린다는 것을요."

어디까지나 하유의 오해였다. 하지만 시곤은 그 오해를 지금 이 자리에서 정정해 주고 싶지는 않았다.

"그 말을 안 믿는 건 아니지만 어떻게, 어떻게, 6월에 눈이 내리죠?"

시곤이 저를 상대로 거짓말이나 농담을 할 리가 없었다.

"자연은 사람이 알 수 없는 마술을 부리는 법이죠. 나도 막 정리를 할 참인데 잠깐 같이 나가볼까요?"

시곤의 담백한 말은 커피라도 권하는 투였다.

"제가 작업에 방해가 된 거죠?"

"난 밤샘 작업은 하지 않아요. 잠시만요."

시곤은 이젤 옆에서 보온 담요를 챙겼다.

집을 나서자 알싸한 밤공기가 와 닿았다. 현관 옆 개집 안의 브라프가 눈을 떴다가 다시 감았다. 바깥은 온통 다디단 향기가 났고 눈송이의 강렬함은 밤의 정령들 같았다.

함께 돌계단을 내려갔고 주차장 입구까지 다다랐다. 순간 갑자기 하유가 옆으로 비켜섰다. 그 바람에 두 사람의 몸이 부딪칠 뻔했다.

"왜 그래요?"

시곤이 하유가 다가선 만큼 재빨리 옆으로 물러났다.

"들꽃을 밟을 뻔했어요. 발밑이 제대로 보이지 않아서요."

하유의 신발 옆으로 흰 봉오리를 오므린 제비꽃이 U턴 모양으로 고개를 숙이고 있었다. 주차장의 한쪽 끝에는 평상이 놓였다. 간격을 두고 나란히 앉아도 공간이 남을 만큼 넓었다.

"6월이라도 산 아래 시골의 밤은 싸늘합니다. 비가 온 뒷날은 더욱. 이걸 덮어요."

시곤이 내민 담요를 하유는 선뜻 받아 덮었다.

"이제 제대로 봐요. 눈꽃의 모양이 어때요?"

하유는 찬찬히 살펴보다 깨닫게 되었다. 갓 타서 뭉쳐 놓은 햇솜 같기도 하고 갓난쟁이 주먹만큼 둥글려 놓은 솜사탕 같기도 한 그것은 처음 보는 꽃이었다.

"꽃, 이죠?"

"맞아요."

"이름이 뭐예요? 이 향기도 저 꽃들이 피워내는 것, 맞죠?"

혀끝을 감아드는 다디단 향이 점점 진해지는 중이었다.

"백자귀 꽃입니다."

"혹시 하얀 자귀 꽃이란 말인가요?"

"자귀 꽃을 알아요?"

자귀 꽃은 보기가 아주 힘든 꽃이 아니었다. 하지만 정작 그 이름을 아는 사람은 별로 없었다.

"저희 동네 공원에도 자귀나무가 있거든요."

공원의 놀이터 옆에 부채 모양으로 피어난 꽃의 이름이 궁금해 일부러 찾아보았었다.

"하지만 백자귀가 있다는 것은 몰랐어요."

"보통의 자귀 꽃은 연분홍이고 하얀색은 귀해요. 시골하우스를 일구신 저희 할아버지께서 갖다 심으신 거죠. 백자귀를 좋아하시거든요."

"저는 어제오늘 여기에 백자귀가 있다는 것조차 몰랐네요."

"백자귀는 비가 오는 날은 꽃을 피우지 않습니다. 그건 그렇고, 뭐라고 부르면 됩니까? 그쪽 이름 말이에요. 이제 한동안 머물게 되었으니 이름을 물어보는 게 실례는 아니겠죠? 내 소개부터 할게요. 내이름은 설시곤입니다. 나이는 서른한 살."

"저는 여하유라고 해요. 나이는 스물여덟 살."

"이름이 예쁘네요. 혹시 뭐 하는 분인지 물어봐도 됩니까?"

나이가 많아 봐야 22~3살 정도일 거라고 시곤은 생각했었다.

"글을 쓰고 있어요. 동화 작가거든요. 별로 유명하지는 않지만."

"아, 어쩐지." 시곤이 중얼거렸다.

"어떤 이야기를 씁니까?"

"동물들을 주인공으로 하는 이야기예요."

"한 번 읽어보았으면 좋겠네요."

"동화책인 걸요. 재미있지 않을 거예요."

"전 동화를 좋아합니다. 이런 밤의 자연이야말로 한 편의 웅장한 동화죠."

시곤이 밤의 농장을 둘러보았다. 하유도 그 시선을 따라가 보았다. 동화 같은 밤이긴 했다. 어딘가에서 달빛 요정이 달빛 가루를 흩뿌리고 또 어딘가에서는 밤나무와 소나무가 속삭이고 있을 것 같았다.

"화가, 시죠?"

"맞습니다."

"어떤 그림을 그리시는지 여쭤봐도 될까요?"

낯선 남자와 밤 풍경 속에 앉아 대화를 나누는 것은 하유에게는 난생 처음이었다. 하지만 뭐 어떨까? 지금은 동화 같은 시골 밤이 선사하는 마법의 시간이었다.

"꽃들이 나의 주제입니다. 정확하게는 야생화들이죠. 그래서 그림 작업을 할 때는 시골하우스에 머물죠."

"그렇겠네요. 발 디디는 곳곳 온통 야생화들의 영토니까."

"혹시 하유 씨는 무슨 꽃을 제일 좋아합니까?"

"배꽃이요. 순결한 흰색이랑 간지럽게 돋아나는 꽃술이 참 좋아요."

"안타깝네요. 배꽃은 이미 다 져 버리고 없어서."

"가을날의 열매를 위해서 일찍 떠나간 거죠. 자기를 희생할 줄 아는 꽃이에요."

시곤은 무슨 사연으로 하얗게 질린 얼굴로 이런 시골 마을로 찾아들었겠느냐? 권숙의 말이 떠올랐다. 숨죽인 하유의 울음도. 그래서 하유가 말한 희생이라는 단어가 예사롭게 느껴지지 않았다.

"브라프는 뜻이 뭔가요? 영어는 아닌 것 같은데."

"독일어로 Brav. '용맹하다.'는 뜻이죠."

"정말 브라프랑 딱 어울리는 이름이네요."

잠시 침묵이 지나갔지만, 침묵마저 좋은 밤이어서 불편하지는 않았다.

"이제 그만 들어갈까요? 감꽃 숨기를 하려면 잘 자 두어야 할 겁니다.”

시곤은 벌써 하유의 내일을 배려하고 있었다.

“쉬엄쉬엄해요. 이모님도 시골하우스에 머무는 마음이 편하라는 거지 진짜 일꾼으로 쓰려고 하신 말씀은 아닙니다.”

“저도 알아요.”

두 사람은 동시에 돌계단에 발을 디뎠다. 디디는 발이 오른쪽으로 똑같았다.

감꽃을 솎는 일은 재미있고 수월했다. 오종종 모여 피어난 감꽃을 하나 건너 하나 따 내 주면 되었다. 다만 요령은 있어서 남은 감꽃들의 꽃술이 다치지 않게 가지의 한쪽으로 빼내듯이 따 주어야 한다. 그런 후, 목걸이도 만들고 엑기스도 담근다고 했다.

마을에서 몇 일꾼들이 올라왔다. 품앗이란다. 수곡은 감 말고 질 좋은 딸기 생산지로도 유명한데, 감과 딸기 농사를 짓는 이들이 돌아가며 일을 돕는다고 했다. 일꾼을 구하기가 힘들다던 권숙의 거짓말을 하유는 모르는 척했다.

권숙이 하유를 친정 쪽 조카라고 소개해 두었다. 글을 쓰는 직업을 가졌는데 글감을 찾기 위해 시골하우스에 잠시 머물기로 했다고. 시곤이 알려준 모양이었고 그래서 하유는 사람들의 호기심 어린 눈길을 피할 수 있었다. 하유의 얼굴이 햇볕에 그을려 보기 좋은 색이 되고 열심히 일하고 꿀잠을 자니 살도 올랐다. 권숙은 볼 때마다 눈가가 길게 늘어났다.

시곤의 얼굴을 보는 건 이른 아침 시간과 두 번의 식사 시간이 다였다. 점심은 농장의 일꾼들과 함께 먹었다. 하유가 잠이 깨어 거실로 나오면 시곤은 항상 신문을 보고 있었다. 권숙의 말로는 새벽에 깨어 브라프와 함께 1시간씩 달리기도 한다고 했다.

저녁 시간이면 시곤은 하유의 일과를 물었다. 감꽃 따는 건 어땠냐, 힘든 일은 없었냐, 불편한 점은 없냐, 혹시 달리 필요한 것은 없냐, 항상 같은 질문이었지만 눈빛은 여울물처럼 깊어갔다. 브라프는 줄곧 하유의 옆에서 지냈다.

"이봐, 강원도 댁이! 쩌그 조카는 애인이 있는가?"

하루는 마을 일꾼 중 한 명인 묵실댁이 권숙에게로 다가왔다.

"묵실댁이가 그기 와 궁편한디?"

권숙의 대꾸는 퉁명스러웠다. 묵실댁 이 여자, 첫날부터 하유를 보는 눈길이 예사롭지 않았다.

"들어보라꼬. 우리 조카가 대전에서 회사를 다니고 있는디 아파트도 한 채 마린해 났고 직급도 계장이라. 쩌그 조카랑 맞춤하믄 딱 좋겠다 싶은디."

"우리 조카를 올매나 봤다꼬 그런 말을 하는디?"

"아! 나이는 공으로 먹는감? 척하면 착이제."

"묵실댁이는 오늘 점심을 김칫국물 한 사발로 묵어야겠네."

"그기 먼 소리라?"

"울 조카, 임자가 있어도 대단한 임자가 있으니께 눈독 들일 생각일랑 애초에 하지 말란 뜻이제."

"참말?"

"내가 흰 밥 먹고 묵실댁이헌티 뭐 하러 신소리를 할끼고?"

"아이고메, 아깝게 됐데이. 내가 이 일 끝나믄 대전에 다니러 갈 걸음이었는디."

권숙은 묵실댁을 흘겨보았다. 내일부터는 오지 말라고 할까 잠시

고민도 하였다. 그 고민 위로 감꽃이 툭툭 스쳐 떨어졌다. 연노랑색
을 물들이면서.

❧ 감꽃의 꽃말은 <좋은 곳으로 데려가 주세요.> ❧

백자귀의 설야

2주일이 이틀보다 빨리 지나갔다. 하유는 평안 산장의 숙박비로 준비해 온 돈을 봉투에 넣어 권숙에게 건네면서 혹시 일주일만 더 머물 수 있겠냐 물었다. 염치없다고 덧붙였는데 권숙은 반색을 했다. 공으로 일을 부려 먹고 있으니 더 이상의 비용은 없다고 못도 박았다.

그리고 오늘 아침 식사를 끝내자 하유는 휴대폰을 꺼내 들었다. 지난 2주일간은 전원조차 켜 보지 않았다. 하지만 오늘만큼은 휴대폰을 켜 놓지 않으면 안 된다.

정은에게서 걸려 온 부재중 전화와 문자가 각 30통. 아침저녁으로 휴대폰을 눌러댔을 정은을 생각하니 미안한 마음이 들었다. 한편으로는 2주일간의 부재에도 제게 연락을 할 사람은 정은뿐이라는 사실에 가슴 한쪽에 손을 비볐다.

정은에게 전화를 하려고 했다. 어차피 곧 정은이 전화를 걸어 올 것이었다. 막 번호를 누르려는데 방문 긁는 소리가 났다. 열어달라는 브라프의 신호였다.

"밖에 나가자고?"

매일 새벽, 시곤과 함께 1시간을 달리고도 브라프는 아침 식사 후에는 꼭 하유와 함께 놀기를 원했다. 일꾼들이 오는 시간을 기막히게 알아서 알뜰히 활용하는 것이었다. 하유는 브라프를 앞세워 밖으로 나갔다. 그러면서 신발장 위에다가 휴대폰을 놓아두고 말았다. 너무 오랜만에 꺼내든 탓이었다.

휴대폰이 울린 것은 하유와 브라프가 밖으로 나간 후였다. 시곤은 주방에서 물을 마시고 나오다가 벨 소리를 들었다. 낯선 휴대폰이었고 그래서 하유의 휴대폰이리라 짐작했다. 한 번은 끊기더니 다시 울려댔다. 이번에는 절대 끊지 않을 기세였다.

시곤은 하유의 휴대폰을 집어 들 수밖에 없었다. 현관문을 열어 하유를 찾았지만, 어디에도 보이지 않았다. 시곤은 결국 전화를 받는 쪽을 선택했다. 현재 하유의 부재라도 알려주어야겠다. 화면에는 '우리 정은이' 이름이 떠 있었다.

– 여하유! 인제 전화를 받아? 문자 한 통 달랑 보내놓고는 2주일 만에 전화를 켜? 오늘이 니 생일인 건 알고 있는 거야? 엄마 아빠도 없이 난생처음 혼자 맞는 생일에 미역국이라도 먹었냐? 내가 얼마나 전화를 하고 얼마나 문자를 보낸 줄 알아? 오죽하면 유라 년한테까지 전화를 해 봤네. 온다간다 말도 없이 짐을 싸 들고 나갔다며?

정은은 목에 대형 트럼펫의 울림통을 장착하였다.

– 오늘도 전화를 안 받으면 실종신고를 하고 말리라 했어. 그걸 알고서 약삭빠르게 전화를 켠 거지. 말을 해 봐라, 이것아. 도대체 말을 좀 하고 살란 말이야. 네 입은 우리 하나님께서 숨을 쉴 때만 사용하라고 얼굴에 붙여

다 놓은 거야?

정은은 정작 말할 틈은 하나도 안 주면서 말을 하라고 다그치는 중이었다.

– 재혁 오빠도 점심시간쯤 축하 전화를 한다고 했어. 오늘도 전화를 안 켜 놓았으면 내가 재혁 오빠에게 설명해야 할 말들이 A4용지 두 바닥은 돼야 했다고!

'재혁' 이름이 나온 순간 시곤의 손에 힘이 들어갔다. 물을 마신 목도 갑자기 까슬거렸다.

– 또 침묵 작전이야? 어림도 없지. 이 언니가 평소에는 그냥 넘어가 줬지만, 오늘은 정말로 제대로 된 설명을 꼭, 들어야겠어.

"여보세요."

시곤은 목청을 가다듬고 나서야 말을 할 수 있었다.

– 누, 누구세, 에요?

정은의 목소리가 뚝 떨어지며 낮아졌다. 트럼펫의 울림통은 유치원생이 부는 피리 소리로 변했다.

– 여하유 씨 휴대폰 아닌가요?

"맞습니다. 저는 현재 여하유 씨가 머물고 있는 곳의 주인입니다. 여하유 씨는 휴대폰을 두고 나간 모양인데 주변에 보이지가 않네요."

– 죄, 죄송합니다. 저는 제 친구인 줄로만 알고.

"괜찮습니다. 금방 돌아올 테니 말씀을 전해드리죠."

– 네, 감사합니다. 내일 또 만나요!

정은은 시곤에게는 턱도 없을 인사를 끝으로 전화를 끊었다. 시곤은 하유의 휴대폰을 오른손에 쥐고서 왼손 검지로 화면을 톡톡 두들겼다. 정은이 했던 말이 뇌리에 박혀 맴을 도는 중이었다. 그 중 '혼자 맞는 생일', '재혁 오빠' 두 말이 제일 선명하게 동그라미를 그렸다. 시곤은 하유가 돌아오기까지 내도록 현관 앞에 서 있었다.

"정은이라는 분이 전화를 했어요. 벨이 계속 울려서 어쩔 수 없이 받았고 하유 씨가 부재중이라는 것을 알렸습니다."

시곤은 짧은 말과 함께 휴대폰을 건네주었다. 곧장 방으로 들어갔고 그 뒤를 브라프가 따라갔다. 하유는 다시 밖으로 나와 정은의 번호를 눌렀다.

– 여하유우?

정은이 확인하듯이 물었다. 평소답지 않게 조심스러웠다.

"당연히 나지."

하유는 곧 불어 닥칠 잔소리 허리케인을 대비하였다.

– 너! 여하유! 니 죄를 정녕 니가 알렷다!

"미안! 미안! 안 그래도 전화하려고 했는데 깜빡 휴대폰을 두고 나갔어."

– 여하유, 뻔뻔한 것 좀 봐라. 2주일 만에 전화를 켜 놓고 뭐가 어쩌고 어째?

"정말 미안. 갑자기 좋은 콘티가 떠올라서 급하게 짐을 꾸려서 왔거든."

이건 유라나 이모 지순도 정은에게 건넸을 핑계였다.

– 도대체 거기가 어딘데?

"그냥. 진주에서 가까운 곳."

길게 설명하기도 곤란했고 정은에게 거짓말을 하기도 싫었다.

– 그러면 그렇다고 말을 하지 흔적도 없이 떠나서는 2주일간 전화도 꺼 두면 어쩌라고?

"내가 잘못했어. 이제 휴대폰도 잘 켜 놓을 거야."

– 오늘이 니 생일인 건 알아? 미역국은 얻어먹었어?

"먹었지."

– 누가 그걸 챙겨서 끓여줬는데?

"여기 분이 해 주셨어."

오늘 휴대폰을 켠 이유가 바로 제 생일이어서였다. 오늘도 통화가 안 되면 정은은 정말 실종신고를 하고도 남았다. 미역국을 먹었다는 것도 거짓말은 아닌 것이 오늘 아침 권숙이 끓인 국이 마침 미역국이었다.

– 언제 돌아올 건데?

"일주일만 더 있다가."

– 이번 답사는 왜 이렇게 길어?

"그냥 그렇게 됐네."

– 글의 구상은 잘 되고?

"잘 되니까 더 머무르려는 거지."

– 정말 일주일 후에는 돌아오는 거다?

"그렇다니까."

– 안 돌아오기만 해. 집 나간 청소년을 찾는다고 방송을 해 버릴 거니까. 엄마도 아빠도 없이 처음 맞는 생일에 혼자서 뭐 …….

정은도 지찬과 은순을 아빠, 엄마라고 불렀다. 하지만 말소리가 흐려지며 꼬리를 감추었다. 저녁에 또 통화하자는 말로 전화는 끝이 났다.

재혁은 짐작한 딱 그 시간에 전화를 걸어왔다. 오늘도 재혁은 지하 구내식당에서 필요한 양만큼만 덜어 점심을 먹고 담배 대신 커피를 한잔 했을 것이다. 운동 삼아 걸어서 2층 휴게실로 향했고 2층과 1층 중간의 비상계단에서 휴대폰을 눌렀을 것이다.

- 생일 축하한다. 하유야!

재혁은 매사가 칼로 자른 듯 반듯하였다.

"고마워요, 재혁 오빠."

- 우리 하유! 점심은 잘 챙겨 먹었니?

높낮이가 없이 일정한 목소리도 그 반듯함 중 하나였다.

"벌써 끝냈죠."

- 정은이 말로는 숙소의 사람이 미역국을 끓여 줬다면서?

"덕분에 한 그릇 배불리 먹었어요."

- 이제 혼자 답사 여행도 갈 줄 알고 기특하네, 우리 하유.

새 글을 쓰기 위한 답사 여행은 언제나 은순과 함께였다.

- 미리 말을 하지 그랬어. 터미널까지는 태워줄 수 있었는데.

"갑자기 생각이 나서 떠나온 걸요."

- 정은이 말로는 일주일쯤 더 있다가 돌아올 거라며?

"네."

- 돌아올 때라도 전화해. 시간 비워 두었다가 마중하러 갈 테니까.

"생각해 볼게요."

하유는 전화를 하지 않을 것이다. 재혁도 알고 있었다.

- 돌아오면 식사 한번 하자. 정은이 말로는 우리랑 같이 가 보고 싶은 식당이 있다네. 어쨌든 조심히 잘 있다가 돌아와. 어디서든 사람 조심하고.

"그럴게요."

재혁과 통화를 하다 보면 재혁은 '정은이 말로는.' 소리를 자주 했다. 항상 정은을 사이에 두고 서로 소식을 전하니 당연했다. 그래서 하유는 늘 정은과 셋이서 이야기를 나누는 기분이었다.

정은은 <이동원 내과병원>의 로비에 있었다. 식사를 마치고 휴게실에 있던 재혁은 금방 내려오겠다고 했다. 재혁은 제 생일도 잊고서 멀리 떠나 있는 하유를 밤새 걱정했을 것이다. 그러니까 제 거짓말로라도 재혁의 걱정을 덜어주는 것, 오늘의 방문 목적은 그러니까 위로였다.

"어쩐 일이야? 좀 빨리 오지 않고. 그럼 점심을 같이 먹었을 텐데."

병원 냄새와는 확연히 구분되는 재혁의 로션 냄새가 다가왔다.

"점심은 이미 먹었고 출근하기 전에 홈플러스에 살 게 있어서."

병원은 상대동의 홈플러스 옆에 위치하고 있었다. 재혁을 찾아올 때마다 똑같은 이유였는데 재혁은 단 한 번도 무엇을 사냐고 물어 주지 않았다.

"아까도 말했지만 하유랑은 어제저녁, 오늘 아침 통화를 했어. 분명 미역국도 그렇고 생일 축하도 제대로 받았대."

하유와 통화를 한 것은 사실이지만, 하유가 하지 않은 말이었다.

"오빠도 방금 통화를 했어."

"답사 여행을 간다고 했을 때 생일에는 꼭 돌아오라고 신신당부를 했었거든. 오빠가 걱정할 거라고. 그런데, 요 깍쟁이가 깜빡 잊었네."

"새 글이 잘 되는 모양이지."

무심한 듯한 재혁의 말속에는 팽팽한 마음이 숨어 있었다.

"숙소의 사람들이 좋다고 자랑까지 했어."

"어디라고는 말 안 해?"

"그냥 진주에서 가까운 곳이라고만 하던데. 그래도 목소리가 씩씩했어."

이것만 겨우 참말이었다.

"우리 하유가 정확하게 어디에 있는지만 알아도 좋을 텐데."

"걱정 마. 내가 이제 매일 아침저녁 통화를 하고 오빠한테도 바로 전해 줄 테니까."

"정은이가 고마운 일을 해 주는구나."

재혁이 정은의 머리를 쓰다듬었다. 정은의 얼굴이 빨개지며 딸꾹질이 치밀었다.

"우리 하유가 돌아오는 날이 정확해지면 말해. 저번에 말한 식당에 같이 가게 시간을 비울 테니까."

"알았어. 난 이만 가 볼게. 내가 할 말은 다 끝났어."

정은이 일어난 것은 딸꾹질이 더 이상 참아지지 않아서였다.

"잘 가고, 그날 우리 하유랑 같이 보자."

일어서기는 정은이 먼저였지만 발길은 지혁이 먼저 돌렸다.

'재혁 오빠는 늘 우리 하유라고 부른다. 나는 그냥 정은이다. 재혁 오빠는 항상 하유가 멀어질 때까지 지켜본다. 나는 혼자 두고 잘도 멀어져 간다.'

정은의 서글픈 독백이었다. 그래도 덕분에 지켜볼 수 있었다. 한참을 돌아서지 못하고 재혁의 뒷모습이 비상계단을 통해 사라질 때까지 마음 놓고.

저녁 식사 후였다. 싱크대에 설거짓감을 담는 하유의 등 뒤로 시곤이 다가왔다.

"이모님과 아저씨가 잠드시고 나면 잠깐 볼 수 있겠어요?"

시곤의 말은 등 뒤에서 식탁을 닦고 있는 권숙에게는 들리지 않을 정도였다. 하유는 이유도 묻지 않고 고개를 끄덕였다.

"노크를 할 테니까 그냥 나와요."

이번에도 하유는 고개만 끄덕였다.

"시곤이, 오늘은 일쯕 자더라꼬. 진주에 나갔다 왔응께 많이 곤할 것 아녀."

하유는 알지 못했는데 시곤이 진주에 다니러 갔다 온 모양이었다. 그래 놓고 밤 시간에 왜 저를 보자고 하는 걸까?

9시가 조금 넘은 시간, 시곤이 하유를 이끌어 간 곳은 주차장이었다. 평상까지 다다른 하유의 눈이 순식간에 동그래졌다. 평상 한쪽으로 바람을 막아줄 칸막이가 서 있었다. 가운데에는 초를 꽂은 고구마 케이크와 과일주스, 컵 두 개와 일회용 접시도 놓였다.

"혹시 오늘이 생일이셨어요? 어떡하죠? 전 빈손인데."

하유는 시곤이 저와 같은 날 태어났을 줄은 꿈에도 몰랐다.

"내가요? 아닙니다."

시곤은 하유를 평상에 앉게 하더니 초에다 불을 붙였다.

"오늘 하유 씨가 태어난 날이잖아요."

그러고 보니 케이크의 장식 초는 긴 것 두 개, 짧은 것 여덟 개, 모두 28개였다.

"제 생일을 어떻게 아셨어요?"

달나라에서 지구로 내려앉은 빛살 가루들이 주변을 밝혔다. 밤은 그 위에서 가끔 몸을 뒤척였다. 고요하게 밤이 여물어 가는 중이었다.

"일부러 들으려고 한 건 아니고, 아까 친구분이 냅다 생일인데 미역국은 먹었냐고 묻더라고요."

"아, 우리 정은이가 좀 그래요."

정은이가 냅다 내지른 소리가 제발 그것 뿐이기를 간절히 바랐다.

"덕분에 감사하게도 생일을 챙기게 되었잖아요. 너무 지나친 행동인가 망설이기도 했지만 1년에 한 번뿐인 날을 알고도 모른 척 넘어갈 수는 없었어요. 뭐 해요? 촛불부터 꺼야죠."

하유는 할 말이 없었다.

"노래는 못 불러줍니다. 내가 노래는 꽤 하는데 이모님이랑 아저씨가 아무리 초저녁잠이 많으셔도 노랫소리는 알아차리실 겁니다."

사실 권숙에게 부탁해서 저녁에라도 간소하게 상을 차려줄까도 싶었다. 하지만 권숙의 생일 상차림은 절대 간소하지 않을 것이고 농사일에 바쁜 권숙에게 그런 수고까지 얹어줄 수는 없었다.

"시간이 늦었으니 조금씩만 맛볼까요? 케이크도 음료도 부담이 덜 되게 골랐어요."

시곤은 고구마 케이크를 잘라 과일 주스와 함께 하유의 앞으로 놓아주었다.

"정말 고맙습니다. 저도 잊고 있던 제 생일을 챙겨 주셔서."

컵 속에 감격이란 단어가 출렁였다. 집을 떠나올 때, 생일 생각은 하지도 못했다.

"세상에서 나를 제일 사랑하는 사람은 나 자신이에요. 그런 내 생일을 내가 잊으면 어떡합니까?"

시곤의 목소리는 케이크보다 달콤했다. 문득 하유의 심장이 숨을 몰아쉬었다.

"달이 참 예뻐요. 이전에 보던 달이랑은 완전히 달라요."

하유는 심장 위를 누르며 하늘을 올려다보았다. 시곤을 외면하고자 하는 의도도 한 자락쯤은 있었다.

"어떻게 다른데요?"

"일단 색깔이 달라요. 달이 청옥 같은 백색을 띠는 줄은 몰랐어요. 꼭 도자기로 빚어놓은 것 같아요. 그리고."

백자귀 꽃잎과 달을 번갈아 보며 하유의 눈빛이 아련해졌다.

"그리고요?"

"밝기도 완전 달라요. 꼭 밤하늘 한 가운데 박힌 크리스마스 알전구 같아요."

"재미있는 표현이네요."

"달을 주인공으로 한 이야기가 쓰고 싶어지네요."

"하유 씨라면 분명 좋은 이야기를 쓸 거예요. 사실 나도 생각나는 영화가 있습니다."

"무슨 영화인데요?"

"혹시 <아일라>라는 영화 압니까?"

"<아일라>요? 처음 들어 보는데요."

하유가 영화관을 즐겨 찾지는 않는다 해도 너무 생소한 제목이었다.

"6.25 전쟁 당시의 실화를 바탕으로 만든 영화예요. 당시 터키는 미국과 영국에 이어 세 번째로 우리나라에 파병을 했죠. 그들은 우리나라를 형제 국이라고 부르니까."

"그건 저도 알아요. 중국에서 함께 저항했던 고구려와 돌궐족과의 연합 이후로 그렇게 부르고 있다고."

당시 고구려와 함께 드넓은 중국에 저항을 하며 싸웠던 돌궐족의 후예들이 터키라는 나라를 이루었다.

"그중 자동차 기술 군인인 슐레이만이라는 사람이 있었어요. 하루는 작전을 나갔다가 북한군의 총에 맞아 죽은 엄마의 손을 잡고 남겨진 여자아이를 발견하게 돼요.”

“고, 아, 겠네요?”

하유가 제 양팔을 쓸어내렸다.

“아이는 충격으로 말을 잃고 제 이름이 무엇인지도 몰랐어요. 그래서 슐레이만은 달처럼 얼굴이 둥근 그 아이의 이름을 터키어로 ‘달’이란 뜻의 ‘아일라’로 부르죠. 두 사람이 1년 6개월을 군대 막사에서 아빠와 딸로 살아가는 이야기입니다.”

“실화라면서요? 전쟁이 끝난 후에 두 사람은 어떻게 됐는데요?”

“내 이야기는 여기까지만. 나머지는 하유 씨가 직접 봐요.”

“많이 슬플 것 같아요.”

왠지 마지막을 짐작할 수 있었다.

“맞아요. 아주 슬픈 실화를 바탕으로 했으니까.”

“일단 고아 여자아이라는 것이 슬프네요. 고아라는 건.”

하유의 음성이 젖어 들었다.

“폭풍이 쳐도, 번개가 때려도, 함께 손잡고 뛰어줄 사람이 아무도 없다는 거죠. 그건 한겨울에 맨발로 눈을 맞고 발이 어는 것처럼 차갑고 시린 거예요.”

하유의 온몸에서 얼음 가루가 떨어져 내릴 것 같았다.

“일전에 내 그림의 주제는 야생화라고 했죠? 하유 씨는 야생화들을 보면 어떤 느낌이 듭니까?”

시곤은 그건 하유 씨의 이야기냐고 묻는 대신 에둘러 질문했다.

“너무 예쁘죠. 말이나 글로는 다 표현 못할 만큼. 하지만 한편으로는 가여운 꽃들이라고 생각하기도 해요.”

"가엾다고요? 보통은 야생화는 끈질기고 강인하다고 하는데."

"야생화는 막아줄 그늘 하나 없이 바람이 불면 부는 대로 흔들리고 비가 내리면 내리는 대로 젖어야 하잖아요. 그러니 가엾죠."

그 야생화가 저였다.

"아닙니다. 그건 그래서, 강인한 겁니다. 바람이 불거나 비가 내리면 야생화들이 어떻게 하는 줄 압니까?"

시곤은 '혼자 맞는 생일.'이라던 정은의 말을 떠올렸다.

"서로가 서로에게 꽃대를 기대거나 옆의 넝쿨에 제 넝쿨을 감아요. 그렇게 하면 서로의 든든한 의지가 되죠. 그렇게 서로에게 힘이 되어 주면서 바람이 부는 밤도 지나고 비가 내리는 어둠도 지나갑니다. 살아남기 위해 서로를 의지하면서 치열하게 견뎌 내는 거죠. 하지만 홀로 피었다 홀로 지는 야생화는 어떤지 알아요? 비바람이 지나고 나면 꽃잎을 다 떨어뜨리고 생을 마감하고 맙니다."

"의지할 친구가 없어서요?"

"아니요. 옆에 있는 친구에게 제 몸을 기댈 생각을 하지 않았기 때문이죠. 그건 사람도 마찬가지예요. 혼자서 버티고 견디려고 하면 인생의 비바람을 이길 수가 없어요. 주변을 둘러보면 내 가지를 기대고 내 넝쿨을 감아올려도 좋을 사람이 항상 존재하는 법이랍니다."

하유는 딱 지금의 제 처지를 이르는 말이라서 조금 놀랐다.

"이건 선물입니다."

시곤이 평상 뒤에 놓였던 꾸러미를 내밀었다. 리본으로 멋지게 모양도 내었다.

"생일 축하의 마무리는 선물이어야죠."

시곤은 에둘러 전한 저의 위로와 격려가 하유에게 가 닿았기를 기도했다. 지금 내민 선물도 또 다른 격려였다. 포장을 풀자 나온 것은 두 권의 책이었다.

<화구점의 강아지> - 동화작가 여하유

하유의 첫 번째 동화책. 정은의 엄마 은남이 운영하던 꽃집 건너편 화구점의 강아지와의 인연을 모티브로 쓰게 되었다.

"이걸 어떻게?"

"진주에서 제일 큰 서점에 있더라고요. 사장님이 진주에서 난 동화 작가라고 자랑도 한참 하셨습니다."

덕분에 시곤은 하유가 저와 같이 진주의 하늘 아래에 살고 있다는 것도 알게 되었다.

"한 권은 하유 씨에게, 한 권은 나에게 주는 선물이에요. 여기에 사인을 해 주었으면 좋겠습니다."

시곤이 한 권의 앞표지를 넘겨 볼펜과 함께 내밀었다. 하유는 무슨 문구를 쓸까 하다가 이렇게 적었다.

향기로운 야생화 그림 많이 그리세요. 감사합니다. 여하유.

하유가 책을 다시 건넸다. 그러면서 두 사람의 손가락 중 하나가 각자의 손가락에 스쳤다. 문득 달의 심장도 숨을 몰아쉬었다.

다음 날, 시곤은 브라프의 소리에 잠에서 깨어났다. 조금 있으면 알아서 일어날 시간인데 브라프가 연신 앞방 문을 긁어대었다. 그 이유를 현관을 나서고 나서야 알았다. 돌계단 앞에 하유가 서 있었다.

"잘 주무셨어요?"

하유는 꼬리가 빠져라 흔들며 뛰어오르는 브라프를 안아주었다.

"하유 씨가 이 시간에는 어쩐 일입니까?"

하유는 목덜미에서 묶고 있던 머리를 말꼬리처럼 올려 묶고 운동복을 입었다.

"매일 새벽 브라프와 같이 달리기를 하신다고 해서, 오늘부터, 같이 달려볼까 하고요. 제가 같이 기다리자고 했는데, 브라프가, 깨우러."

하유는 말의 중간마다 쉼표를 찍었다.

"안 추웠어요? 내가 언제 나올 줄 알고?"

"얼마 전 잠결에 이 시간쯤 나가시는 소리를 들었어요."

하유가 시곤에게 먼저 다가온 것도, 먼저 말을 건 것도 처음이었다. 아침에도 주방에서만 분주할 뿐 신문을 읽고 있는 시곤의 주변으로는 오지도 않았다. 시곤은 문득 이 새벽의 공기가 유난히도 달았다.

"잠시만요."

시곤은 개집 옆 사물함에서 브라프의 입마개와 목줄을 꺼내 들었다.

"브라프가 이렇게 의젓한데 그런 걸 채우세요? 사람도 다니지 않는데?"

시골하우스에서의 브라프는 언제나 자유로운 모습이었다.

"무슨 돌발 상황이 생길지 모르니까요. 브라프가 우리한테나 사랑스러운 가족이지, 남들에게는 충분히 위협적인 모습입니다. 반려견 인구가 늘어나고 있습니다. 우리 개는 안 물어요. 우리 개는 얌전해요. 이런 견주들의 인식과 행동부터 바뀌어야죠."

브라프는 알아서 입마개 안으로 입을 집어넣었다.

"우째 말소리가 들린다 싶어 나와 봤더만 오늘은 하유까지 몽땅 웬일이래?"

권숙이 밖으로 나온 것은 셋이 돌계단을 내려설 때였다. 동네 사람들에게 하유를 조카라고 소개해서 자연스럽게 하유를 이름으로 부르고 있었다.

"저희 때문에 시끄러워서 깨셨어요?"

하유는 한층 멋쩍었다.

"우리야 다 이 시간이믄 일어나 있제."

"이모님이랑 아저씨도 이렇게 일찍이요?"

"우리 할 일이 감 일 뿐인 줄 알어? 집 뒤로 텃밭에도 할 일이 올매나 많은디."

하유는 몰랐다. 남들 못지않게 부지런히, 열심히 산다고 믿었는데 시골하우스의 사람들은 모두 저보다 더 열심히 더 치열하게 어울려 살아가고 있었다.

"그럼 다녀와서 저도 밭일을 도울게요."

"아서. 우째 잘 먹이가 살을 쫌 올렸더만 병이라도 나믄 말짱 도로묵이여."

권숙은 감꽃 가로수 길로 나란히 내려가는 셋을 한참 눈으로 쫓았다.

"이 길로는 왜 사람들이 안 다니죠? 일꾼분들 말고는 출입하는 것을 못 봤어요."

"버스가 다니는 길도 아니고 거의가 감 농장이라 그래요. 이 길 끝에 부락이 나오긴 하지만 마을 분들은 정류소 쪽의 앞길로 해서 다니고 있어요."

"그렇군요. 어쩐지……. 어! 토끼다!"

하유가 갑자기 큰 소리를 냈다. 가로수 내리막길 끝에 토끼 한 마리가 모습을 드러내었던 것이다. 브라프가 낑낑대었다. 시곤은 목줄을 선뜻 놓아준다. 브라프는 정확하게 토끼를 목표로 달렸다.

"브라프! 안 돼!"

하유가 말릴 틈도 없었다. 그래서 브라프의 뒤를 따라 달리려는데 시곤이 제지하였다.

"경사 길에서 잘못 달렸다가는 큰일 나요."

"하지만 브라프가 토끼를……."

"걱정 말아요. 아무 일도 없을 테니."

브라프는 토끼의 바로 앞에서 멈추었다. 그런 후 입마개를 한 코로 토끼의 냄새를 맡았다. 토끼는 코를 벌름거리면서 얌전히 앉아 있었다.

잠시 후 토끼가 몇 발 뛰었다. 그 뒤를 브라프가 따라갔다. 기다리고 있던 토끼가 이번에는 반대편으로 몇 발 뛰었다. 브라프가 또 따라갔다. 토끼의 귀가 쫑긋거리고 브라프의 꼬리는 살랑였다. 그렇게 몇 번을 왔다 갔다 하더니 토끼는 농장 속으로 모습을 감추었다. 브라프는 아쉬운 듯 토끼가 사라진 쪽을 쳐다보았다.

"어때요? 내 말이 맞죠?"

"우리 브라프랑 토끼가 친구예요?"

"어느 날부터 달리기를 하기 전에 무슨 의식이라도 치르듯이 저러더라고요."

"야생화들이 서로를 의지하면서 비바람의 밤을 지내는 것처럼, 서로 종이 다르고 말 못하는 동물들끼리도 교감을 하나 봐요."

하유의 감동은 어젯밤 시곤의 이야기를 들었을 때와 똑같았다.

"맞아요. 자! 브라프의 의식도 끝이 났으니 몸을 풀고 제대로 달려 볼까요?"

시곤이 먼저 제자리 뛰기를 시작하였다. 하유도 따라서 했다. 그러자 하유의 머리카락 끝이 시곤의 코끝을 스쳤다. 나풀나풀 그래서 간질거리게.

모든 것이 호화로운 방이었다. 세트로 맞추어 꽃무늬가 같은 커튼과 침대보, 널찍한 러그, 방의 두 면을 차지한 이단 옷걸이에 잔뜩 걸린 옷들, 기둥이 달린 침대까지. 하지만 무엇보다 제일 화려한 것은 방의 주인인 유라였다. 유라는 이목구비가 빼어나게 선명했고 몸의 곡선은 더 그랬다.

"오늘은 이렇게 일찍 나가는 거니?"

노크 소리 후 지순이 들어왔다. 홈 원피스를 입은 몸매가 유라 못지않았다.

"촬영이 두 군데라서."

유라는 진주의 신도시인 충무공동에 자리한 홈쇼핑 회사의 모델이었다. 신도시가 개발되면서 주택공사가 이전해 왔고 서울의 몇 회사가 따라서 내려왔다. 위치한 지역 출신 모델을 기용한다는 취지하에 유라가 발탁이 되었다. 엄청난 경쟁률을 가뿐히 뛰어넘었다.

"아침은 안 먹을 거야?"

"촬영이 있는 날인데 어떻게 먹어? 그나저나 하유 이 년은 도대체 언제 돌아오는 거야? 벌써 꽤 지나지 않았어?”

“네가 그 계집애를 왜 기다리는데?”

“내가? 그년을?”

유라가 기가 막힌다는 듯 거울을 등지며 돌아보았다.

“그년이 있어야 빨리 결론이 나잖아. 난 올해가 가기 전에 꼭 재혁 오빠랑 결혼을 해야 한다고. 의사 사모가 되는 건데 혼수는 번듯하게 해 가야 될 것 아니야?”

“조금만 더 기다려. 언젠가는 제 발로 기어들어 오겠지.”

“엄마가 전화라도 해 보던지.”

“나도 싫다!”

형부 지찬이 세상을 떠난 후에 언니 은순은 2층짜리 이 집이 하유의 앞으로 상속되기를 원했다. 은순은 스스로도 제 경제 관념을 믿지 못했다. 그 일을 제일 먼저 의논한 상대가 지순이었다. 지순은 쾌재를 불렀다. 세상 물정 모르는 은순을 구워삶을 절호의 기회가 굴러왔다.

일단 은순은 관리가 안 될 테니 잘 생각했다고 운을 띄웠다. 하지만 이 큰 집을 덜컥 어린 하유 앞으로 상속을 시켰다가 만에 하나 무슨 일이 생기기라도 하면 어떡할 거냐 겁을 주었다. 그러면서 덧붙였다. 저를 공동명의자로 세워 주면 무슨 일이 생겨도 하유를 잘 보살펴 주겠다고.

누가 들어도 미친 말이었고 개소리였다. 하지만 열 번, 스무 번을 반복하니 50 중반을 넘기고도 여전히 공주병인 은순은 갈팡질팡하였다. 상속 절차를 끝내야 할 기간은 다가오는데 어쩔 줄을 몰라 하며 헤맸다.

은순이 결심을 굳힌 것은 지순이 부러 이삿짐을 챙겨놓고 이삿짐 차까지 부르고 나서였다. 언니가 나를 이렇게 못 믿는 줄은 몰랐다. 세상에 하나뿐인 내 조카를 내가 아니면 누가 지킬 거라서 망설이냐. 너무 서운하고 억울하다. 월세 쪽방에 살더라도 더 이상 언니랑은 한 집에서 살지 못하겠다. 이런 말로 잔뜩 약을 발라놓은 뒤였다.

　그 수법은 이 집의 2층을 차지할 때도 써먹었다. 은순이 어느 날 2층의 전세 계약이 끝났다고 했다. 주변에 좋은 사람이 있으면 소개해 달라고 부탁을 했다.

　당시 지순네는 아파트에서 살고 있었다. 남들 보기에는 고급 아파트였지만 실상은 남편 철구가 야금야금 전세금을 다 빼먹고 다달이 100만 원의 월세를 부담하고 있는 처지였다. 관리비까지 합해서 매달 들어가는 돈에 허리가 휘었다. 그나마 그 전세금도 절반 넘게는 지찬이 마련해 준 것이었다.

　무작정 이삿짐을 꾸려서 이 집으로 들이닥쳤다. 아파트 주인이 집을 비워 달라는데 철구의 사업 자금으로 전세금은 다 빼먹고 없는 형편이다. 당분간만 도와주면 전세금을 마련해서 나가도록 하겠다. 눈물 콧물을 다 짜 가면서 가련한 척을 했다. 지찬이나 은순이나 모진 사람들이 못 되어서 허락을 하였다. 무상으로 2층에 똬리를 틀었다.

　은순의 장례 후, 주택 등기를 내밀자 하유는 숨이 막히는 표정을 지었다. 하유는 아무것도 모르고 있었다. 그 또한 지순이 은순을 단단히 얼러놓은 결과였다.

　사실은 은순과 따로 쓴 계약서가 있었다. 명의는 공동으로 하되 집에 대한 전적인 권한은 하유에게 있다는 약정서였다. 법무법인의 인증까지 받은 서류였지만 그 존재를 말할 지순이 아니었다. 언니의 문

갑에 들어있는 것을 장례를 치르는 동안 이미 빼돌려 놓았다. 코 한 번 안 풀고 좋은 집의 절반을 차지했다.

그러던 것을 올해 들어 재혁과의 결혼을 두고 유라가 먼저 집을 팔아 치우자고 했다. 하유에게 얼마간 떼어주고 혼수를 마련해 달라는 뜻이었다. 어차피 의사 사위를 얻으면 월세 아파트에 다시 사는 거야 문제 될 것이 없었다. 제 사위가 된 재혁에게 전세금을 융통해도 상관없을 일이었다.

그런데 문제는 하유 그년이었다. 물귀신처럼 음험한 것이 집 문제에서만큼은 유독 고집을 피웠다. 저는 절대 이 집을 팔 수가 없단다. 제 아버지가 설계에서부터 건설까지 하나하나 직접 이룬 집이니 애착심이야 크겠지만 상관할 바는 아니었다. 아버지가 다른 언니 은순이었다. 말하자면 절반은 남인 셈이니 하유야 두말할 필요가 없었다.

"그러지 말고 이참에 1층과 2층을 아예 바꿔 버릴까? 그러면 마냥 퍼질러 앉아 있지만은 못할 것 아니야?"

거울 속에서 유라의 혀가 두 쪽으로 날름거렸다.

"잠가 놓고 간 집을 무슨 수로 열어?"

"동네에 널린 열쇠 집들은 다 장식이라서? 그리고 엄마한테 1층 열쇠가 있다는 것을 내가 모를까 봐?"

지찬이 떠난 후부터 지순은 1층의 열쇠를 지니고 있었다. 은순과 하유가 둘 다 집을 비우면 내려가서 냉장고도 뒤져 오고 은순의 옷도 집어 왔다. 하유가 혼자 남겨지고 나서도 마찬가지였다. 그 음험한 것은 아는지 모르는지 별말이 없었다. 살아생전 은순도 마찬가지였다.

"엄마가 1층 열쇠를 왜 가지고 있어? 그리고 1, 2층 짐을 몽땅 다 바꾸면 그 돈은 공짜라니?"

지순은 하유가 떠나던 날을 떠올렸다. 1층의 열쇠를 가진 사람이 저만은 아니었다.

❀ ❀ ❀

여고 동창들과 1박 2일 온천 여행을 가기로 한 달 전부터 예정이 되어 있었다. 지순은 한껏 들떴다. 유라는 오늘처럼 일찍 촬영을 나갔는데 이상한 것은 철구였다. 5평 부동산 중개소를 사업이네 떠들어대며 자정이 지나야 들어오고 아침밥을 먹자마자 나갔는데 그날따라 침대에 누워 일어날 생각을 하지 않았다.

"이봐, 구철구 씨! 언제까지 침대를 지고 누웠을 거야?"

"내가 지금 몸이 안 좋다니까. 여편네가 남편 시중들 생각은 안 하고 여행이나 가는 주제에!"

지순이 화장을 하면서 발로 툭 건드리자 철구는 앓는 소리를 냈다.

"그래서, 오늘은 안 나갈 거라고?"

"사업하는 사람이 안 나가긴 왜 안 나가? 조금만 더 누워 있다가 나갈 거야."

지순은 철구를 흘겨본 후에 집을 나가 택시에 올랐다. 동창들을 만나기로 한 장소가 지척이었지만 고상한 사모님은 꼭 택시를 타야 했다. 그런데 지순은 얼마 가지 않아 이상한 예감이 들었다.

바로 택시를 돌렸다. 뛰듯이 집으로 왔고 2층의 벨을 눌렀다. 철구는 응답이 없었다. 지순의 예감은 확신이 되었다.

대문을 열쇠로 열고 곧장 1층으로 향했다. 드리운 커튼 너머 풍경이 보이는 듯했다. 망설임 없이 열쇠를 꽂았다. 1층 열쇠를 지니고 있다는 사실을 들키게 되겠지만 상관없었다.

하유는 막 반신욕을 마치고 목욕 타월을 몸에 두른 채 욕실 앞에 서 있었다. 하유가 매일 아침 도서관에 출근하기 전, 반신욕을 한다는 것은 모두가 알고 있는 사실이었다. 동화 작가가 되면서 습관이 되었다. 물기를 머금은 뽀얀 살결은 지순이 보기에도 탐스러웠다.

기함할 일은 그 건너에서 철구가 다가서고 있는 것이었다. 웃통을 벗어 던져 20대만큼이나 단단한 복근이 불끈거렸다. 몸매를 가꾼다며 운동에도 목숨을 거는 인간이었다. 순간 피가 거꾸로 솟았다. 지순은 속살이 다 비치는 잠옷을 입고 옆에 누워도 털끝 하나도 안 건드렸다.

"야아아!" 냅다 고함부터 질렀다. 하유야 원래부터 얼음이었고 철구도 얼음으로 변했다. 흥분으로 상기되었던 철구의 얼굴이 다른 의미로 벌게졌다.

지순은 가방도 집어 던지고 구두를 신은 채 올라섰다. 분노의 발걸음으로 다가갔다. 눈 깜짝할 사이에 팔을 휘둘렀고 짝! 격렬한 마찰음이 난 것도 순식간의 일이었다.

"이, 이 미친년이! 어디 꼬리를 칠 데가 없어서 지 이모부한테까지 색기를 흘려!"

철구는 당연히 제가 맞는다고 생각을 했을 것이다. 하지만 지순은 하유의 뺨을 올려붙였다.

"부모님 돌아가시고 행실을 조심하라고 누누이 일렀는데 감히 내 집에서 이런 난잡한 일을 벌여?"

얼음이 되었던 하유는 넋이 나가 버렸다. 문에 부딪쳤다 바닥에 쓰러지더니 꼼짝을 하지 않았다. 그래도 수건이 벗겨질까 봐 가슴 앞쪽만큼은 꽉

그러쥐고 있었다.

"여보, 이게 어떻게 된 일이냐 하면 말이야."

철구는 구제를 받았다고 여긴 모양이었다.

"닥쳐! 빨리 주워 입고 기어 나와라!"

지순은 눈빛으로 철구의 입을 찢어놓으며 소파 위의 상의를 가리켰다.

"내 말 들어보라니까. 저게 집을 팔자는 말을 하도 안 들어서 겁을 좀 주려던 거지, 다른 뜻은 결코 없었어."

철구는 소매도 제대로 끼지 못한 채 따라 나왔다.

"열쇠부터 내놔! 내가 몰라서 구철구 니 편을 든 줄 알지? 유라의 결혼만 아니라면 동네방네 나발이라도 불고 싶은 심정이거든."

갑자기 쏟아진 비를 핑계로 그날의 온천여행은 취소를 하였다.

❀ ❀ ❀

"엄마가 안 하겠다면 나라도 전화를 해 볼 거야."

지순의 회상이 끝남과 동시에 유라의 화장도 끝이 났다.

"엄마가 기다리라고 할 때는 다 이유가 있는 법. 며칠만 더 있어 봐. 고 매는?"

고 매는 유라의 로드 매니저인 상우를 가리키는 말이었다.

"똥개야 밑에 와서 기다리고 있겠지!"

유라는 연달아 콧방귀를 뀌며 나가 버렸다.

"이 년은 도대체 뭘 하고 자빠진 거야?"

지순은 고고한 척 위선을 떠는 은순도 하유도 늘 꼴같잖았다. 그러니 하유가 수치심을 못 이기고 어디 가서 목이라도 매달았으면 얼마나 좋을까? 상상만으로도 기뻤다.

거실로 나온 하유는 언제나처럼 주방으로 가려고 했다. 그런데 브라프가 앞을 막았다.

"이모님은 안 계십니다."

신문을 보던 시곤이 브라프의 이유를 설명했다.

"아저씨와 함께 진주의 새벽시장에 나가셨어요."

"반찬거리를 사러 가셨나 보네요. 알았으면 저도 따라가는 건데."

"하유 씨가 그럴까 봐 일부러 저한테만 이야기하셨어요. 어제로 감꽃 숨기가 끝이 나서 당장 할 일이 없을까 봐 지금 걱정하고 있죠?"

하유는 뜨끔했다. 고개도 들지 않고 어떻게 제 마음을 알아차렸을까?

"최소한 오늘은 걱정할 필요가 없어요. 점심나절 손님들이 한아름 방문할 테니까."

"그럼 제가 있으면 안 되는 것 아닌가요?"

"전혀요. 오히려 이모님의 입장에서는 하유 씨가 있어서 고마운 손님들일 겁니다. 그러니까 편히 앉아 책이라도 봐요. 여가 시간에 책 보는 것, 좋아하잖아요."

거실 한쪽, 유리문이 달린 책장이 두 개 놓였다. 장르가 다양한 책들이 꽤 많은 분량 꽂혀 있었다. 하유는 저녁 여유 시간에 제 방에서 책 읽기를 즐겼다. 그건 또 어떻게 알았지?

하유는 어제저녁 읽다 만 소설을 꺼내 들었다. 조심스럽게 시곤의 맞은편 소파에 앉았다. 브라프가 발아래에 엎드렸다. 시곤은 그제야 눈을 들었다. 둘의 시선이 맞부딪쳤다.

"불, 편하세요?"

하유는 괜한 짓을 했나 또 뜨끔했다.

"전혀요. 그럴 리가 없잖습니까?"

부쩍 자신과의 거리를 좁혀 오는 것은 하유의 마음이 편하다는 증거였다.

"조용히 있을게요."

책을 읽으니 당연히 조용할 것인데 하유가 웃었다. 배시시. 순간 시곤이 들고 있던 신문지가 파르르 떨렸다.

시작되는 아침 햇살은 먼지 하나 없이 거실의 나뭇결 사이로 내려앉았다. 간혹 신문 넘어가는 소리가, 책장 넘기는 소리가, 브라프의 귀를 간질였다. 밀레의 만종 같은 아침이었다.

❧ 백자귀의 꽃말은 <가슴 두근거림> ❧

닿고 나서야 알았다

권숙과 종학은 짐 보따리를 가득 들고 돌아왔다. 시곤은 주차장까지 내려가 들어주었고 하유도 돌계단 위에서 작은 보따리 하나를 받았다. 네 사람이 함께 주방으로 들어가 짐 정리가 대강 끝이 나자 권숙이 하유에게 종이 가방 하나를 쥐여 주었다.

"이게 뭐예요?"

"봐 보믄 알 거 아녀?"

가방을 벌려 보니 자잘한 꽃무늬의 분홍색 원피스와 덧양말이 들어있었다.

"시장에서 우리 집 냥반이 갑짜기 집어 들고나오대. 해서 맞차보니께 내는 다리 한 짝도 못 집어넣겠더라고. 암만 캐도 하유를 줄라꼬 샀는갑다 싶대. 보소! 내 말이 맞소, 틀렸소?"

종학은 헛기침만 내뱉고는 급히 나가버렸다.

"시곤이, 하유한티 손님들 얘기는 했제?"

"벌써 했습니다."

시곤이 웃음을 삼켰다.

"내가 부러 덧양말도 샀응께 아침밥 먹고 나거들랑 입으라꼬. 인자 감 일도 없고 여그서는 내도록 펑퍼짐한 옷만 입었잖여."

그날 아침, 하유가 손에 잡히는 대로 구겨 넣은 짐에 원피스 같은 건 없었다.

시곤은 제 방으로 돌아와 붓을 들었다. 그런데 저를 향해 배시시 웃던 얼굴과 종이 가방을 들고 눈가를 붉히던 얼굴이 되새김질이 되었다. 직접 본 것보다 훨씬 선명한 영상이었다.

얼른 영상을 흩어버리고 물감을 적셨다. 한참 동안 작약 꽃송이에 명암을 넣었다. 작약은 겹겹이 포개어져 꽃잎 끝이 퍼져나가는, 5단 무지기속치마를 닮은 꽃이다.

세 번째로 물통을 갈기 위해 일어날 때였다. 요란 법석한 소리가 날아들었다. 손님들이 도착한 모양이었다. 시곤은 휴대폰을 챙겨 밖으로 나갔다.

하유는 고만고만한 키를 가진 아이들과 함께 주차장에 있었다. 브라프는 하유의 옆에서 꼬리를 살랑대는 중이었다. 첫날 권숙이 시곤에게 단단히 얼러 놓으라고 하던 동네 녀석들이었다. 시곤도 이름을 알았다. 6학년 예림과 4학년 예인은 자매였고, 6학년 민서와 3학년 민재는 남매였다.

"무슨 소리야? 내 게 훨씬 예쁘다고."

"야! 공평하게 심판해 달라고 해야지."

"손도 못생긴 게 어디에서."

"자꾸 다투면 우리 모두의 목걸이가 다 미워질 텐데."

아이들은 시골하우스에 올라오면서 각자 감꽃 목걸이를 걸고 온 모양이었다. 하유는 누구의 손도 들어주지 않았다.

"그러지 말고. 게임을 할까? 브라프랑 다 같이 '무궁화 꽃이 피었습니다.' 어때?"

하유의 목소리가 바람결을 타고 날아왔다. 새삼 확인하면서 시곤의 눈이 동그래졌다. 하유가 원피스를 입었다. 종아리까지 내려오는 자잘한 꽃무늬의 분홍 원피스는 허리는 조이고 밑단은 퍼져서 작약과 닮았다.

"무궁화 꽃이 피었습니다."

술래가 된 예림이 뒤돌아서 외쳤다. 하유와 브라프, 아이들은 조금씩 다가갔다.

"브라프! 너, 꼬리 움직였어어!"

몇 번 만에 예림이 브라프를 가리켰다. 브라프는 억울하다 늑대 닮은 소리를 내질렀다. 하지만 아이들이 엉덩이를 밀어대자 예림의 다리에 가서 코를 박고 설 수밖에 없었다. 얼굴이 불퉁했다.

"무궁화 꽃이 피었습니다."

예림이 다시 외쳤고 하유와 아이들은 살금살금 다가갔다. 그래도 남자애라고 민서가 브라프의 꼬리를 건드렸다. 모두가 달아나기 시작했다. 하유가 활짝 웃자 하유의 옆얼굴도 작약 꽃이 되었다.

시곤은 휴대폰으로 하유와 아이들을 찍기 시작했다. 특히 하유의 주변으로 포커스를 맞추었다. 화면 속으로 그 순간들이 추억 알맹이가 되어서 들어와 박혔다.

"머를 그래 열심히 찍어 쌌는데?"

분주하던 시곤의 손길을 멈춘 것은 텃밭에서 돌아 나온 권숙의 음성이었다.

"그냥, 보기가 좋아서요."

누구라고도 무어라고도 지목하지 않고 시곤은 휴대폰을 슬며시 집어넣었다.

"전화는 와 집어너? 내가 머라 캤어? 인자 슬슬 점심을 준비할라꼬."

권숙은 아이들을 귀찮아하듯 말은 했지만, 실상은 올 때마다 시장을 봐서 점심까지 살뜰히 먹여 돌려보냈다.

"다 찍었어요. 다음에 한 번 그려볼까 해서요."

"시곤이가 운제 사람을 그렸다꼬?"

권숙은 혼자만 중얼거리고 말았다.

새로운 술래로 예인이 뽑혔다. 하유는 돌계단 위로 선 시곤과 권숙을 발견했다. 오른손을 번쩍 들더니 흔들었다. 작약 꽃송이가 흔들렸다. 시곤과 권숙도 손을 들어 답을 했다.

"하유 말이라, 첫날이랑은 완전히 달라졌제?"

권숙의 얼굴에 또 엄마 표 미소가 걸렸다.

"비를 맞고 쓰러져 누벘을 때는 청년 사연이 머가 그리 많은고 싶었제. 근디 지키본께 좋은 부모님 밑서 사랑받고 자란 티가 역력하믄서 어른 알아볼 쭐 알고 앞뒤 구벨도 할 쭐 알고, 요즘 아가씨들 같지 않거로 생각이 깊은 거 같어."

"어떻게 그걸 다 아셨어요?"

"나이는 공으로 묵는가? 우리 집 냥반이나 브라프 좀 바. 낯선 사람헌티 운제 마음 주는 것 봤나? 사람이 좋옹께 좋은 사람이나 좋은 강생이나 다 알아보는 기제. 나헌티도 선뜻 살뜰하게 이모님이라고 부르잖어."

"저도 그렇게 생각합니다."

"원피스가 참 잘 어불리네. 우리 냥반이 말이라, 머슴아만 셋 키우면서 운제 그런 낙을 누려봤어야제? 그래서 하유한티 더 마음이 쏠리는 가비여. 그건 그라고 하유가 진주에 사는 동화작가라는 거 말고 시곤이가 따로 더 아는 건 없는가?"

"아무것도 안 물어봤습니다. 먼저 말한 적도 없고요."

하유가 머물기로 한 날짜가 4일이나 남았다. 제 그림 작업도 막바지니까 이야기를 나눌 시간은 충분했다.

"그런 거도 모르고 시곤이가 마음을 정했다꼬?"

권숙이 새삼스럽다는 듯 혼잣말로 고개를 갸웃거렸다.

"하기사, 인연이야 우째 풀릴지 모리니께."

권숙의 큰아들 동훈은 대학을 중퇴한 한 후 마음을 잡지 못하고 오래 방황을 하였다. 그러다가 시골하우스를 공사 중이던 지 소장의 일을 돕게 되었는데 함께 지내면서 지 소장이 어떻게 격려를 해 주었는지 마음을 다잡았다. 이제 단란한 가정도 꾸렸고 그때 배운 건축 기술로 제 가족을 성실히 부양하는 중이었다.

"무슨 말씀이세요?"

"아이여. 아이여. 갠한 소리니께 신경 쓰지 말어."

원래 자기의 마음은 자신이 제일 늦게 깨닫는 법이었다.

"낸 이만 들어가. 저 녀석들 밥까정 준비할라니께 벌씨로 혼이 빠지는 기분이여."

권숙은 시곤의 어깨를 두들긴 후 돌아섰다. 그때, 하유가 시곤 쪽으로 오기 시작했다. 작약 꽃송이가 스치듯이 계단을 뛰어 올라왔다.

"저기, 시간, 괜찮으세요? 아이들이 돌비석 치기를 하자는데, 그런데, 화가 삼촌도 같이했으면 좋겠다고."

부탁을 하기가 뭣한지 마침표가 하나도 없었다.

"이 상황에서야 없는 시간도 만들어야죠. 그럼 나도 오랜만에 몸 좀 풀어 볼까요?"

시곤은 오른팔 회전운동을 했다.

예인이 땅에다 일자로 줄을 그었다. 그 줄 위에 각자가 주워 온 넓적하고 얇은 돌들을 일렬로 세웠다. 돌비석 치기 돌은 손바닥을 닮을수록 유리했다.

민재가 제일 먼저 돌멩이를 던졌다. 작고 약하다 보니 비석 돌까지 날아가지도 못했다. 민재의 탄식이 터졌다. 다음은 예림이었다. 돌멩이가 비석 돌에 맞기는 했지만 넘어가지 못했다.

시곤의 차례였다. 줄에 서서 돌멩이를 두어 번 흔들며 날아갈 거리를 가늠했다. 보기 좋게 정중앙에 맞은 돌멩이에 비석 돌이 뒤로 넘어갔다.

하유는 마지막이었다. 돌비석 치기에 대해서는 이론만 알았다. 지금은 소원해지고 만 5촌 당숙의 시골집에 놀러 가서 동네 아이들이 하는 것을 본 것이 다였다. 시곤을 흉내 내어 보았다. 하지만 가늠이 되지 않았다.

"삼촌, 화가 삼촌이 이모를 가르쳐 줘 봐요. 도시에서 사니까 이런 건 모르나 봐요."

보다 못한 민서가 참견을 했다.

"알았어. 하유 씨, 잠시만요."

순식간에 시곤이 뒤로 다가왔다. 한 손을 하유의 허리에 얹고 다른 손으로 하유의 손을 감싸 쥐었다. 순간 하유는 눈앞에 무명천이 드리워지는 기분이었다.

"힘을 너무 주면 넘어가 버리고 너무 빠져도 돌 비석까지 날아가지 못합니다. 몸을 약간 앞으로 쏠리게 하고 팔꿈치와 손목의 반동을 이용해 봐요."

시곤이 하유의 손을 쥐고 같이 흔들어 주었다. 돌멩이가 두 사람의 손에 있다가 공중으로 날아올랐다. 돌 비석의 정중앙을 맞히면서 '딱' 경쾌한 소리를 냈다. 돌 비석이 넘어갔다. 모두가 환호성을 질렀다. 브라프도 돌멩이처럼 공중으로 뛰어올랐다. 맞닿은 돌멩이 둘에서는 동시에 힘줄이 돋아났다. 어느 돌멩이 하나에서는 맥박이 정상치 횟수를 훌쩍 넘겨버렸다.

진주 시내에 자리한 시곤의 본가도 이층집이었다. 1층의 큰 방에 규가 기거했고 작은 방을 한수와 순옥이 사용하였다. 2층에는 시곤의 화실과 방이 있었고 다른 방은 손님용으로 비워두었다.

규는 평생 흙일을 했고 올해 나이 여든일곱이었다. 시골하우스를 포함한 모든 농사일에서 손을 떼고 돋보기를 끼고 책을 읽는 것을 소일거리 삼아 지내었다. 시골하우스는 시곤의 명의로, 금산면 쪽에 있는 밤산은 동생 시화에게 상속해 준 것이 벌써 몇 년 전의 일이었다. 타인에게 땅을 양도하지 않는다는 전제 하였다. 규는 자손들에게 흙일을 하라고 종용하지는 않지만, 땅의 기운을 고마워하면서 살기를 원했다.

한수는 몇 년 내 퇴직을 앞두고 있는 독산초등학교의 선생이었다. 토요일은 출근을 하지 않으니 세 식구는 함께 점심을 먹는 중이었다.

"에미야, 곤이의 전시회가 언제부터라고 했지?"

상차림은 규를 위주로 해서 간이 연하고 부드러운 반찬 일색이었다.

"이제 일주일 정도 남았습니다."

전업주부인 순옥은 몸놀림이 재빠르고 바지런해서 사랑을 받는 며느리였다

"곤이는 언제 돌아온다니? 출국 준비에 이것저것 챙기려면 바쁠 텐데."

"삼사일 내로 돌아온다네요. 필요한 것들은 갤러리에서 다 준비를 했대요."

"전시회는 두 달간이라고 했지?"

"국경이 면한 유럽의 6개 나라에서 10일간씩 두 달이랍니다."

한수는 외양은 규와 닮았지만 평생 아이들을 가르쳐 온 손가락은 규의 것과는 천지 차이였다.

"에미야! 요즘 젊은 애들은 맞선이 아니라 소개팅이라는 것을 한다면서?"

"아버님이 그걸 어떻게 아셨어요?"

"에미 넌 나를 할 일 없는 뒷방 늙은이로 보는 게야?"

"그럴 리가요, 아버님."

주고받는 말속에 가족의 정이 녹아 있었다.

"곤이가 전시회를 마치고 돌아오면 그 소개팅이라는 것을 주선해 보거라."

"곤이한테 소개팅을요?"

3남 5녀의 장남인 규에게 첫 손자인 시곤은 집안 모두의 첫 손자이기도 했다. 그런데 규의 손아래 동생들이 시곤의 결혼에 대해 물어 오면 '제 앞가림 제가 알아서 하겠지.' 남 말 하듯 해서 순옥은 애가

탔었다.

"아버지! 혹시 어디가 편찮으신 건 아니죠?"

노인이 죽을 날이 되면 심경의 변화를 일으킨다고 했다. 한수는 혹시나 싶었다.

"내야 튼튼하지. 하지만 곤이가 올해 벌써 서른하나. 전시회를 마치고 돌아오면 그것도 훌쩍 가을이지 않니? 그럼 곧 서른둘인데 서른둘 넘으면 이제 서른다섯, 여덟도 금방 돌아오는 법이다. 곤이가 혹 따로 만나거나 마음에 둔 사람이 있는 건 아니지?"

"제가 알기로는 없습니다. 아버님."

순옥은 제발 그런 아가씨라도 있었으면 좋겠다.

"결혼이 늦으면 자녀 생산도 늦어지는 법. 젊을 때 낳아 튼튼히 기르는 것도 부모가 줄 수 있는 좋은 유산이야."

"곤이가 저희한테 언급도 없이 진지한 만남을 가질 아이는 아닙니다."

한수도 그림과 브라프만 끼고 사는 시곤이 걱정이었다.

"애비는 말만 하지 말고 좋은 여선생이 있으면 주선도 하고 노력을 해 보거라. 애비가 돼서 내랑 똑같이 널널하면 쓰겠니?"

"그렇게 하겠습니다."

사실 서너 번 학교 여선생의 사진을 시곤에게 보여 본 전력이 있었다. 그때마다 시곤은 생각을 해 보겠다고만 하고 말이 없었다. 시화는 벌써 결혼을 해서 남매를 두었다.

"아버님은 곤이의 짝으로 어떤 아가씨가 맞춤하신대요?"

순옥도 몇 번 선을 권유한 적이 있었다. 두 번은 사진도 보여 주었다. 순옥이나 한수는 마음에 들었는데 정작 본인이 난색을 표했다.

마음을 주면 한없이 깊고 넓을 아들이 그 상대를 아예 찾으려고 하는
것 같지 않아 애가 탔다. 하지만 이제 규가 발 벗고 나선다. 그 권세를
등에 업고 유세 아닌 유세를 부려도 되겠다.

"돈이야 우리 집이 부족하지 않으니 되었고 얼굴은 곤이가 보고
살 테니 그만이고 공부야 내도 평생 흙일을 한 사람인데 곤이 저랑
말만 통하면 그만이다."

"그럼 아무 아가씨나 막 선을 보일까요?"

"그래도 딱 하나 조건은 있지. 내가 평소에 입이 닳도록 말하지 않
았니? '부모 없이 홀로 남겨진 사람.' 그런 사람은 절대 안 된다."

"그렇게 따지면 가족이야 우리 쪽에 차고 넘치니 아가씨는 홀몸이
어도 상관이 없죠."

기분이 좋은 순옥이 딴에는 농담이라고 했다. 그런데 규가 숟가락
을 놓더니 주방을 나가버렸다. 정말로 화가 났다는 표시였다. 순옥이
급히 따라갔지만 규는 방으로 들어가 버렸다. 순옥은 죄송하다는 말
도 할 수가 없었다.

"왜 열없는 말로 아버지의 노여움을 태우는 거요?"

한수가 그나마 규의 방으로 따라 들어가며 남긴 말이었다. 순옥은
그만 체해 버렸다.

시골하우스의 안채는 기름을 잘 먹인 목재로 서까래를 해 넣은 나
무 천장이 떠받치고 있다. 거실을 중심으로 벽난로와 3개의 방이 있
고 방마다 작은 욕실이 딸렸다. 주방도 넓게 앉혀서 대가족의 식사
준비에도 부족함이 없었다.

"이모님! 시골하우스는 지은 지 얼마나 됐어요?"

"올히로 딱 10년째일 거로."

하유의 집도 10년 전 지찬이 직접 지었다.

"어르신이 우리 시골하우스를 지은 지 소장한티 대가족도 편안키 지낼 수 있거로 해 달라 캤더먼 방마다 목욕탕을 넣어 줬제. 모든 부락을 다 뒤지도 시골하우스 같은 집은 없어."

"어디라도 방마다 욕실이 달린 주택은 흔치 않아요, 이모님."

"그 당시 지 소장이 참말 공을 들였제. 글캐서 시골하우스도 어르신의 자랑이여."

둘이서 식사 준비를 하며 나눈 대화였다.

"이모님, 설거지가 끝나면 오늘은 밭일을 도와 드릴게요."

어제는 아이들 덕분에 하루를 잘 보내었다. 그런데 하유는 오늘이 걱정이었다.

"아서!"

재빨리 답을 한 것은 종학이었다. 그래 놓고 또 헛기침을 내뱉는다. 권숙과 시곤의 시선이 재빨리 마주쳤다.

"그려. 아서! 화장도 안 하고 맨얼굴에 썬크림인가만 바르는 거 같더만, 고운 얼굴 다 타믄 손님 접대가 흉흉하다 소문날 거 아닌가벼."

"전 손님도 아닌 걸요. 정말 도와 드리고 싶어서 그래요."

"도시 사람들은 농사일이라 카믄 기냥 엎드리 가 호미질만 하믄 되는 줄 아는디 그기 아이라. 흙도 다 지 성질을 알아 맞차 가 따듬어 죠야 손이 간 만큼 열매를 맺어 주는 법이여. 그라고 오늘도 하유의 일감은 내가 맞차 났은께 걱정을 말고."

종학이 옆에서 고개를 끄덕였다. 그 모습이 <빨간 머리 앤> 애니메이션 속 매튜 아저씨를 닮았다. 하유는 지금도 즐겨 보았다.

"맞아요, 하유 씨. 나도 두어 번 손 걷어붙였다가 일감만 더 해 놓았습니다."

시곤까지 거들고 나섰다.

일감은 감꽃이 가득 담긴 대바구니 두 개와 설탕 부대, 실타래와 바늘이었다. 종학이 직접 엮었다는 대바구니 속에 연노랑 문어 애기들이 옹기종기 누워 있었다. 권숙이 감꽃 엑기스도 담고 목걸이도 만들어 보라고 했다.

"큰 바구니의 감꽃은 칼칼이 씻어 독에 담가 설탕을 부어주믄 되고 작은 바구니 감꽃은 실에다 조랑조랑 꽂으믄 맻날 매칠이 가도 생생하거등. 그라고 혹여나 밸채 뒤쪽으로는 하유 혼자 절때 가지 말어. 거는, 돌담이 있어 낮에도 종종 독사가 출현을 한단 말이여. 알겄제?"

브라프와 함께 한 감꽃 엑기스 담기는 한 시간 남짓 지나 끝이 났다. 독을 채운 감꽃 위로 흑설탕을 붓자 정겨운 황톳길에 감꽃이 피어난 것 같았다. 세월이 지나면 고운 빛깔로 우러날 것이다.

야외 수돗가를 정리하고 평상으로 내려갔다. 하유가 실을 뽑아 바늘을 끼우자 브라프가 올라와서 나란히 앉았다.

"갖고 싶다고?"

브라프가 컹 짖었다. 하유가 구멍이 난 감꽃의 중앙으로 실을 통과시키자 작은 애기 문어들이 차곡차곡 발을 포갰다. 바닷가에 주르르 늘어놓은 듯했다. 브라프는 가끔씩 감꽃을 씹어 먹었다.

첫 목걸이를 브라프에게 걸어주었다. 브라프는 목을 길게 빼고 목걸이가 도드라져 보이게 뽐을 내었다. 다음은 제 목에다 걸었다. 달큰한 감꽃 향이 코를 찔렀다. 산바람이 불어왔다. 온갖 야생화와 과실나무의 꽃 내음을 싣고 살랑거렸다. 이파리들이 뒤척이는 소리는 하유의 머리칼과 브라프의 털을 스쳐 지나갔다. 하유는 어깨 뒤로 평상을 짚고 브라프를 흉내 내며 하늘을 보았다.

"정말 좋다! 그치?"

마음껏 평화로워서 가물가물 낮잠에라도 들 것 같았다. 그렇게 얼마나 있었을까?

"하유 씨! 둘이서만 재미있을 겁니까? 감꽃 목걸이, 내 건 없어요?"

그림자 하나가 얼굴에 드리워지더니 시곤이 물어왔다.

"만들어 드릴까요?"

눈을 감고 늘어져 있던 모습이 흉했을까 봐 후다닥 일어섰다. 그 바람에 무릎 위에 놓여 있던 감꽃 몇 개가 시곤의 발등에 쏟아졌다.

"그림을 그리다가 힘들면 브라프처럼 하나씩 빼 먹으라고요? 난 됐습니다."

잠시 후, 셋이서 나란히 돌계단을 올랐다.

"하유 씨, 점심을 먹은 후 그림 작업하는 것 구경할래요?"

시곤은 이 말을 타인에게 처음 해 보았다. 작업을 하는 제 공간에는 아무도 들이지 않았다. 시골하우스의 제 방은 물론이거니와 진주의 집 2층 화실도 마찬가지였다. 친형제처럼 지내는 육촌 동생 원은 언제나 불만이었다.

"정말요? 방해가 되지 않는다면 보고 싶어요."

야생화가 주제라는 시곤의 그림이 줄곧 보고 싶었다. 하지만 권숙이나 종학이 시곤의 방에 들어가는 것을 본 적이 없다. 청소도 시곤이 직접 하는 듯했다.

시곤은 방문을 열어젖힌 후에 목침으로 고정을 했다. 시곤의 방의 첫인상은 물감 내음이었다. 그냥 냄새일 뿐인데 하나하나 빨간색, 노란색, 파란색으로 각자 다른 냄새가 났다. 방 안에 가득한 캔버스 위에는 야생화들이 활짝 피어올랐다. 분명히 그림이라고 했는데 실제로 야생화가 피어나 있다. 꽃밭이었다.

조금 더 다가가 보았다. 그제야 착시를 일으킬 만큼 섬세하고 입체적으로 그려낸 꽃이라는 것을 확인할 수 있었다. 꽃송이 하나, 꽃대 하나, 이파리 하나, 잎맥이나 잔 솜털 하나까지 그려낸 섬세함은 경이롭기까지 했다.

"꽃들이 어쩜 이렇게 섬세해요? 보통의 수채화들은 이렇지 않잖아요. 정말 살아있는 꽃처럼 잎맥 하나하나까지 다 그려 넣으셨네요."

"이런 그림, 처음 봅니까?"

하유는 그림에 시선을 못 박고 고개를 끄덕였다.

"그럼 보타니컬 아트라고는 들어봤어요?"

그런 단어도 처음이었다.

보타니컬 아트(Botanical Art).

모든 종류의 꽃이나 식물, 과일과 채소를 정교하게 표현해 내는 그림 예술. 다양한 기법으로 잎맥 하나하나, 꽃술의 솜털 하나하나, 흙이 달린 잔뿌리 하나하나까지도 정확히 그려낸다. 하지만 국내에서는 단어조차 모르는 사람이 훨씬 많다.

"그럼 보타니컬 아트 화가이신 거네요."

물론 보타니컬 아트 화가라고 해서 다 이렇게 생화와 꼭 닮은 입체감으로 꽃을 그려내는 능력이 있는 것은 아닐 것이었다.

"시곤이, 많이 바쁘제?"

그때 권숙이 시곤의 방문 앞으로 다가왔다.

"우짜지? 정류소 건너편 임실 부락에 초상이 났네. 울 냥반이랑 같이 인사를 가 바야 카는 데라 나가바야 쓰겄는디."

권숙은 면장갑도 벗고 있었다.

"그럼 얼른 다녀오세요. 이것도 전해 주시고요."

시곤은 협탁에서 봉투 하나를 꺼내 부의금을 챙겨 넣었다.

"번번이 미안시럽거로."

"할아버지가 이모님이 가시는 마을 초상은 꼭 챙기라 하셨어요."

"하유! 암만 캐도 저녁도 먹고 우리 냥반이 술도 한 잔 헐 것 같은디 저녁일랑 부탁을 허고 가도 대까? 반찬이랑은 다 준비대 있어."

"당연하죠. 제가 알아서 할 테니까 편안히 다녀오세요."

"제 차로 다녀오시면 됩니다."

"아이여. 술 마실 걸 생각하믄 걸어가는 기 편하제."

권숙과 종학은 시골하우스의 본채를 나와서 감꽃 길을 내려가기 시작했다. 먼 일가친척인데도 권숙의 낯빛이 유난히 어두웠다.

"인상 펴!"

종학 딴에는 걱정을 하느라고 한 말이었다.

"지끔 가는 문상 길이 이기 끝이 아닐 거 같은디 내가 우찌 인상을 피겄소?"

권숙에게는 오늘따라 경사 길이 너무 가팔랐다. 종학은 권숙의 가방을 대신 들어주었다. 함께 총총 사라졌다.

시곤은 주변에 아무도 없다는 사실을 깨달으며 붓을 놓았다. 벽시계를 보니 벌써 6시가 넘었다. 하유와 브라프가 어디 갔는지 확인할 필요도 없이 주방 쪽이 부산하였다. 산 뒤로 넘어가는 마지막 햇살이 주방을 가득 채우고 있었다.

"용감한 브라프 씨! 오늘 저녁은 된장찌개에 산나물이에요. 마음에 드시나요?"

하유가 키친타월을 마이크처럼 쥐고 브라프의 입 앞에 갖다 대었다.

"열심히 자라서 우리의 맛있는 양식이 되어 준 나물들에게 감사를 전하며! 그리고 저물어가는 고운 햇살에게도 감사를 전하며!"

브라프가 컹 짖었다.

"밥 준비를 혼자 하는 거예요? 심심하지 않았어요? 도와달라고 하지 않고요."

시곤은 넘어가는 햇살이 눈에 부셨고 정수기에서 물을 한 잔 받아 마셨다.

"브라프가 도와줬어요. 준비가 끝나면 나오시라고 할 참이었는데."

싱크대 위에 잘게 썬 감자, 두부, 당근, 파 등이 놓였다. 뚜껑 열린 뚝배기 안에는 된장 국물이 보글거리고 있었다. 뚝배기 옆으로는 국물김치와 고추장 소스를 끼얹은 어린 바위채송화 순도 함께 놓였다.

"나는 달걀이라도 부쳐야겠는데요."

시곤이 프라이팬을 꺼내 들었다.

"그러지 마세요. 내도록 그림을 그리느라 고생하셨는데."

"하유 씨도 내도록 밥 준비를 하느라 고생을 했죠."

시곤이 냉장고에서 달걀을 세 개 꺼내 들었다. 브라프의 몫까지 구울 참이었다. 한 손에는 달걀 하나, 다른 손에는 달걀 두 개를 들고 가

스레인지 쪽으로 다가왔다. 된장찌개에 야채를 넣으려고 준비 중이던 하유와 밀접한 거리에 서게 되었다.

그때였다. 브라프가 눈동자를 굴리다가 제 얼굴로 하유를 시곤 쪽으로 힘껏 밀어버렸다. 무방비로 서 있었다. 하유는 중심을 잡으려고 했지만 시곤 쪽으로 넘어질 수밖에 없었다.

"조심해요."

시곤은 하유를 잡아주려고 했다. 하지만 달걀을 양손에 쥐고 있어 함께 중심을 잃을 수밖에 없었다. 겨우 싱크대의 상판을 주먹으로 짚어 지탱하였다. 하지만 하유의 얼굴이 이미 시곤의 가슴에 파묻혀 버렸다. 내려다보는 하유의 머릿결에서 산을 닮은 풀 내음이 났다. 시곤의 가슴팍에서는 물감 냄새와 뒤섞인 감귤 향이 났다. 순간 넘어가는 해 그림자가 벌게졌다.

"미안해요. 배가 고파서 내가 마음이 급했어요."

뻔한 브라프의 짓을 시곤이 사과했다. 달걀을 내려놓고 아무 일도 없었다는 듯 하유를 떨어지게 했다.

"된장찌개는 내가 마저 끓일 테니 가서 손부터 씻고 와요."

하유의 팔뚝을 감쌌다 떨어지는 동작도 자연스러웠다.

"얼른 와요. 찌개가 식으면 안 되니까."

황급히 걸음을 돌리는 하유의 등에 시곤의 말이 내려앉았다. 하유가 완전히 사라지자 시곤은 브라프 쪽으로 검지를 흔들어 보였다.

"너 이 녀석! 왜 자꾸 생전 안 하던 짓을 하고 그러지?"

시곤은 팔짱을 끼며 싱크대에 몸을 기댔다. 태연한 척 했지만, 결코 아무렇지 않을 수가 없었다. 입술을 깨무는 시곤의 얼굴색이 해 그림자처럼 변했다.

하유는 욕실의 거울에 제 얼굴을 비쳐 보았다. 턱 아래에서부터 이마 끝까지 온통 상기되었다. 열을 식히려고 볼을 쳐 보지만 소용이 없었다. 시곤의 가슴이 떠올랐다. 단단하고도 너른 가슴이었다. 발가락이 뻣뻣이 일어선다.

"둘이서만 어떻게 밥을 먹지? 배가 아파서 나중에 먹는다고 할까?"

거울 속의 저에게 물었지만, 대답이 없다. 한참 머뭇거리다 어쩔 수 없이 방을 나섰다.

뜻밖에도 브라프가 방문 앞에 앉아있었다. 옆에는 사과를 하나 놓고 입에는 종이를 물었다. 종이를 하유 쪽으로 들이밀었다.

〈잘못했어요. 다시는 안 그럴게요. 내 사과를 받고 식사도 맛있게 하세요. -브라프 올림-〉

힘찬 필체의 내용이었다. 하유는 웃을 수밖에 없었다.

"하유 씨! 브라프가 혼자서 한글을 배웠네요. 그러니까 브라프의 사과, 받아 줘요."

시곤은 주방 입구에 서 있었다. 모양새가 브라프와 똑 닮았다.

"알았어, 브라프. 기꺼이 받아 줄게."

사과를 주워 드는 하유는 욕실에서의 고민이 무색해졌다.

편안한 식사가 끝난 후에는 브라프를 중간에 앉히고 텔레비전을 보았다. 하유는 뚫어져라 화면을 응시하는 브라프가 내용들을 다 이해는 하는지 궁금하였다.

종학의 술자리가 길어질 것이라는 권숙의 짐작이 맞아서 두 사람은 돌아올 기미가 없었다. 먼 곳에서 구슬픈 울음소리가 들렸다. 비슷하지만 다른 두 소리였다. 숨죽여 흐느끼는 것 같기도 하고 눈물을 흘리며 통곡을 하는 것 같기도 했다. 시곤이 하나는 소쩍새이고 하나는 사슴을 닮은 동물인 고라니라고 일러 주었다.

이윽고 시곗바늘이 10시를 넘겼다. 시곤은 하유의 동의를 구하고 텔레비전을 껐다.

"오늘 밤은 하유 씨가 브라프를 데리고 자요."

시곤이 잠만은 바깥 개집에서 자는 브라프를 하유 쪽으로 보내었다.

"그래도 될까요?"

끄덕이는 시곤의 눈매는 봄날 오전 11시쯤이었다.

하유가 침대를 정리하자 브라프는 침대 옆에 몸을 붙이고 엎드렸다. 브라프에게 잘 자라고 인사를 하고 불을 껐다. 달빛이 새어 들어왔다. 달빛에 부서지는 백자귀의 눈발도 함께였다. 일부러 커튼을 치지 않았다.

눈을 감았다. 그런데 다른 날과 달리 쉬이 잠이 오지 않는다. 달빛이 너무 예뻐서, 달빛을 타고 피어난 감꽃들이 너무 고와서, 눈처럼 빛을 밝히는 백자귀의 설야가 너무 설레서, 온갖 핑계를 갖다 붙였다. 이리저리 뒹굴다가 까무룩 잠에 들었다.

그러다 설핏 사람의 소리를 들었다. 종학과 권숙이 돌아온 모양이라고 짐작을 했다. 브라프가 깨지 않도록 조심스럽게 침대에서 내려서는데 브라프가 눈을 떴다. 웬일로 뒤따르지 않았다.

종학과 권숙은 돌아온 것이 아니었다. 적막한 거실은 물론 현관 밖에도 사람의 기척은 없었다. 아마도 소쩍새나 고라니의 울음을 잘못

들은 모양이었다. 다시 제 방으로 돌아가려고 했다.

그런데…….

시곤이 있었다. 달빛이 어슴푸레한 소파에 그가 앉은 채 잠이 들어 있었다. 저처럼 종학과 권숙을 기다리던 모양이었다. 하유는 순간 시곤을 깨워야 할까 망설였다. 하루 종일 앉아서 그림 작업을 한다. 언제 돌아올지도 모를 분들을 기다리며 앉아서 잠을 자면 내일 몸이 불편할 것이었다.

발걸음 소리를 죽이며 시곤 쪽으로 다가갔다. 깨우려고 손을 내밀었다. 하지만 그러다 말고 그 앞에 무릎을 꿇어앉고 말았다. 뭔가 신기했다. 잠을 자는 남자는 지찬 말고는 처음 보았다. 처음에는 단순한 호기심이었다.

'브라프랑 꼭 닮았어.'

이목구비가 뚜렷한 얼굴이다. 달빛이 그림자를 드리워 더욱 그랬다. 문득 갈비뼈 한쪽이 뻐근해져 왔다. 이제 곧 시골하우스를, 이 좋은 사람들을, 무엇보다 시곤을 떠나야 한다. 벼락을 맞듯 각성을 하였다.

'그거 알아요? 설시곤 씨랑 시골하우스는 꼭 선물 같아요. 죽을 때까지 잊지 못할 거예요.'

하유는 제 숨결이 시곤에게 닿을까 조심했다.

'나는 그동안 참 추웠거든요. 혼자서 손과 발이 시렸고 항상 불면증에 시달렸어요. 그런데 여기에서는 너무 따뜻했어요. 그 어떤 난로도 줄 수 없는 따뜻함. 그래서 또 잠은 얼마나 달게 잤게요?'

시골하우스를 떠나기 전, 시곤에게 꼭 하고 싶었던 말이었다.

'그러니까 설시곤 씨 말처럼 그렇게 살 거예요. 그렇게 살아 보일

거예요. 내 주변의 고마운 사람들에게 꽃대도 기대고 넝쿨도 감아올리면서 더불어 그렇게요.'

차마 소리 내어 하지 못한 말, 속으로만 숨겨둔 말을 시곤의 잠을 통해서 마음껏 건넸다. 그러다 어느 순간 하유의 손이 시곤의 얼굴로 가 버렸다. 차마 닿지는 못하고 곡선을 따라 동그라미를 그렸다.

'정신 차려, 여하유. 이게 뭐 하는 짓이야?'

홀린 것이다. 백자귀의 밤이 부린 마법인 것이다. 때마침 소쩍새의 울음소리가 다시 들렸다. 그제야 하유는 손을 거두어들이려 했다. 시치미를 떼고 제 방으로 돌아갈 작정이었다.

그런데 그보다 먼저 시곤의 손이 다가와서 하유의 손목을 잡아챘다. 유리로 만든 깃털이라도 쥐는 듯 조심스러웠다.

"하유 씨에게 자다 말고 일어나 남의 얼굴을 만지는 취미가 있는 줄은 몰랐습니다."

시곤의 눈은 여전히 감긴 채였다. 하유는 손목을 빼내려고 했다. 그런데 순간 시곤의 힘이 강해지더니 하유의 몸을 제게로 당겼다.

"그런 게 아니라면, 지금 나를 유혹하는 겁니까?"

그의 눈이 번쩍 뜨였다. 눈동자에 낯선 것이 일렁거렸다.

"나, 나는 그, 그럴 의도는 저, 전혀 없었어요."

하유의 6월이 떨리는 중이었다.

"하루 종일 앉아서 그림을 그리시는데, 이렇게 또 앉아서, 잠이 들면 내일, 많이 불편하실 듯해서, 들어가서 주무시라고 하려고, 전 정말 그러려고."

"하유 씨, 그런 의도는 하유 씨가 가지는 게 아니에요. 지금 같은 상황에서 하유 씨가 이런 행동을 하면 그런 의도는 자연스럽게 남자

쪽에서 가지는 겁니다. 신체가 건강한 보통의 남자라면 말이에요. 대부분이 그래요. 그리고 나 또한 신체가 건강한 남자입니다. 그러니까 하유 씨는 지금 자신을 위험 속으로 던진 겁니다."

하유가 읽어낸 시곤의 목소리는 질책이었다. 저는 시곤에게 좋은 기억으로 남겨지고 싶었다. 그가 그 많은 위로와 격려를 해준 것처럼 문득 떠올려도 미소를 지을 수 있는 기억으로 새겨지고 싶었다. 그런데 이성의 경고를 무시한 저의 행동이 시곤을 화나게 만들어 버렸다.

그리고 한편으로는 닿고 나서야 알게 되었다. 그저 감사함인 줄 알았다. 그냥 고마워서 그렇다고. 그런데 아니었다. 어느 순간 시곤은 저의 전신에 스며들어 있었다. 빼낼 수도 없고 지울 수도 없게 번져 있었다. 그런데 화를 내는 그를 마지막으로 이제 저는 그와 이별을 하는가 보았다. 그 생각을 하니 눈물이 참아지지 않았다.

시곤은 서른한 살의 건장한 남자였다. 정신은 물론 신체는 더욱 그랬다. 그래서 하유와 단둘이 남겨진 이 밤이 절대로 아무렇지 않을 수가 없었다. 하지만 하유와 저의 인연은 짧았다. 시골하우스라는 특수한 공간에서 만났을 뿐이고 서로에 대해서는 아무것도 몰랐다. 그리고 서로에 대해서 아무것도 모르는 상태에서 감정을 시작한다는 것은 무책임한 행동이었다. 그래서 시곤은 끊어질 듯 긴장하는 속내를 조금도 드러내지 않았다. 아무 일도 없고 아무 일도 일어나지 않을 것처럼 행동했다.

그런데 순회 전시회의 마지막 그림인 작약 꽃이 마무리되어 버렸다. 잠은 도무지 오지 않았고 그래서 차라리 소파에 앉아서 권숙과 종학을 기다리는 쪽을 택했다. 살풋 잠이 들었다.

어느 순간 인기척을 느꼈다. 단번에 하유가 다가왔다는 것을 알았다. 하유는 어디에서 그런 용기가 나왔는지 손가락으로 제 얼굴 위를 따라 선을 그리기 시작했다. 나직한 숨결이 시곤의 귀 끝을 진저리치게 했다. 순간 왈칵 치솟는 열기를 느꼈다. 분당 80회 정도로 뛰던 심장이 2배로 속력을 올렸다. 도저히 눈을 감고 있을 수가 없었다. 더 이상 제 심장의 소리를 숨길 수도 없겠다. 지금 하유를 멈추게 하지 않으면…….

　제 이성으로는 그만하라는 말만 하려고 했다. 하지만 제 열기는 이성과는 다른 말을 내뱉었다. 스스로도 놀라서 눈을 떴다. 그래 놓고도 몸을 빼내는 하유를 놓아주지 않았다.

　하유의 전신이 밤비 맞은 나무처럼 떨렸다. 도드라진 핏줄은 어린 물고기마냥 파닥였다. 누가 봐도 겁에 질린 모습이었다. 시곤은 제가 어떤 눈빛을 띠고 있을지 짐작할 수 있었다.

　그러니까 하유를 나무란 것이 아니었다. 절대 하유를 질책한 것이 아니었다. 그저 얄팍한 제 인내심과 이성을 질책한 것이었다. 무슨 말이라도 하지 않으면 제가 무슨 일을 벌일지 자신도 상상이 안 됐다.

　그런데 하유가 울기 시작했다. 그러자 시곤은 깨달았다. 닿고 나서야 겨우 알았다. 연민이라고 생각했다. 단순한 호감이라고만. 그런데 아니었다. 제 감정은 그런 색깔이 아니었다. 하유는 제 안 구석구석에서 일렁이고 있었다. 퍼낼 수도 없고 말려 버릴 수도 없게 한가득 고여 들어있었다.

　그러자 동시에 흐린 빗속의 물음표였던 하유와의 인연이 드디어 맑은 날의 느낌표로 변했다.

✤ ✤ ✤

작년 7월, 막내 작은할아버지가 세상을 떠났다. 잠결에 떠난 편안한 마지막이었지만 규와 가족 친지들의 비통함은 이루 말할 수가 없었다. 3일간의 장례 절차가 끝났고 진주 추모공원에서 화장을 했다. 유족들은 육체가 불타올라 한 줌의 재로 남겨질 때를 기다리고 있었다. 그러면서 화장장은 울음으로 가득 찼다.

"어머니, 어머니, 이 불효자식은 어떻게 해야 합니까? 제가 잘못했어요. 제발 용서해 주세요."

아들은 뒤늦은 후회로 화장장의 유리에 매달렸다.

"여보, 나한테 어떻게 이래? 당신이 어떻게 이럴 수 있어? 나는 어떻게 살라고? 앞으로 우리 애들은 어떻게 하라고?"

아내는 돗자리 위에서 원망으로 몸부림을 쳤다.

"나는 못 산다! 너만 보내고 나는 못 산다! 이 모질고 독한 놈아! 차라리 나도 데려가거라. 엄마도 데려가아!"

열 달을 태에 품어 낳은 자식을 먼저 보낸 어머니의 통곡은 아무도 말리지 못했다. 그렇게 재로 변하고 있는 죽음에 얽힌 사연들은 목소리를 통해서 모두 발설이 되었다. 그리 목소리를 내면서 유족들은 자신의 슬픔을 승화시키고 똑같은 얼굴의 슬픔을 나누며 견뎠다.

갤러리로부터 급한 전화가 걸려 왔다. 떠난 사람은 떠난 사람이고 산 사람은 또 자신의 삶을 살아가야 한다는 것이 서글픈 벨 소리였다. 규를 안아준 후에 화장장을 나왔다.

통화를 끝내고 주변을 둘러보았다. 어느 곳이나 마찬가지지만 진주의 추모공원도 산 안에 둘러싸여 있었다. 산 공기를 좀 더 쐬기로 했다. 그 누구와도 마주치고 싶지 않아 뒤쪽으로 걸어 들어갔다.

그런데 먼저 와서 자리를 차지하고 있는 사람이 있었다. 20대 초반쯤으로 보이는 여자였다. 처음에는 도로 돌아 나오려고 했다. 하지만 잠시 일별한 여자의 모습에 쉬이 발이 떨어지지 않았다.

여자는 상주의 옷을 입고 있었다. 하얀색 머리 리본도 찔렀다. 화장도 하지 않은 얼굴이 창백하였다. 화장장에서는 흔한 모습이었다. 시곤의 발길을 붙든 것은 여자의 모습이 아니라, 그러니까, 여자가 흘리는 눈물이었다.

여자는 어쩜 저렇게 울 수 있을까 싶을 정도로 눈물을 쏟아내고 있었다. 넘치다 못해 쏟아져 내렸고 멀리서도 저고리가 눅눅하게 젖었다는 것을 알 수 있었다. 애처로운 모습이었다. 그리고 여자를 한층 더 애처롭게 만드는 것은 소리가 하나도 없다는 것이었다. 여자는 흐느끼는 소리나 작은 신음 한 번도 발하지 않았다. 떠나보낸 사람이 누구인지 짐작을 할 수가 없었다. 얼마나 저러고 혼자서 울고 있었는지, 다른 가족은 없는 것인지, 못내 안타까운 마음이 들었다.

양복 뒷주머니에서 손수건을 꺼내 들었다. 그랬다가 금방 집어넣었다. 지금 제 손수건은 여자를 방해하는 것이 될 것이었다. 엉거주춤 있는데 누군가 시곤의 뒤를 스쳐 지나 걸어갔다. 시곤처럼 까만 양복을 입은 남자였고 여자에게 다가가 손수건을 내밀었다. 거짓말처럼 여자가 울음을 그쳤다.

제 손수건을 만지작거리며 뒤돌아섰다. 진즉 손수건을 건네줄 것을 후회도 잠깐 했다. 더 이상은 여자를 보지 못했다. 막내 할아버지의 화장과 안치가 다 끝날 때까지 그 어디에서도 마주칠 수가 없었다.

하지만 때때로 생각이 났다. 또 그렇게 파리한 얼굴로 소리도 없이 혼자 울고 있을까 염려가 되었다. 시곤의 뇌리에 잔영으로 남아서 꽤 오래 떠나지를 않았었다.

❀ ❀ ❀

그 여자가 바로 하유였다.

"하유 씨, 눈물은 반드시 목소리를 동반해야 해요. 그래야 눈물의 이유가 명백해지고 눈물을 끝낼 시점도 찾을 수 있어요. 그리고 미안해요. 아니라는 것, 너무 잘 알아요. 하유 씨에게는 절대 그런 의도가 없었다는 것. 그러니까 울지 말아요. 하유 씨를 울게 할 생각은 없었습니다."

시곤은 하유의 손을 놓아주며 제 손수건을 꺼내 들었다. 1년 만에 겨우 건넨 손수건과 말이었다.

"내가 꼭 하고 싶은 말이 있습니다. 그런데 지금 이 말을 하면 지금의 분위기에 휩쓸려서, 밤이 가려놓은 은밀함에 취해서, 그러는 게 될까 봐 못하겠어요. 하유 씨, 내 이름 알죠? 불러 봐요."

"설, 시곤 씨."

사실 하유도 몇 번이나 불러보고 싶었다.

"한 번도 안 불러줘서 잊은 줄 알았네요."

시곤이 하유의 볼을 감싸더니 엄지만으로 입술을 쓸었다. 잠시 아까 같은 낯선 빛이 어른거렸지만 바로 고개를 저었다.

"나랑 약속해요. 앞으로는 절대 혼자서 숨죽여 울지 않겠다고."

"그럴게요."

하유는 시곤의 손등을 제 손으로 감싸 안았다.

시골하우스의 산자락마다 달빛은 마법사의 꽃가루처럼 색깔을 바꾸었다. 때로는 사각이기도 했다. 시곤이 마무리한 작약은 꽃잎을 열었고 감꽃은 첫날밤처럼 떨었다.

❧ 작약의 꽃말은 <수줍음> ❧

당분간만 안녕!

정은은 대학을 졸업하던 해, 하대동의 <추계예술원>에 취업을 하였다. 학원이긴 하나 초등학생부터 일반인, 대학 입시생까지 고도의 테크닉을 가르쳐 강사 선발 기준이 엄격하였다. 정은은 진주의 <다별 유스오케스트라> 제2 바이올린 연주자이기도 했다.

독립생활의 처음은 부모님이 보증금을 대 준 원룸이었다. 부모님은 남해 바닷가로 가서 새로운 둥지를 틀었다. 그 후, 적금을 부었고 그 돈과 보증금이 전세금이 되어 지금의 빌라로 이사를 한 것이 올해였다. 막 2층 제집으로 향하고 있는데 <현대부동산>의 박미자 사장이 내려왔다.

"안녕하세요? 집이 비었나 보네요."

"301호가 이사를 나갔어. 주인이 도배랑 장판을 다 하고 입주자를 찾고 있어 둘러보러 왔지."

60대 초반의 미자는 정은의 지금 집도 중개해 주었다.

"조건은 어떻게 되는데요?"

정은은 단번에 반가웠다.

"아가씨의 집이랑 똑같아."

하유가 제집은 전세를 놓고 빌라로 이사를 하고 싶다는 말을 한 적이 있었다. 지찬도 은순도 없는 큰 집에서 살기가 버거운 모양이었다. 당시에는 하유가 혼자 나가 사는 것이 마음이 편치 않아 말렸다. 하지만 하유가 저와 아래윗집으로 살게 되면 이만큼 좋을 일이 없었다.

"제가 주선하고 싶은 사람이 있는데 며칠만 기다려 주실 수 있어요?"

"확실히 들어올 사람이야?"

미자는 전셋집 내역이 적힌 대학노트를 들지 않은 손으로 다리를 두들겼다.

"거의요."

"그럼 나도 좋지. 엘리베이터도 없는 3층 건물 왔다 갔다 할 필요도 없고."

하유가 돌아오면 연락하기로 하고 미자와 헤어졌다. 현관의 비밀번호를 눌러 막 들어서는데 휴대폰이 울렸다. 확인할 필요도 없었다. 부모님, 하유와 재혁, 원장인 기만은 개인 벨소리를 지정해 두었다.

"오빠!"

– 정은이, 뭐 하니?

"인제 막 퇴근해서 집에 들어가는 중."

음성이 1도 높아진다. 원체 고음인 정은의 음성을 더 올릴 수 있는 사람은 딱 한 사람이었다.

– 피곤하겠네.

"전혀. 오빠가 보자고 하면 바로 나갈 수 있는데."

정은의 진심은 함부로 튀어나오고는 했다. 휴대폰 너머는 잠시 침묵이었다.

– 저녁은 먹었니?

"아직."

– 그럼 오빠랑 저녁 먹을까?

"정말?"

재혁은 또 침묵을 지켰다.

– 그 전에 부탁이 있는데……, 10분쯤 후에 오빠한테 전화를 걸어줄 수 있니?

"그러고 나서 은 선생님, 응급 환자입니다. ……, 말하면 되지?"

이런 부탁이 벌써 4번째다. 그래서 전화를 걸면 휴대폰 너머 유라의 음성이 들렸다.

– 미안하다. 번번이 이런 부탁.

"아니야. 나한테라도 편하게 얘기하면 됐지, 뭐."

정은은 통화를 끝내며 시무룩 기가 죽었다. 저는 꼭 10분 후 재혁에게 전화를 건다. 그 통화가 끝나면 30분 이내로 재혁이 다시 전화를 한다. 오늘은 저녁을 같이 먹지 못한다는 내용이다. 보나마나 뻔했다.

재혁은 통화를 끝내고 운전석에서 내렸다. 지하 주차장의 갑갑함이 재혁을 맞이했다. 넥타이를 풀고 재킷마저 벗었다. 꼭 공기 탓이 아니라서 여전히 갑갑하였다.

현관의 비밀번호를 눌렀다. 여섯 자리를 누르기도 전에 문이 열린다. 손잡이를 잡고 선 사람을 확인하자 재혁의 갑갑함은 배가 되었다.

"재혁 오빠! 내가 미리 나와 기다렸지!"

흑장미 유라가 양손을 활짝 벌렸다. 좁지도 않은 현관에 탁한 향수 냄새가 퍼진다. 재혁은 고갯짓으로 인사를 대신했다.

"이건 내가 들어줄게."

유라가 재혁의 재킷에 손을 뻗었다. 하지만 재혁은 오히려 더 단단히 걸었다.

"아들, 왔구나."

주인인 정례는 소파에 지순과 마주 앉아있었다.

"하대동 이모님, 안녕하세요?"

재혁은 그래도 지순에게는 제대로 된 인사를 하였다.

"우리 은 닥터, 오늘도 수고가 많았지?"

은순은 그냥 이모라고 불렀는데 자신은 하대동 이모님이라고 호칭한다. 지순은 재혁이 저를 우대해 준다고 믿으면서 흐뭇하였다.

"어머니, 어디가 불편하신 거예요?"

재혁은 짧은 대답 후에 정례를 응시했다. 정례는 2번이나 전화를 걸어 온몸이 마비되는 듯 저리다며 재혁의 이른 귀가를 종용했었다. 그래서 재혁은 유라 모녀가 와 있다는 것을 짐작했다.

"조금 전까지만 해도 아팠어. 그런데 재미나게 이야기를 하다 보니 언제 그랬나 싶게 싹 나아 버렸네."

재혁은 눈살을 찌푸릴 수밖에 없었다.

"우리가 한 게 뭐가 있다고?"

"맞아요, 이모. 우리야 이야기를 들어준 게 다인데요. 그리고 나는 이모를 보면 꼭 우리 은순 이모를 보는 것 같아 너무 좋아요."

"나도 그래. 너희를 보면 은순이 옆에 있는 듯 좋으니까."

지순과 유라는 정례 전용 가면을 썼다.

"아들, 왜 우두커니 서 있어? 이리와 앉아. 지순 이모가 곰탕을 끓여왔어. 이야기 좀 나누다가 같이 저녁을 먹자."

정례는 그저 기분이 좋았다.

"그나저나 하유는 언제 돌아온다니? 너무 오래 떠나 있는 것 아니야?"

하유의 생일을 챙기려 전화를 한 정례에게 지순은 답사 여행을 떠났다고 했었다.

"하유에 대한 말은 왜 꺼내요? 속상하게."

지순의 표정이 애처롭게 돌변하였다.

"곧 은순 이모의 1주기잖아요. 내도록 마음을 못 잡는 것 같더니 이렇게 훌쩍 떠나서 돌아올 생각을 안 해요."

유라도 똑같은 표정이었다.

"전화들은 해 봤어?"

"당연히 했죠. 워낙에 말이 없는 애라, 잘 있으니 걱정 말라고만 하더라고요."

"제 아빠 1주기에 곧 제 엄마 1주기도 다가오니 하유의 마음이 마음이겠니? 지 생일도 그냥 지나가고. 이럴 때일수록 가족이 더 중요한 법이야. 아들은 혹시 아는 것 없니?"

"저도 같은 말만 들었습니다."

재혁은 선 채로 정은의 전화만 기다렸다.

"어머니, 전 손을 씻을게요."

"오빠, 내가 수건을 챙겨 줄게."

"그럴 필요 없어. 차나 마시렴."

재혁이 막 돌아서는데 드디어 휴대폰이 울렸다. 재혁은 응급 환자가 들어왔다며 재킷을 입었다.

"오랜만에 유라도 놀러 왔는데 꼭 나가야겠니? 밥 먹을 시간도 없이 부려 먹는 건 노동법 위반이야. 아들이 이렇게 바쁘니 때론 내가 아들이 있는지 없는지 모를 지경이라니까."

정례가 투정을 부렸다.

"이모! 사람의 목숨을 살리는 숭고한 일을 하면 자기를 돌보기는 어렵죠. 제가 배웅할게요."

"바쁜 사람이 일부러 찾아와 놓고도, 유라가 마음 쓰는 것 봐라!"

재혁의 등에까지 정례의 투정이 따라붙었다. 따라붙기는 유라도 마찬가지였다.

"아무리 바빠도 저녁은 꼭 챙겨 먹고, 무엇보다 오빠 건강관리도……."

유라가 뭐라도 된 양 걱정을 늘어놓는다. 하지만 재혁은 현관을 닫아버렸다.

흑장미는 입술을 물어뜯었다. 한국전기공사 진주 지부 이사인 아버지 영호에 저랑 어울리는 외모와 의사라는 직함. 재혁은 제 이상적인 신랑감의 조건을 모두 충족했다. 그런데 항상 저리 차갑다. 그러면서 하유에게는 언제나 봄날이다. 유라가 상식과 상상을 초월해 하유에게 악랄하게 구는 가장 큰 이유였다.

"두고 봐! 부모 다 잡아먹은 니깟 년한테 내가 오빠를 뺏길 줄 알고."

흑장미의 손톱이 주먹을 파고들었다.

재혁은 지하 주차장의 제 자동차 시트에 등을 기댔다. 한숨도 한참을 내쉬었다. 작년의 일이 떠올랐다. 제가 당한 일도 아닌데 토씨 하나 틀리지 않고 다 기억난다.

❀ ❀ ❀

은순의 장례 첫날 정례, 영호와 함께 문상을 갔다. 둘째 날에는 아예 반차를 내고서 장례식장을 찾았다. 화환을 지나 걸어가고 있는데 식당 쪽에서 유라와 지순이 나와 빈소로 건너갔다. 저를 보면 달라붙을 유라가 뻔해서 말없이 다가갔다. 식당에는 보이지 않는 하유가 빈소에 있으리라 여겨지기도 했다.

영정이 놓인 빈소에는 아무도 없었다. 이상하다 싶어 둘러보는데 열린 방문이 눈에 들어왔다. ㄱ자로 꺾인 화장실 옆의 유가족 방이었다. 재혁은 신발을 신발장 안에 넣고 방 쪽으로 다가갔다. 그랬다가 지순과 유라가 내뱉는 악다구니를 몽땅 들었다. 마지막으로 지순과 유라가 동시에 혀를 찼다. 모멸감이 가득 담겼다. 곧이어 모녀는 방을 나왔다. 재혁은 화장실로 들어가 몸을 숨겼다.

원래도 눈이 맑지 않은 유라였다. 속에 뭐가 든 건지 알 수 없는 지순도 친근함을 느낄 수가 없었다. 하지만 그런 악독한 가면을 쓰고 있는 줄은 상상도 못했다.

재혁은 끔찍한 발소리가 사라지고 나서야 방으로 들어갔다. 정물처럼 앉아만 있는 줄 알았는데 하유는 숨소리 하나도 없이 울고 있었다. 폭포 같았다. 재혁의 발걸음이 멎었고 그제야 하유가 고개를 들었다. 얼마나 울었는지 제가 온 것도 몰랐던 모양이었다. 하유는 눈물을 감추려고 했지만 그게 쉬운 일은 아니었다.

"언제부터 이런 꼴을 당하고 산 거야? 왜 우리한테는 아무 말도 안 했니?"

재혁의 입가가 실룩거렸다. 저도 모르게 무서운 음성이 튀어나오고 말았다.

"아니에요. 오빠. 이모나 유라나 다들 슬픔에 겨워서 그런 거예요."

하유의 얼굴이 시퍼레졌다.

"슬프면 너보다 슬프니? 아프면 너보다 더 아파? 왜 이런 꼴을 참고 산 거야? 오빠는 너랑 달라. 두고 보지만은 않을 거다."

재혁은 당장 나서려고 했다. 사람들의 눈이고 뭐고 악랄한 모녀에게 달려가 한바탕 퍼붓고 싶었다.

"그러지 마요, 오빠."

하유가 재혁을 붙들었다. 돌아보니 고개를 젓는 중이었다.

"난 괜찮아요. 정말 괜찮아요."

"내가 안 괜찮아. 내가 못 견디겠으니까 이래."

재혁은 떼어놓으려고 했다. 그런데 힘도 없는 아이의 손이 도통 떨어지지를 않았다. 얼마나 세게 붙들었는지 손등에 뼈가 불거졌다. 그래도 재혁은 떼어내려고 했다. 하유를 위해서 하려고 했다.

"오빠. 제발."

하유의 말은 차라리 애원이었다.

"엄마가 제게 남긴 유일한, 그리고 마지막, 유언이에요. 지켜 드리고 싶어요."

재혁은 뭐냐고 눈으로 물었다. 눈이 아팠다.

"그럼에도, 불구하고, 이제 이모가 엄, 엄마의 대신이야."

하유는 말 사이를 겨우 잇다가 '엄마'라는 단어에서는 심하게 더듬었다.

애써 감춘 눈물도 다시 볼을 타고 흘러내리기 시작했다. 이번에는 재혁이 뼈가 드러나도록 손을 움켜쥐었다.

'그럼에도 불구하고.'

이 두 단어에 내포된 은순의 수많은 의미를 재혁도 헤아릴 수가 있었다. 그래서 재혁은 참을 수밖에 없었다. 대신 말로는 못할 위로와 마음으로 하유를 안아주었다. 이틀 사이 허물어질 듯 야위어 있었다. 그런 하유를 모녀는 맹독을 품고 물었다.

"우리 하유, 가여워서 오빠가 어쩌면 좋을까?"

❀ ❀ ❀

재혁은 혼자 속삭이듯 말했었다. 지금 지하 주차장에 앉아서 다시 내뱉는 말이기도 했다.

정은은 재혁의 전화를 기다리지 않았다. 일부러 한 숟가락 가득 밥을 담아 볼이 미어지게 밀어 넣었다. 입이 아파서 눈물이 찔끔거렸다. 재혁은 정은이 설거지까지 마친 후 전화를 걸어왔다.

– 정은아, 미안해, 전화 기다렸지?

정은의 예상과 한 치도 어긋나지 않았다.

"아니, 벌써 밥을 먹었는데."

– 그랬구나. 다행이다. 안 그래도 오빠가 일이 생겨서 …….

"밥 먹을 시간이 안 된다는 말이지?"

– 미안해.

"괜찮으니까 안 미안해도 되네요. 오빠 바쁜 거야 내가 잘 알지."

애써 태연한 척 했지만, 정은의 손은 울먹거렸다.

– 우리 하유가 돌아오면 그때 같이 밥을 먹자. 그래도 되지, 정은아?

"나야 더 좋지."

통화가 끝나자 정은은 손을 늘어뜨렸다. 재혁이 걱정이었다. 분명 저녁도 못 먹고 브레이크가 없는 것처럼 차를 달릴 것이었다. 재혁 때문에 아리면서 또 재혁 걱정만 한다. 제 마음이 미쳤다는 것을 잘 안다. 그런데 정은도 브레이크가 없었다.

하유는 시골하우스에서 처음으로 불면의 밤을 보냈다.

지찬의 사인은 '과로'였다. 지순과 유라는 일도 없이 빈둥거리는 하유와 은순 때문에 고생을 하다가 죽고 말았다며 비아냥거렸다. 모델 일을 하면서 매일 출근하는 유라와 달리 시립 도서관에 출근해 글을 쓰는 하유를 두 사람은 백수 취급을 했다.

7월에 은순마저 떠나자 두 사람은 '부모 잡아먹은 년', '해만 끼치는 식충이' 악담을 예사로 퍼부었다. 집을 팔지 못하게 하자 그들의 악담은 점점 도를 넘어섰다. 은순의 유언을 생각하며 이를 악물었지만, 가슴에 대못이 늘어만 갔다.

그나마 버틸 수 있었던 것은 기억 덕분이었다. 27년 동안 하유의 여름에는 시원한 구름 그늘, 겨울에는 뜨거운 불기둥이 되어 함께 했던 지찬과 은순에 대한 추억 덕분이었다. 하지만 구름 그늘도 불기둥도 사라져버린 상태에서 대못만 늘어가자 어느새 구름 그늘은 하유의 얼굴에 드리워지고 불기둥은 하유의 심장에서 불타올랐다.

시골하우스의 이들은 그걸 걷어내고 꺼 주었다. 그리고 이제 어쩌면 시곤과 함께 새로운 기억과 추억을 만들어 나가게 될 것이다. 그 설렘에 잠에 들 수가 없었던 것이다.

시곤이 브라프와 나가는 소리가 들렸다. 새벽이 된 줄도 몰랐다.

점점 멀어지는 기척에 귀를 기울이다가 잠에 들었다. 부모님과 마주 웃는 행복한 꿈을 꾸었다.

잠을 깨운 것은 벨소리였다. 당연히 정은이일 거라고 생각했다. 아침저녁 문안 인사라도 하듯 전화를 해 댔다. 하유는 잠에 취한 목소리로 "여보세요."라고 했다. 정은은 그럴 수 있는, 그래도 되는, 친구였다. 하지만 곧 잠이 달아나고 말았다.

– 야! 여하유!

혀가 꼬여 발음이 불분명한 목소리의 주인은 유라였다. 얼마나 놀랐던지 하유가 몸을 일으키며 침대가 흔들렸다.

"잠시만."

방을 나오고 본채마저 나왔다. 하지만 갈 곳이 없었다. 곧 시곤과 브라프가 돌아올 것이고 본채 뒤쪽 텃밭에는 권숙과 종학이 새벽 밭일을 하고 있었다. 결국 택한 곳은 별채의 뒤쪽이었다. 창고와 손님 접대 용도라더니 돌담이 깔끔하게 쌓였다. 하유는 낮은 돌담 위로 가서 앉았다. 밑으로는 백일홍이 무성히 우거졌다.

"이야기해. 이렇게 이른 시간에는 어쩐 일이니?"

하유는 혹시나 무슨 일이 있는 것인가 걱정도 되었다.

– 왜 이렇게 늦게 받아? 내 전화라고 일부러 그런 거지?

"전화 받을 곳을 찾느라 그랬어."

– 뭐가 구려서 전화 받을 곳을 찾아?

유라의 콧방귀 소리가 뒤따라왔다.

– 집 떠난 지 벌써 3주일이 다 돼 가는데, 어디에서 뭘 하고 있는 거야? 누구는 먹고살아야 해서 바쁜데 누구는 작가랍시고 몇 날 며칠 산으로 들로 놀러나 돌아다니고. 우린 니가 객사라도 한 줄 알았다.

"걱정을 끼쳤다면 미안해."

– 걱정? 웃겨. 객사를 당하면 조사를 오라 마라 귀찮은 일들이 많으니까 그렇지.

재혁에게 무시당한 울분에 밤새 술을 퍼마시고 전화를 걸었다는 것을 하유는 알 도리가 없었다.

"혹시 집에 무슨 일이라도 있는 거야?"

하유는 그래도 든든했다. 지금 이곳은 시골하우스니까.

– 집에 일이 있는데 너한테 왜 연락을 해? 니가 우리랑 무슨 상관이라고? 그저 다른 꿍꿍이를 굴리나 싶어 단속 차원에서 전화했지. 어차피 팔 집인데 피해 다닌다고 될 일이 아니잖아?

"집 이야기는 하지 마. 난 절대 팔 생각이 없다고 밝혔어."

– 우리는 니가 징글징글하다. 얼굴 보고 사는 게 역겹다고. 그러니까 이놈의 집, 팔아서 각기 제 갈 길 가면 그만이잖아.

"내 생각은 내가 알아서 할 거야."

– 어쭈! 너 아주 용감해졌다. 어디 눈먼 놈팽이라도 하나 주운 거야?

"항상 부탁이지만, 아무리 사촌지간이라도 말은 가려서 해 줘."

하유는 유라가 시곤을 눈먼 놈팽이라고 지칭하는 것 같아 기분이 좋지 않았다.

– 나도 항상 말하지만 그럴 생각이 전혀 없거든.

"용건이 없으면 이만 끊을게."

– 야! 넌 니 편, 이런 건 만들 생각, 꿈도 꾸지 마. 잊었나 본데, 넌 부모 다 잡아먹은 독한 년이야. 넌 니 편이 되는 사람들에게 해만 끼치는 불길한 존재라고. 알어?

하유는 종료 버튼을 눌러 버렸다. 누구인지 확인도 안 했고 유라인

걸 안 후에도 혹시나 걱정이 되어 받은 것이 실수였다. 본채로 돌아
가서 식사준비나 도와야겠다.

하유가 막 돌담을 벗어나려던 때였다. 언제 온 건지 브라프가 저
바로 앞에 서 있었다. 입마개와 목줄은 이미 벗었다. 반가워 가까이
가려는데 난데없이 으르릉거렸다.

"왜 그러니?"

브라프는 하유의 발아래를 응시하고 있었다. 하유는 시선을 따라
가 보았다. 그 끝에 뱀이 있었다. 하유와 브라프의 딱 중간에 뱀 한 마
리가 꼿꼿하게 목을 세우고 있었던 것이다. 살아있는 뱀은 처음 보았
지만, 독사라는 것쯤은 상식이었다. 피해야 한다고 생각은 했다. 하
지만 다리가 붙어버렸다. 하유는 아무것도 할 수가 없었다. 대신 브
라프가 조금씩 하유 쪽으로 다가왔다. 독사는 브라프의 움직임을 놓
치지 않았다. 브라프도 뱀만 응시했다. 서로를 노려보는 둘의 눈빛이
매서웠다. 비를 품은 바람이 불기 시작했다.

"그라고 혹여나 뱀채 뒤쪽으로는 하유 혼자 절때 가지 말어. 거는,
돌담이 있어 낮에도 종종 독사가 출헌을 한단 말이여. 알겠제?"

이제야 권숙의 말이 떠올랐다. 하유는 제발 독사가 사라지길 기도
했다. 제가 잘못되는 것도 무섭지만 브라프에게 해가 가는 게 더 두
려웠다.

하지만 기도는 응답받지 못했다. 휴대폰이 다시 세차게 울렸던 것
이다. 제 분을 다 풀어내지 못한 유라였다. 종료 버튼을 누르려고 했
지만 손이 떨려 휴대폰을 놓치고 말았다. 꽃잎이 흔들렸다. 동시에

독사가 독니를 드러내며 몸을 날렸다. 이대로 물리고 마는구나! 하유는 눈앞이 새하얘지면서 주저앉고 말았다.

하지만 물린 것은 브라프였다. 브라프가 재빨리 뱀 앞으로 제 발을 들이밀었던 것이다. 독사는 브라프의 왼쪽 다리에 선명한 이빨 자국을 남겼다. 끼잉! 낮은 신음과 함께 브라프가 쓰러졌다. 유라와 달리 제 독을 다 품어낸 독사는 백일홍 사이로 사라졌다.

하유의 비명이 터졌다. 잠시 멍하게 있기도 했다. 하지만 곧 정신을 수습했고 무릎걸음으로 브라프에게 기어갔다. 재빨리 머리끈을 풀어서 이빨 자국 위를 묶었다. 그런 후에 브라프의 몸 밑으로 제 팔을 밀어 넣었다. 크기는 제 몸과 비슷하고 몸무게도 만만치 않은 브라프였다. 하지만 극한 상황에 달하면 인간은 초능력을 발휘하는 법. 하유는 브라프를 안고 별채 앞으로 뛰어나갔다.

한편, 시곤은 텃밭에 권숙과 종학과 함께 있었다. 목줄과 입마개를 풀어주고 정리를 하는 사이에 브라프가 어딘가로 뛰어가 버렸다. 돌아오기를 기다리면서 잠시 이야기를 나누던 중이었다.

갑자기 하유의 비명이 이른 아침의 공기를 찢었다. 놀란 세 사람은 동시에 별채 쪽을 바라보았고 달려가기도 동시였다. 하유가 브라프를 안고 막 돌아 나오는 중이었다.

"하유 씨! 무슨 일입니까? 브라프는 또 왜 이래요?"

시곤은 하유와 브라프의 상태를 동시에 살폈다.

"브라프가, 우리 브라프가, 뱀에게……."

"어느 쪽입니까?"

시곤은 하유의 말을 금방 알아들었다.

"여기 왼쪽 다리를 ……."

이빨 자국을 확인한 시곤의 얼굴이 경련을 일으켰다.

"이모님, 가서 해독제 주사랑 담요를 가져와 주세요. 아저씨는 칼을 준비해 주시고요. 하유 씨는 지지대로 쓸 만한 걸 찾아와 줘요."

시곤은 그래도 냉정을 잃지 않았다. 하유는 브라프를 부르던 음성을 속으로 삼키고 눈물도 숨긴 채 본채 쪽으로 뛰었다. 브라프는 신음 소리를 참아가며 온몸을 바들거리고 있었다.

권숙이 주사기와 담요를, 종학이 잘 벼린 칼을 들고 왔다. 시곤은 주사기를 브라프의 앞가슴 쪽으로 찔러 넣었다. 칼로는 이빨 자국 근처를 베어냈다.

"시곤이, 올마 전에 사랑니 뽑았잖어. 우떡할라꼬 그려?"

시곤이 입을 갖다 대려는데 권숙이 그 어깨를 붙들었다.

"조심할게요."

"이기 조심헌다고 될 일이라?"

자칫 권숙이 앞으로 나설 형세였다.

"제가 할게요. 전 상처 같은 것, 없어요."

하유는 누가 말릴 틈도 없이 브라프의 다리에서 피를 빨아내기 시작했다. 피를 빨고 뱉어내고 다시 빨아서 뱉어내기를 다섯 번 정도 반복했다.

"하유 씨, 어떻게 생긴 뱀인지 기억합니까? 뱀의 종류를 알아야 해요."

하유는 떨리는 제 손을 붙들고 침착하게 설명을 했다.

"이제 됐어요. 이모님은 얼른 가서 차에 시동을 걸어주시고 아저씨는 조수석에 앉아 계세요. 병원에 가는 동안 브라프를 안아 주셔야 해요."

권숙과 종학이 민첩하게 멀어져 갔다.

"하유 씨, 어젯밤에 나랑 약속했죠? 그러니까 울지 말아요. 브라프는 틀림없이 괜찮을 겁니다. 내가 약속할게요."

그 모든 동작이 1분도 되지 않는 사이에 일어났다. 시곤이 브라프를 들어서 안았다.

"이모님은 하유 씨랑 같이 계세요. 전화 드릴게요."

시곤의 차가 후진을 했다.

"진주까정 나가야제? 우리 걱정은 말고 언능 출발허기나 혀."

브라프는 힘을 주는데도 눈이 풀리고 있었다. 몸의 떨림도 더해지는 중이었다.

"마이 놀랐제? 우선 이리 좀 앉어."

시곤의 차가 사라지자 권숙이 하유를 평상에 앉혔다. 그런 후 소금물을 갖고 와 하유가 입을 헹구게 했다. 하유는 자동인형처럼 시키는 대로 따랐다.

"그만 울어. 우리 브라프가 올매나 용감한디 다 갠찮을 끼여."

언제 다시 터졌는지 하유의 뺨을 타고 눈물이 흘러내렸다.

"연방 해독 주사도 맞았는디 밸일이야 있겄어?"

평상에 앉는 권숙의 얼굴도 눈물로 젖어 있기는 마찬가지였다.

"우리 브라프가 독사를 만나믄 지가 먼저 물어 죽이믄 죽였지 물릴 녀석이 아닌데, 우짜다 이리 된 길꼬?"

권숙은 면장갑으로 눈물을 닦아내었다.

"갠찮을 끼여. 당연히 괜찮아야제. 그러니까 울지 말더라꼬."

권숙의 말은 자신을 위로하는 것이었다. 하유는 고개를 끄덕일 수가 없었다. 한참 만에야 본채로 올라와 각기 방으로 흩어졌다. 마주 앉아 바라봤자 고통과 근심만 더할 뿐이었다.

하유는 침대에 발을 늘어뜨렸다. 저 때문에 브라프가 독사에 물렸다. 그런데 저는 아무에게도 브라프가 저를 대신해서 독사에게 물렸다는 사실을 말하지 못했다. 온 얼굴에 경련을 일으키던 시곤을, 옆에 앉아서 주문이라도 외우듯 중얼거리던 권숙을, 두 손을 모으고 안절부절 헛기침만 내뱉던 종학을 생각하니 입이 떨어지지 않았다.

얼마나 시간이 지났을까? 차 소리가 들려왔다. 시곤의 차가 틀림없었다. 밖으로 나가니 시곤과 브라프가 내리고 있었다. 한달음에 달려갔다. 브라프는 다리에 붕대를 감고 혀를 내밀었다.

"브라프, 다행이다. 정말 다행이야. 고마워. 정말 고마워."

브라프의 목을 끌어안았다. 따스한 온기였다. 하지만 곧 온기는 한기로 바뀌어 버렸다. 진저리가 나도록 차가웠다. 하유는 브라프의 목에서 제 얼굴을 일으켰다. 브라프의 몸이 축 늘어졌다. 어느새 숨이 끊어져 있었다.

소리 없는 비명으로 하유는 눈을 떴다. 너무나 선명한 악몽이었다. 불면의 밤을 보낸 데다 충격으로 선잠이 들었던 모양이다. 바로 거실로 나왔다. 권숙에게 연락 온 것이 없는지 물어볼 참이었다. 마침 권숙은 통화를 하고 있었다. 경황이 없어 방문은 채 닫지 못했다.

"그려서? 머라꼬?"

하유는 방문을 노크하려고 했다. 하지만 순간, 비명 같은 권숙의 음성이 터져났고 하유의 동작은 멎고 말았다.

"그리…… 그리도."

권숙의 말은 이제 뚝뚝 끊어지고 있었다.

"그리 허망하게 가 부렀단 말이가?"

권숙의 손에서 휴대폰이 떨어졌다. 곧 "아이고오! 아이고오!" 아까와는 비교도 되지 않을 큰 울음이 터져 나왔다. 권숙의 몸이 널부러졌다. 하유는 방문을 닫고 뒷걸음질로 물러났다. 사방이 절벽이 되어 한 걸음 한 걸음이 위태했다. 토기가 솟구쳤다. 욕실로 달려가 소금물 말고는 먹은 것도 없는 속을 다 게워내었다. 끝에는 노란 물이 올라왔고 변기에 기대어 늘어졌다.

우리 브라프는 시골하우스의 모든 사람에게 가족인데……. 이제 내게도 정말 소중한 이름이 되었는데…….

하유는 감히 권숙에게 제 울음이 들리는 것조차 죄스러워서 입을 틀어막았다. 문득 유라의 악다구니가 떠올랐다.

－ 야! 넌 니 편, 이런 건 만들 생각, 꿈도 꾸지 마. 잊었나 본데, 넌 부모다 잡아먹은 독한 년이야. 넌 니 편이 되는 사람들에게 해만 끼치는 불길한 존재라고.

한 번도 유라나 지순의 말을 믿었던 적은 없다. 그냥 침묵을 선택했을 뿐이다. 게다가 이제는 맞설 힘과 용기도 생겼다. 그런데 그들의 말이 틀린 것이 하나도 없었다. 저는 정말 그런 존재였나 보다.

엉금엉금 배낭으로 다가갔다. 한참을 망설이다 지갑에서 돈을 꺼내었다. 쪽지도 하나 꺼내 들었다. 무슨 말인가를 쓰려다 그만두었다. 그저 돈 전부를 쪽지에 싸서 침대 위에 놓아두었다. 걸어둔 원피스는 감꽃 목걸이와 함께 침대 위에 놓았다. 어젯밤 시곤의 손수건도 옆으로 두었다. 배낭을 메고 방문까지 갔다. 뒤를 돌아보았고 다시 침대로 갔다. 결국 원피스와 감꽃 목걸이, 손수건을 배낭에 챙겨 넣고 말았다.

"미안해요. 너무 뻔뻔하다는 건 아는데. 이러면 안 되는 것도 아는데. 딱 이것만요."

거실로 나오니 권숙의 통곡은 더 커져 있었다.

"죄송합니다. 너무 너무 죄송합니다."

그 방문 앞에서 허리가 꺾어질 듯 인사를 했다.

감꽃 길 경사로에 하유가 흘린 눈물이 걸음걸음 수 놓였다. 기억은 따스했는데 추억은 죽음으로 얼룩졌다. 이제 하늘도 비를 흩뿌리기 시작하였다.

<이동원 내과병원> 복도의 형광등이 푸르스름한 빛을 발했다. 복도 제일 안쪽 1인실 병실 문에는 <F. 여하유. 27> 인식표가 붙었다. 복도 방문자용 의자에는 재혁과 정은이 나란히 앉았다.

"우리 하유, 오늘 저녁은 제대로 넘긴 거니?"

"도로 토하지는 않았으니까 이제 안심이 돼."

하유가 답사에서 돌아온 지 5일 만에 입원을 했다. 심각한 탈수 증세와 영양실조였다. 정은은 배낭을 맨 채 제집 현관문 앞에 쪼그리고 앉아있던 하유의 모습이 지금도 생생했다. 얼마나 울었는지 퉁퉁 부은 얼굴로 '아무 일도 없다.' '나는 괜찮다.' 똑같은 말만 되풀이했다. 그러더니 5일 만에야 스스로 입원을 하겠다고 나섰다.

"답사에서 돌아와 너희 집에서 먹은 닭죽이 탈이 난 것 같다고 했지?"

정은과 하유는 입원의 이유를 이렇게 미리 맞추었다. 정은이 무조건 재혁의 병원에 입원해야 한다고 고집을 부리자 하유가 내놓은 절충안이었다.

"많이 먹지도 않는 애가 어쩌자고 저렇게까지 탈이 났을까?"

재혁은 오늘 밤 일부러 당직을 자처했다.

"하유가 스스로 입원을 한 게 어디야? 작년에 부모님 떠나셨을 때만 해도 생각해 봐! 얼마나 힘들지 뻔히 아는데, 그래서 우리가 며칠 입원을 해서 안정을 취하자고 권해도, 혼자서 악착같이 버텼잖아."

"맞아. 우리 하유가 원래 그런 애지. 넌? 학원은 어쩌고 그렇게 일찍 온 거니?"

"내 손으로 밥 한 끼라도 먹이고 싶어서 반차를 냈어."

"정은이, 꼭 우리 하유의 엄마처럼 말을 하는구나."

"당연히 이제 내가 하유의 엄마지."

"우리 하유, 휴대폰은 답사지에서 잃어버렸다고 했지? 퇴원을 하면 제일 먼저 휴대폰부터 개통을 해야겠구나."

"그래야지. 그리고, 휴대폰도 휴대폰이지만 빌라 문제도 빨리 말을 해 줘야 하는데. 부동산 사장님께 하유가 돌아오는 대로 이야기를 하겠다고 했는데 원래 날짜를 계산에 넣더라도 벌써 며칠이 지났어."

정은과 재혁은 전화로 이미 빌라 이야기를 나누었다.

"우리 하유가 정확히 이사를 하고 싶다고 말한 거지?"

"그럼. 얼마나 반가웠는데. 지순 이모야 그렇다 쳐도, 유라랑 아래위로 살면서 얼굴을 맞대는 게 좀 그래. 혼자 남은 제 사촌한테 그렇게 굴 건 뭐야?"

재혁은 쓴웃음을 지었다. 정은은 지순과 유라의 실체를 전혀 모른다. 단지 유라가 하유에게 말을 함부로 한다고만 알고 있었다.

"오빠가 돈을 줄 테니 일단 계약부터 할래?"

사람에게 제일 편한 곳은 제집이다. 그런데 하유는 긴 여행을 마치고도 제집으로 가지 못했다. 그래서 재혁도 다시는 하유를 혼자 그

집으로 보내기 싫었다.

"오빠가 정말 그래 줄 수 있어?"

정은이 계약금을 걸 만한 여유가 있었다면 벌써 나섰다.

"그럼 난 매점에 다녀올 테니까 오빠는 하유에게 인사를 하고 가."

둘이 나란히 앉아 정작 하유에 대한 이야기만 나누었다. 정은이 엘리베이터 속으로 사라졌고 재혁은 병실로 들어갔다. 하유는 바이탈 사인 체크 기계를 달고 영양제와 죽 대용의 링거를 꽂았다. 재혁은 잠든 하유의 머리카락을 쓸어내렸다. 몇 번이고 오르내리는 그 손에 아깝고 아리고 아끼는 마음이 가득 담겼다.

"우리 하유, 가여워서 어쩌면 좋을까?"

재혁은 이윽고 두 마디, 속삭이듯 내뱉었다. 잠에 든 하유는 듣지 못했고 어느새 돌아온 정은만이 문밖에서 엿들었다. 정은의 바이탈이 오히려 엉망이 되었다.

❀ ❀ ❀

하유는 브라프와 함께 감꽃 길 위였다. 브라프는 두 발로 걸었는데 늘씬한 몸매가 허리를 세우니 훨씬 멋있었다.

<난 누나가 정말 좋아.>

브라프가 만일 사람이라면 어떤 목소리를 낼까? 하유가 상상해 보았던 딱 그 목소리였다.

"나도 브라프가 좋은 걸."

하유는 종학이 사 준 원피스를 입고 손목에는 시곤의 손수건을 둘렀다.

<이 말을 곤이 형이 들어야 해. 아마 엄청 질투를 할 걸.>

브라프는 태초의 아담처럼 감꽃 이파리를 엮어 둘러 입었다.

"들어도 괜찮아. 난 브라프도 좋아하고 시곤 씨도 좋아하니까."

둘 다 목에는 감꽃 목걸이를 걸고 있었다.

<에이, 누나. 그런 말은 반칙이야.>

"그럼 내가 브라프만 좋아하면 좋겠어?"

<그건 또 아니지.>

그때, 토끼 한 마리가 고개를 내밀었다. 감꽃 하나가 입에 비쭉 물려 있었다. 브라프와 눈이 마주치자 달려왔다. 브라프가 쏜살같이 달려가 토끼의 귀를 잡아 들어 올렸다. 토끼는 브라프의 어깨 위로 뛰어올라 브라프의 귀를 물어뜯었다. 브라프는 간지럽다 호들갑을 떨었다. 한참을 주거니 받거니 하다 토끼는 농장 속으로 사라졌다. 브라프는 작별 인사를 했다

"하유 씨! 감꽃 목걸이, 내 건 없어요?"

다음 순간, 익숙한 체취가 풍기더니 시곤이 다가왔다.

"만들어 드릴까요?"

하유는 시곤의 팔짱을 끼며 웃었다. 꿈 밖에서는 감히 상상도 못한 행동이었다.

<형은 나는 아는 척도 안 하고! 에이, 이번 생에 나는 망했어. 이럴 줄 알았으면 둘을 맺어 주지 않는 건데. 아무도 모르지? 두 사람이 이렇게 된 건 다 내 덕분이라구.>

"우리 브라프, 형 때문에 삐졌구나."

시곤이 하유가 팔짱을 끼지 않은 쪽 손으로 브라프의 손을 잡았다.

<아니. 절대. 난 형과 누나가 서로를 사랑하며 행복한 모습이 좋아.>

브라프는 나머지 손으로 하유의 손을 잡았다. 그러자 셋이 서로의 손을 잡고 이지러짐 없이 예쁜 동그라미가 완성되었다.

<누나, 그러니까 항상 힘내서 행복해야 해. 누나한테는 나도 있고 곤이 형도 있어. 약속하지?>

"맞아요. 난 언제나 하유 씨의 곁에 있습니다. 내가 말했죠? 어떤 야생화들은 피할 수 없는 비바람이 닥치면 서로가 서로에게 꽃대를 기대거나 옆의 넝쿨에 제 넝쿨을 감는다고. 그렇게 해서 서로의 든든한 의지가 된다고. 그리 서로에게 힘이 되어주면서 바람이 부는 밤도 지나고 비가 내리는 어둠도 지나가는 법이라고."

맞잡은 시곤의 손을 통해서 온기 이상의 무언가가 전해져 왔다.

"다 기억해요. 홀로 피었다가 지는 야생화는 비바람이 지난 밤이면 여지없이 꽃잎을 다 떨어뜨리고 생을 마감하고 만다는 것도. 그건 사람도 마찬가지라고. 그러니까 약속할게요."

"우리 하유 씨, 잘 기억하고 있네요. 그럼 상을 줘야겠어요."

시곤의 감귤 향이 하유의 볼에 다가왔다 멀어졌다.

<으아! 난 아무것도 못 봤네요.>

브라프는 눈을 가렸고 웃음의 햇살이 가득 퍼졌다.

❀ ❀ ❀

하유는 얼굴에 웃음을 건 채로 꿈에서 깨어났다.

"정은아, 언제 온 거야?"

현실의 눈앞에는 정은의 얼굴이 있었다.

"좋은 꿈이라도 꾸었니? 자면서 웃던데."

정은은 하유의 이마부터 짚어 보았다. 열도 내렸고 식은땀도 나지 않았다.

"좋은 꿈이었지. 너무 행복한, 그래서 너무나 그리운 꿈."

꿈의 마지막을 생각하며 하유는 몸을 일으켰다. 놀란 마음에 순간적인 판단을 했고 어리석은 판단 끝에 시골하우스에서 도망쳤다. 브라프를 비롯한 모두에게 죄를 지었다. 하지만 조금 전의 꿈이 하유에게 다른 선택을 할 수 있는 힘을 주었다.

"얼굴에 색깔 도는 것 봐. 내일 당장 퇴원해도 되겠네."

정은은 기뻤다. 안에다가 무얼 넣어두고 혼자 아파하던 하유의 시간이 끝난 모양이었다.

"그런데, 하유야! 브라프는 누구니? 내가 찾아보니까 독일어던데."

"네가 브라프를 어떻게 알아?"

"자면서 몇 번이나 부르던데. 난 혹시 답사 여행에서 브라프라는 독일 남자를 만나 찐하게 연애라도 했나 싶었지."

기뻐서 해 본 말이었다.

"맞아, 브라프는 내게 참 좋은 이름이야. 너무 행복한, 그래서 너무나 그리운 이름."

"얘 봐라! 진짠가 봐. 아니라고도 안 하네."

정은은 순간 재혁 때문에 기쁨이 사그라들고 말았다.

"정은아, 휴대폰 좀 빌릴 수 있을까?"

정은의 속내를 모르는 하유는 정은의 휴대폰으로 두 건의 통화를 했다.

다음 날, 3주 넘어 돌아온 집 앞에서 하유는 숨을 가다듬었다. 대리석 느낌의 벽돌이 오늘따라 차가웠다. 연습해 온 말을 몇 번 되뇌었다. 시선은 골목 앞에 둔 채였다.

"하유야!"

드디어 기다리던 이가 골목으로 들어섰다. 전체적으로 윤기가 도는, 전형적인 사모님인, 정례였다. 하유는 깍듯이 인사한 후 골목 앞까지 마중을 나갔다.

"넌 생일도 잊고 어디엘 갔다가 인제 돌아온 거야? 왜 더 마른 것 같니?"

정례는 하유의 어깨와 팔을 살폈다.

"좋은 소재가 떠올라 갑자기 떠났어요. 생일은 숙소의 분들이 차려 줬고요."

"세상에! 어쩜 그렇게 고마운 사람들이 다 있구나!"

정례와 걸으며 하유는 미리 적어둔 문자를 지순에게 발송했다.

"재혁이는 만났니?"

"벌써 돌아왔다고 인사를 했어요."

하유의 입원은 하유와 정은, 재혁 이렇게 세 사람만 알았다. 집에 도착하자 2층의 초인종도 하유가 눌렀다.

ㅡ 하유로구나. 벌써 왔니?

다정하다 못해 녹아내릴 듯한 지순의 대답이 흘러나왔다.

"네. 정례 이모도 같이 오셨어요."

지순과 유라는 미소 띤 얼굴로 2층 계단 아래에 나와 있었다. 지순은 어제저녁, 집으로 오겠다는 하유의 전화를 받았다. 그리고 조금 전에는 또, 지금 정례와 함께 집 앞에 있다는 하유의 문자를 유라와 같이 보았다. 정례에게는 답사 여행에서 어제 돌아온 것으로 말했으니 그렇게 알라고도 덧붙여 있었다. 지순은 찬 음료를 네 잔 준비하여 내어왔다.

"답사에서 돌아오자마자 왜 날 찾은 거니? 지순이도 있는 자리에서 하고 싶은 말이라며? 전화 받고 좀 걱정을 했어."

하유가 어제 건 전화 중 한 통이 바로 정례에게였다.

"어머, 그랬니? 무슨 말인지 이모한테 먼저 하지."

"엄마는! 하유가 그렇게 말했으면 중요한 일이겠지."

지순과 유라가 정례의 앞에서 쓰는 가면은 참 견고했다.

"우리 집 문제 말인데요, 제가 곰곰이 생각해 봤거든요."

하유가 집 문제로 운을 떼자 지순과 유라는 컵을 놓칠 뻔했다. 분명 정례도 좋아하지 않을 것이었다.

"저요, 이모와 이모부 말씀에 따를게요."

"그럴래? 그럼 이야기는 우리끼리 마무리하자."

지순은 나중에 하유가 우겼다고 덮어씌울 작정이었다.

"그래. 하유야! 정례 이모까지 모셔 놓고 얘기할 게 뭐라니?"

유라의 입꼬리도 꽈리고추마냥 비틀어졌다.

"무슨 말들이니?"

정례만 영문 모르고 눈을 깜박였다.

"정례 이모, 전 사실 이 집을 팔려고 했어요."

정례는 그 누구의 예상보다 훨씬 더 놀랐다.

"엄마 아빠랑 함께한 추억이 너무 많고 자꾸 기억이 나 힘들었어요. 이사를 하면 낫겠다 생각을 했죠."

"니가 정말 이 집을 팔려고 했다고?"

"네. 그런데 이모네 가족이 반대하셨어요. 힘들겠지만 함께 아빠의 집을 지키자고."

하유의 말은 물론 진실과는 정반대였다.

"혹, 집을 지니고 사는 게 경제적으로 힘들어 그래? 이모가 도와주라?"

"아까도 말씀드렸지만 단지 추억 때문에 그랬어요. 제 인세 수입이
나 특강료, 원고 수입으로도 우리 집에서 살아가는 데는 지장이 없어
요."

"지순이나 유라나 너희들 참 잘 말렸다. 아니, 지찬 씨랑 은순이 이
집을 얼마나 애지중지했어? 바깥에 벽돌 쌓고 흙 나를 때는 하유랑
은순이까지 손을 걷어붙였는데."

"그, 그렇죠, 언니?"

이 집이 지금 하유와 저의 공동명의로 되어 있다. 정례가 알면 어
떻게 될까? 주스 잔에 맺혔던 물방울이 지순의 이마 옆으로 맺혔다.

"그리고 하유 넌, 그러는 것 아니다. 그럼 너희 이모네는 어디로 이
사를 간다니? 지금까지 든든하게 옆을 지켜주었고 너랑은 제일 가까
운 가족을, 그러는 것 아니야."

정례의 말이었고 유라는 네일 아트 손톱을 부러뜨리고 말았다.

"죄송해요. 제가 생각을 잘못했어요. 그래서 정례 이모까지 모신
거예요. 이모와 이모부의 말씀은 따를게요. 하지만 당분간 이 집에서
살고 싶지는 않아요. 기억이 나아질 때까지는 1층을 세놓고 따로 나
가 살았으면 해서요."

하유는 어제부터 몇 번이나 이 말을 연습했다.

"혼자 힘들었구나! 가여운 것! 하긴, 너희들이 있다고 해도 혼자 지
내기에 1층이 넓긴 하지."

정례는 든든한 지원군이었고 지순과 유라는 입이 없어졌다.

"이모, 죄송하지만 제가 그래도 괜찮을까요?"

하유는 지순을 똑바로 응시했다.

"으응. 그러엄. 나야 언제나 니 편이잖니이."

지순의 속이 용암처럼 끓어올랐다.

"이사를 할 집은 이미 계약금을 치렀고, 1층은 부동산에 내놓았어요."

"잘 생각했다. 하유야. 이모가 정말 다 고맙네."

정례는 아이처럼 손뼉을 쳤다.

"정례 이모, 잠시만 유라랑 계실래요? 전 이모랑 따로 얘기가 있어요. 이야기를 마치고 나면 이모가 도서관까지 태워 주시면 좋겠는데."

하유는 당당한 자세로 일어섰다.

"그래. 둘이서 할 얘기도 있겠지. 나야 유라랑 놀고 있을게. 유라야, 괜찮지?"

"정례 이모는, 뭘 당연할 걸 물으세요?"

유라는 화사하게 웃었지만 네일 장식이 한 개 더 부러졌다.

곧 하유가 앞장서서 유라의 방으로 들어갔다. 철구가 지순과 거하는 안방 근처는 쳐다보기도 끔찍했다.

"너! 이 미친년이!"

방문이 닫히자 지순의 말투가 돌변했다. 한쪽 팔을 들어 흔들기까지 했다.

"저한테 안 그러셨으면 해요. 지금 정례 이모가 문밖에 계세요."

하유는 지순을 올곧게 응시했다.

"네가, 네까짓 년이, 감히 이런 잔꾀를 부려?"

지순은 하릴없이 팔을 내릴 수밖에는 없었다.

"제가 지금까지 이모 가족들의 폭언과 막무가내를 참아드린 건 이유가 있어서예요."

하유는 더 이상 망설이지 않았다.

"저는요. 엄마의 유언을 지켜드리고 싶었어요. 엄마가 떠나시면서 저에게……."

이 부분에서 하유의 목이 메였다.

"저에게 말씀하셨거든요. 그럼에도 불구하고, 이제부터는 이모가 엄마 대신이다."

"그, 그래서? 그래서, 감, 감히 엄마 같은 날 뒤통수를 쳐?"

"하지만, 이모! 엄마는 이모한테도 분명히 말씀하시고 싶었을 거예요."

은순은 지순이 응급실에 도착하기까지는 기다려 주지 못했다.

"그럼에도 불구하고 내가 떠나면 내 딸이, 우리 하유가, 이제부터는 너의 딸이다."

하유의 눈동자에 물빛이 돌았지만 울지는 않았다. 꿈에서 브라프와 시곤이 했던 말을 새김질했다.

"1층은 시세보다 훨씬 싸서 금방 나갈 거예요."

"누구 마음대로? 우리가 앉아서 당하기만 할 줄 알고?"

지순은 양심이란 놈을 구겨 버렸다.

"전 혼자도 아니고 할 수 있는 일도 많아요. 그러니까 이모는 부디 아무것도 하지 마세요. 그럼 저는 이모와 저의 공동명의인 집문서를 정례 이모에게 보여드릴 수밖에 없어요. 그리고 어쩌면 제가 떠나던 날, 1층에서 있었던 일도."

지순이 이제야 움찔했다. 하유가 그 일까지 먼저 언급할 줄은 몰랐다.

"니, 니가 정말 미쳤구나. 아주 돌았어. 누, 누가 믿어줄 줄 알고."

"공동명의 집문서를 보신 후, 믿어줄지 말지는 정례 이모가 판단하시겠죠. 참! 혹시 이모가 나가시겠다고 하면 2층 전세금에 해당하는 돈도 차츰 마련해 드릴게요. 건강히 계세요."

방을 나서는 하유의 뒤에서 지순이 침대에 털썩 떨어져 내렸다.

하유는 정례와 함께 집을 나서기 전, 제집을 다시 한번 바라보았다. 수업이 없는 날 현장에 나오면 지찬, 은순과 둘러앉아 가족들의 이야기는 끝없이 펼쳐졌었다.

❀ ❀ ❀

"하유야! 어떠냐? 아빠가 내 손으로 직접 지은 내 집을 가지게 되었어."

"너무 멋져요. 벌써 안방에서 설계도를 그리고 있는 아빠의 모습이 보이는데요."

하유는 겨우 철근 뼈대가 세워진 터를 보면서 정말 그런 그림을 그릴 수 있었다.

"그 옆에서 사과를 깎고 있는 사람은 엄마 아니니? 아이구! 누구는 얌체처럼 사과를 집어 먹고만 있네."

은순이 다정한 부녀 사이에 끼어들었다.

"그 얌체는 깎아놓은 사과가 너무 못생겨서 놀라는 중이라고 전해 줘, 엄마."

"공주가 깎은 건 사과도 공주 사과인 법이야."

"백설 공주의 독 사과는 아니고?"

"이이는 애 앞에서!"

은순이 팔꿈치로 가슴을 치자 지찬이 아픈 시늉을 했다.

"지금 다른 곳에서도 집을 짓는 중이라 빨리 완공이 되지는 못해. 하지만 아빠가 최선을 다해 서두를 거야."

"그 집 어르신이 대금을 미리 정산해 둔 덕분에 우리 집도 올라가는 거지?"

"응. 고마운 어르신이지."

"나도 언제 한 번 뵈었으면 좋겠네."

"아빠! 나도, 나도."

행복에 겨운 세 가족의 발밑으로 은방울꽃이 흔들리고 있었다.

'엄마! 아빠! 당분간만 안녕이에요!'

일부러 도서관 앞에서 정례의 차를 내렸고 휴대폰 가게에 들렀다. 그런 후에는 곧장 수곡행 버스에 올랐다. 부지런히 감꽃 가로수 길을 올랐다. 마음속으로 계속 같은 말을 뇌고 있었다. 이 말도 어제부터 연습했다.

감꽃 길 시골하우스는 변한 것이 없었다. 다만 브라프가 사라졌고 사람들 사이의 마음이 갈라졌을 뿐이었다. 그리고 하나 더 달라진 것은 가로수 길 중간의 대문이었다. 언제나 열려있던 중간쯤의 대문이 닫혀 있었다. 밀어도 두들겨도 기척이 없었다.

"시곤 씨! 이모님! 아저씨!"

불러도 보았지만 한참 거리인 본채까지 들릴 리가 없었다. 주변을 둘러보다 옆으로 달린 초인종을 발견했다. 눌러 보았지만 역시나 답은 없었다.

　점심도 못 먹고 6시간을 기다렸다. 슈퍼의 여주인에게도 가 보았지만, 외지인인 자기는 아무것도 모른다고 했다. 곧 막차 시간이었다.

　만약의 사태를 대비해 적어온 편지를 꺼내 들었다. 혹시나 비에 젖을까 비닐 팩에 넣기도 했다. 나무 대문 틈새에 단단히 끼워 넣고 돌아섰다. 그러고도 무언가가 당긴 듯 몇 번 뒤를 돌아보았다.

　이모님, 아저씨!

　브라프의 일로 꼭 사죄드리고 싶습니다. 너무 늦었지만, 그래서 제가 참 뻔뻔한 사람이지만, 그때는 저도 너무 무서웠습니다. 머리 숙여 사죄드리고 싶어요. 다시 찾아뵐게요. 건강하세요.

　구구절절한 말은 생략했다.

　저, 시곤 씨 덕분에 용기를 내게 된 겁쟁이 여하유예요. 글로는 할 수 없는, 차마 전하지 못한 말이 있어서 꼭 다시 뵙고 싶어요. 연락 주세요. 010-○○○○-○○○○

　시곤에게 남긴 편지에는 새 휴대폰 번호를 적어 놓았다. 제일 먼저 알려주는 것이었다. 일주일 전, 하유의 눈물이 수 놓였던 감꽃 길에 이번에는 하유의 기다림이 깊이 새겨졌다.

　그 시간, 시곤은 인천공항의 국제선 로비에서 탑승을 기다리고 있었다. 나이 차이가 많이 나는 육촌 동생 원이 옆에 앉아 기지개를 켰다.

"형, 브라프의 일도 있는데 이렇게 오래, 괜찮겠어?"

"어쩔 수 없지. 마음이 아프긴 한데 인생이 내 맘대로 흘러갈 수는 없는 법이니까."

"큰할아버지도 형을 보내면서 마음이 편하지 않으신 것 같았어."

"네가 자주 찾아뵙고 재롱을 떨어 드려."

"내가 애냐? 어쨌거나 이제 곧 출발이네."

"기다리기 지루하지? 그래서 내가 따라나서지 않아도 된다고 했잖아."

전시회를 준비한 <문 갤러리> 관장 명숙과 일행보다 시곤의 출국만 하루가 늦어졌다.

"그런 말 마! 내가 여기까지 올 수 있었던 게 누구 덕인데? 이번 공연은 지방 순회는 아예 없다고 해서 내가 얼마나 애를 태웠게? 형이 내 구세주잖아."

시곤은 원을 위해 티켓을 선뜻 끊어 주었다. 서울에서 먹고 잘 용돈은 덤이었다.

"나도 공짜는 아니었어."

"또 은근슬쩍 압박하는 것 봐!"

"정말 잘 부탁할게. 너 말고는 믿을 데가 없어서 그래."

"가여운 입시생한테 이런 부담이나 주고 말이야."

"돌아올 때 네가 말한 선물은 꼭 사 올게. 어른들 모르시게 정말 잘 부탁해."

"벌써 몇 번이나 같은 소리야? 사랑에 빠지면 다 이런 거야? 참! 사랑도 아니지. 손도 못 잡아 봤다며? 이 찬란한 21세기에 웬 검정 고무신?"

원의 중얼거림에 아랑곳없이 시곤은 의자에 등을 기대었다.

'하유 씨! 난 한국을 떠나있게 되었어요. 시골하우스에서 말해 주려 했는데 기회가 없었네요. 그렇게 떠나버린 하유 씨의 이유도 모르겠고 이해도 되지 않지만 그래도 난 하유 씨를 만나러 갈 겁니다. 8월 말이면 돌아옵니다. 그러니 당분간만 안녕입니다.'

시곤은 활주로를 내다보았다. 주행하는 비행기의 꼬리가 보였다. 그 너머에 저녁 햇살 가득한 주방에 함께 선 하유와 브라프가 보였다. 지금은 모두가 멀리에 있고 벌써 그리웠다.

다음 날은 6월의 끝자락, 유난히 무더웠다. 이른 아침 누군가 벌써부터 후끈거리는 감꽃 가로수 길을 걸어서 시골하우스로 올라왔다. 굳게 닫힌 대문 앞에 이르더니 초인종을 눌렀다. 대답이 없자 돌아섰다. 그러다가 대문의 문살 틈새에 끼워진 하유의 편지를 발견했다. 은밀하게 꺼내 들었다. 뜯어보지는 않고 주변을 살펴보았다. 아무도 없음을 확인하자 주머니에 집어넣었다. 곧 재빨리 사라져갔다.

꽃 백일홍의 꽃말은 <인연이 끝났다.> 꽃

재회는 칼날 같고

7월임에도 납골당은 냉동 창고 같았다. 슬픔이 모여 만들어낸 죽음의 온도였다. 하유, 정은과 재혁은 부부 납골당 앞에서 묵념을 하였다. 곧이어 하유와 정은은 꽃다발을, 재혁은 하유와 정은이 며칠 전 함께 찍은 사진을 유리문에 부착하였다.

"엄마! 아빠! 하유랑 저랑 같은 빌라에서 살게 됐어요. 그러니까 아무 염려 마세요."

"이모님, 아저씨, 저도 최선을 다해 하유를 돌보겠습니다. 평안하세요."

"하유랑 제가 보고 싶을 땐 이 사진을 보시면 돼요."

"저도 자주 들여다보고 챙기겠습니다."

정은과 재혁이 먼저 애도의 인사를 했다.

"재혁 오빠랑 나는 주차장에서 기다리고 있을게."

"시간은 신경 쓰지 말고 마음껏 있다가 와."

반차를 낸 두 사람은 자리를 떠났다. 지찬의 1주기에도 똑같이 해 주었다.

"나 왔어요. 엄만 겨울을 싫어하는데 여기는 한여름에도 춥네."

하유는 유리문 안쪽 은순과 지찬의 사진 위에 제 이마를 기대었다. 입김이 서린다.

"거기는 따뜻하겠지? 그럴 거라고 믿어요. 그리고 나, 엄마의 마지막 말을 지키지 못했어. 미워하지 않을 거죠?"

손가락으로 은순과 지찬의 사진 위를 쓰다듬었다.

"나 이제 용감하게 살 거야. 엄마가 내게 했던 말, 그럼에도 불구하고. 맞아! 엄마. 이제 내게는 엄마도 아빠도 없지만 그럼에도 불구하고 힘을 내서 살 거야. 내 곁에는 정은이랑, ……, 재혁 오빠가 있으니까, 그리고 정례 이모도."

그리운 이름들은 더 있었다. 부모님과 함께 한 날들과 겹쳐지는 시골하우스에서의 시간들. 다섯 번을 찾아갔다. 3번 남긴 편지는 가져갔지만 시곤을 비롯한 그 누구도 연락을 해 오지 않았다. 브라프를 죽게 하고 도망까지 쳐 버린 저는 끝내 용서받지 못했다. 굳게 닫힌 시골하우스의 대문 앞에서 돌아서던 제 모습을 떠올리는 건 부모님을 떠올리는 것과는 또 다른 슬픔이었다.

"또 올게요."

하유는 2층을 내려왔다. 출입문 쪽을 향해 가는데 바로 옆 의자에 할아버지가 한 분 앉아있었다. 무더운 날씨에 모자와 마스크를 착용했다.

"여기에서 왜 이러고 계세요?"

하유의 발걸음이 붙들렸다.

"누군데, 이 늙은이한테 말을 거는 거야?"

이른 시간이라 오가는 사람이 많지 않아도 인적이 없는 것은 아닌데 아무도 할아버지를 눈여겨보지 않은 모양이었다.

"저도 방문객이에요."

"그럼 가던 길 가지를 않고?"

"할아버지가 혼자 계시는 게 보여서요."

"착한 아가씨로구만. 헌데 나도 혼자 온 건 아니야. 우리 며늘애가 같이 왔다가 약국에 갔어."

"어디가 불편하세요?"

"그만 여름감기에 잡혀 버렸네."

할아버지는 기침을 몇 번 내뱉었다.

"잠시만요."

하유는 가방에서 보온병을 꺼내 들었다. 도서관의 에어컨 때문에 항상 따뜻한 물을 준비해 다녔다.

"저는 입을 대지 않고 마셨거든요. 마음 편히 드세요."

"늙은이가 예쁜 아가씨의 물병에 입을 내어도 되겠어?"

"집에 가서 씻으면 상관없어요."

"어떤 부모가 딸을 이렇게 착하게 길러 놓았누?"

할아버지는 선뜻 물을 마셨다. 금방 마스크를 다시 써서 얼굴은 보지 못했다.

"같이 오신 분은 언제 오세요? 같이 기다려 드릴까요?"

"더운물을 건네준 것만도 고마운데 그럴 필요는 없어."

할아버지의 눈가에 미소의 주름이 졌다.

"같이 오신 분이 돌아오실 때까지만 그럴게요. 몸도 편찮으신데 혼자 계시는 게 마음에 걸려서, 제 마음이 편하자고, 그래요."

그러는 중에 중년 여인이 돌아왔다. 할아버지는 오래 손을 흔들어 주었다. 주름진 손이 유난히 투박하였다.

한편, 재혁과 정은은 차 안에 있었다. 재혁은 하유가 나오나 앞창을 주시했고 정은은 하유에게 집중하는 재혁을 보았다. 정은은 목이 마르면서 침이 고였다. 연신 생수를 마셔도 갈증이 사라지지 않았다.

"넌 무슨 물을 그렇게 마시니?"

어느 순간, 재혁이 쳐다보았다.

"몰라. 목이 타네."

"여기 목캔디가 있을 건데, 잠시만."

재혁이 수납장을 가리켰다. 정은이 손을 내밀었고 동시에 재혁도 손을 내밀었다. 수납장 손잡이에서 두 사람의 손이 겹쳐진다. 순간 두 사람의 동작이 멎고 짧은 정적이 지나갔다. 정은이 먼저 손을 떼어내었다. 재혁은 마른기침을 뱉은 후 목캔디를 꺼내어 건네었다.

"우리 하유, 혼자 또 많이 울겠구나."

재혁은 정은이 목캔디를 입에 넣기도 전에 앞을 응시했다. 왠지 정은과 맞닿았던 손등에서 간지러움이 일었다.

"그렇진 않을 걸. 하유가 많이 변했거든."

정은은 녹여낸 목캔디와 함께 고였던 침을 삼켰다.

"무슨 말이니?"

"하유가 이제는 혼자 숨어 울지는 않을 거란 뜻이야. 말로 설명은 못하겠지만 그래."

"정은이가 그렇다면 그런 것이고 그럼 다행이지."

재혁은 하유의 말은 항상 의심했지만, 정은의 말은 무조건 믿었다.

정은이 하유의 집 이야기를 들은 것은 어제저녁이었다. 제집이 지순과 공동명의로 되어 있고 지순 네 가족이 자꾸만 집을 팔자고 한다는 폭로도 아닌 폭로였다.

❀ ❀ ❀

"세상에, 너 미쳤구나, 여하유."

정은은 그 짧은 이야기만으로 길길이 날뛰었다.

"어떻게 이런 이야기를 세상없는 절친인 나한테까지 숨길 수가 있어? 배신이다."

"그래서 이야기를 하잖아."

"참 일찍도 한다."

"엄마의 1주기는 지내고 말을 하고 싶었어."

"이제부터 너의 엄마'는 개뿔! 꿈에 나올까 무섭네. 니가 성인이고 엄마도 버젓이 살아계셨는데, 어떻게 공동명의로 상속이 될 수가 있어? 유라 그 계집애 못돼 먹은 거야 진속에 알았지만, 설마 너희 이모까지 그럴 줄이야. 내가 너희 집 가서 지낼 동안 우리 하유, 우리 하유, 입안의 혀처럼 굴더니. 사람 진짜 무섭다!"

은순은 생전 "사기를 쳐먹기에 딱 좋은 사람."이라는 평을 들었었다.

"재혁 오빠는 알아?"

하유는 고개를 저었다.

"하긴 나한테도 안 한 얘기를 오빠한테 했을 리가 없지. 그리고 알았다면 오빠가 가만있지도 않았을 거고. 왜 그랬어? 잘 알잖아. 재혁 오빠나 그 엄마가 힘이 되어 줄 거라는 것."

"일단은 너만 알고 있었으면 해. 정 도움이 필요하면 내가 얘기할 거야."

"그럼 앞으로 어쩔 생각인데?"

"돈부터 모아야지."

"무슨 돈을 왜 모아?"

"2층의 전세금을 모아 이모에게 드리고 집을 사려고."

"내가 너 때문에 참 미치겠네! 니 집을 왜 니가 돈을 주고 사니?"

정은은 팔짝 뛰고 싶었다.

"법이 그렇잖아."

"법은 무슨! 지금 당장 공동명의로 상속이 된 과정부터 파헤쳐 보자. 그러라고 있는 게 법이거든."

"이만큼은 내가 엄마의 유언을 지켜드리는 선이라고 생각해. 그리고 딱 여기까지만. 이제 더 이상은 나도 없어."

"돈은 얼마나 필요한데?"

유언을 앞세우는 하유를 설득하는 것은 불가능해 보였다.

"엄마, 아빠가 남겨주신 거랑 내가 가진 돈이랑 다 합해도 한 5천 정도 더."

지찬과 은순의 사망보험금이 있었다. 하지만 은순의 사후, 지순과 철구가 은순의 사인이 된 대출 서류를 몇 개나 하유의 앞으로 내밀었다. 모두 갚아 주었다. 그래서 제집의 전세금을 받고 나서야 재혁에게 돌려줄 수 있었다.

"우리 아빠한테 부탁해 보자. 아니면 내가 직장인 대출이라도 받아 준다."

"안 돼. 금방 돈이 되면 이모는 내가 숨겨둔 돈이 있다고 생각할 거야."

"그 돈을 받고도 안 떨어질 거란 말이니? 뭐니, 정말? 그 사람들의 사명은 너를 괴롭히는 거야? 넌 분하지도 않아?"

"얘기했잖아. 이건 배려야. 사랑하는 우리 엄마의 유언에 대한 나의 마지막 배려."

정은은 흥분을 가라앉혔다. 유언이라는 단어의 무게는 놀라웠다.

"그나저나 어쩐 일이야? 1년 가까이 숨기고만 있다가 털어놓을 생각을 하고?"

"누가 그랬거든. 서로 기대고 의지하며 살아가는 것이 진짜 치열하게 살아내는 것이라고. 혼자보다는 같이 하는 게 더 힘이 된다고 말이야."

"그 사람이 브라프야?"

정은은 하유의 표정이 그리움으로 젖어 드는 것을 알아보았다.

"그 말을 너에게 해 준 사람이 한국말을 멋지게 구사하는 독일 남자 브라프였구나? 얼마나 멋진 사람이기에 네가 그 며칠 새에 이렇게나 말이야?"

"브라프는 사람이 아니야."

하유의 얼굴에 어린 그리움이 한층 짙어지는 듯했다.

"브라프가, 사람이 아니라고 느껴질 정도로, 멋있었단 말이니?"

정은은 제가 근거도 없는 소설을 쓰고 있는 줄은 몰랐다.

❀ ❀ ❀

하유는 8월에 접어들며 <추계예술&논술원>의 논술 강사가 되었다. <추계예술원>은 4층 건물의 2.3층을 세내어 운영했는데 원장인 기만의 오랜 소원이 논술원을 같이 하는 것이었다. 마침 1층 공부방의 계약 기간이 끝났는데 자금 사정이 여의치 않았다. 그러다 뜻밖의

자금 조달을 받았고 무사히 논술원을 개원하였다. 이름은 <추계예술&논술원>으로 바뀌었고 강사 자리는 하유에게로 돌아왔다. 기만은 정은에게 한 번씩 놀러 가던 하유를 미리부터 점찍어 두었다.

오늘 하유와 정은은 재혁과 점심을 먹고 출근을 하는 중이었다. 학원은 주택가의 골목에 있었다.

"차도 한잔하면 좋은데 내가 시간이 없네."

재혁은 잠깐 주차를 해도 선을 정확히 지켰다.

"아니에요. 재혁 오빠, 오늘 감사했어요."

"바쁜 의사 선생님이 비천한 우리에게 이만큼 배려해 주신 것만 해도 감사하지."

2주에 한 번 정도 식사를 하는 것은 전적으로 재혁의 배려였다.

"그리고 아까도 말했지만 내 생일에는 꼭 우리 집에서 저녁을 함께 먹는 거야. 알았지?"

2주 후가 생일인 정은이 제집에서 저녁을 준비하겠다고 고집했다.

"주인공이 생일상을 차려내는 법이 어디에 있니?"

"정히 나가서 먹는 밥이 싫으면 내가 저녁을 준비할게."

재혁이나 하유나 반대였다.

"일하고 집에 가면 글쓰기에 바쁜 네가 무슨 시간이 있어서? 내 손으로 만든 밥을 오빠랑 너한테 먹이고 싶은 거니까 반대는 반대."

하유와 재혁이 동시에 또 난색을 표했다.

"정히 그러면 내가 한 밥을 먹어 주는 걸 내 생일 선물이라고 생각해. 내 소원입니다. 제발, 두 분!"

거의 식당 밥을 먹는 재혁이었다. 제 손으로 집밥을 해서 먹일 핑계를 갖다 붙인 정은의 간절함을 하유나 재혁이나 몰랐다.

"알았어, 그럼 정은이의 말대로 하자. 오빠가 일찍 마치고 학원으로 데리러 올게."

"그럼 우리야 더 좋지."

부드러운 엔진 소리로 재혁의 차가 사라졌고 하유와 정은은 학원 안으로 들어섰다.

"직업 좋지, 성격 좋지, 훈남이지. 왜 여태껏 애인이 없나 몰라!"

정은이 기지개를 켜는 척 하유를 흘깃 보았다.

"곧 생기겠지. 그동안은 인턴에 수련의에 바빴잖아."

"그래도 너한텐 언제나 시간을 내주잖아. 덕분에 나까지 덤으로."

"나야 어릴 때부터 함께 자란 정이지. 정례 이모도 그렇고."

은순의 장례 후, 재혁이 찾아온 적이 있었다. "우리 하유, 오빠랑 결혼할까?" 딱 한 마디. 재혁은 하유가 눈을 동그랗게 뜨자 "왜? 오빠는 싫어?" 웃으며 돌아갔다. 제가 얼마나 가여워 보였으면? 오빠는 그렇게 속정이 깊은 사람이다.

'어휴, 바보. 무슨 뜻인지도 못 알아듣니?'

사실 정은에게는 좋기만 한 상황이었다. 하지만 정은은 재혁의 사랑을 지지하며 하유가 그 사랑 안에서 든든한 둘이 되기를 기원했다.

"샘들! 어디 다녀오는 길이에요?"

2층이 가까워질 때, 목소리 하나가 날아들었다. 언제나 즐거운 희원이었다. 희원은 오래 피아노를 쳤다. 그러다 고2 때 변호사인 아버지의 권유로 전공을 바꾸어 경영학과로 진학을 했다. 하지만 도저히 포기할 수가 없어 다시 피아노 입시반으로 돌아왔다.

"희원이, 안녕!"

"희원이 학생, 안녕하세요?"

"두 분, 엄청 멋있는 차에서 내리시던데요. 누구예요?"

"우리 여 선생님의 애인 차인데, 왜?"

희원이 정말이냐 묻자 하유는 낮게 웃었다. 희원은 몇 번이나 더 진짜냐고 물었지만 무시당했다. 세 사람이 함께 원장실로 들어섰을 때, 기만은 원두를 내리는 중이었다.

"이리로 와서들 앉아요. 마침 커피를 내리던 참이니까."

세 사람을 손짓해 부른 것은 기만의 아내이면서 부원장인 숙영이 었다. 기만과 숙영이 함께 학원을 운영한 지 30년이 다 되어 간다. 커피를 즐겨서 원장실에는 언제나 원두커피 향이 맴돌았다. 그들의 딸인 서진도 이미 자리하고 있었다. 서진도 역시나 다른 전공을 하다가 피아노학과 입시를 준비 중인 재수생이었다.

"하유 선생, 어제 특별한 일은 없었습니까?"

원장실에서 커피를 나누는 것이 학원 일과의 시작이었다.

"은찬과 은결이 책 읽는 양이 늘고 있어요."

은찬과 은결은 초등학교 3학년 쌍둥이 남매였다.

"어쩐지 피아노에 집중하는 자세가 좋아졌어요. 봐요! 역시나 사람은 책을 읽어야 해요."

기만은 사람이 무슨 일을 하든 독서를 해야 한다는 신념을 가지고 있었다.

"정은 선생은 애로 사항이 없습니까?"

"희원이만 말을 잘 들으면 애로 사항이 없을 것 같은데요."

희원은 피아노는 정은에게, 성악은 숙영에게서 지도를 받고 있었다.

"희원이 넌 오늘 늦게까지 남아서 연습해. 어째 자꾸 학원에 오는 시간이 늦어진다."

기만은 마지막으로 희원에게 커피를 건네주었다.

"샘들도 인제 왔잖아요. 아무리 그만둘 거라지만 기본은 해야죠."

희원은 아직 경영학과에 재학 중이었고 오전 강의까지는 듣고 학원에 왔다.

"너랑 선생님들이 같아? 이왕 전과할 결심을 했으면 피아노에 집중을 해야지."

"손가락이 부러질 만큼 열심히 하고 있거든요."

"어디 부러진 손가락 좀 내놔 봐."

잠시 후, 숙영과 서진, 희원은 원장실을 나갔다. 입시반인 서진과 희원은 지금부터 저녁을 먹기 전까지 최소한 5시간은 피아노에 매달린다.

"하유 선생, 수업하기는 어때요? 혼자 글을 쓰거나 특강만 다니다 시간에 묶이니까 불편하지 않습니까?"

"재미있어요. 아이들도 착하고요."

"방문 교사는 어때요?"

"시간도 편안하고 사례도 넘치게 받고 있어요."

하유는 매주 목요일 저녁에 1시간 30분씩 가정집을 방문하여 독서 토론 교사를 겸하고 있었다. 학원을 통해서 소개받은 자리인데 60대 후반의 퇴직 교사가 대상이었다.

"이력서까지 제대로 챙겨 받았으면 깐깐하신 분일 텐데, 힘들진 않고요?"

"자신의 일에만 그렇지, 너그러운 성품이세요."

잠시 후, 하유와 정은도 원장실을 나왔다. 로비 양옆 레슨실에서는 하농 38번과 세레나데 연주가 울리고 있었다. 그중 입으로도 못 따라갈 속도의 하농 38번은 희원의 음률이었다. 하유는 홀린 듯 레슨실로 다가갔다. 나무 출입문의 유리 창문을 통해서 희원의 뒷모습이 눈에 들어왔다. 물고기 튀듯 움직이며 거의 1초에 4번은 건반을 누르고 있었다. 하유의 눈은 항상 휘둥그레졌다.

"저게 희원이의 특기잖아. 입시에서도 좋은 점수를 받을 걸."

정은은 별것 아니라는 투였다.

"얼마나 노력을 해야 저만큼 칠 수 있어?"

"전공도 아닌데 너 정도면 훌륭하지. 그보다 난 희원의 머릿결이 부럽다. 어쩜 저렇게 윤기가 흐를까?"

희원은 날개 죽지까지 오는 머리카락을 목덜미에서 묶었다. 유난히 탐스럽긴 했다.

"여 선생님, 어서 오세요."

목요일 저녁, 현관에 들어서는 하유를 경연이 맞이했다.

"어서 와요. 기다리고 있었어요."

휠체어에 앉아 생활하는 성자도 방 입구에 나와 있었다. 초등학교 교사로 정년퇴임을 한 성자는 외부 독서회 활동을 오래 하였다. 그러다 양쪽 무릎 관절 수술을 하면서 덜컥 휠체어에 의지해야 하는 처지가 되고 말았다. 독서 방문 교사를 찾던 중 학원을 통해 연결이 되었다. 경연은 며느리였고 아들은 주중에는 창원에 있었다.

오늘의 책은 한수산의 <군함도>였다. 일본 제국주의 강점기 시절, 석탄을 캐는 군함도에 강제 징용되어 끌려간 노동자들과 성노예가 주인공인 뼈아픈 이야기였다.

"여 선생, 나는 그 장면이 제일 마음이 아팠어요. 히로시마에 핵폭탄이 떨어진 후에 폭탄을 맞고 고통스러워하면서 몸부림치는 사람들을 무작위로 차에 싣고 가다가 혹시 대한제국의 말로 아프다고 하면 그대로 길가에 던져 버리고 말았다는 장면."

"대한제국의 사람들에게는 의약품 하나도 허락하지 않겠다는 냉혹함이었죠. 그들에 의해 끌려가 그들로 인해 입은 피해인데 말이에요. 그래서 대한제국의 사람들은 의식이 흐린 상태에서도 내 나라 말로는 아프다는 표현을 못했죠."

"'이타이이타이' 일본말로 '아프다. 아프다.'라는 뜻이죠. 정말 우리가 절대 잊지 말아야 할 역사의 아픔에요. 그런데 지금의 세대들은 메이드 인 재팬에 열광하니 안타까운 일이죠."

성자는 공책 위에 일본어로 '이타이이타이'를 적었다. 일본을 더 알고 대응하고 싶어서 일본어를 배웠다는 성자의 일본어 수준은 상당했다.

"인류가 역사를 통해서 배우는 가장 큰 교훈은 인류는 역사를 통해서는 아무것도 배우지 못한다는 거랍니다. 그래서 제대로 된 역사 교육이 필요하죠."

"언제 여 선생이 그 시절을 배경으로 동화를 써 봐요. 동심으로 표현하는 그 시절은 더 절절하지 않을까? 그럼 최소 100권은 팔아줄게요."

"그럼 얼른 써야겠는데요."

두 사람은 처음부터 마음이 잘 맞았다. 경연이 가져다 놓은 오미자차가 향긋한 김을 피워 올렸다.

다음 주 정은의 생일, 정은은 먼저 집으로 돌아갔다. 재료는 준비해 놓았지만, 음식을 할 시간이 필요하다고 했다. 기만이 퇴근 시간을 배려해 주었다. 하유는 저도 돕겠다고 했다. 하지만 정은은 재혁혼자 오는 것이 불편할 것이라며 하유를 남겨두었다.

"어머니가 너의 근황에 대해서 물으셨어. 요즘 무슨 일을 하고 있는지도. 많이 바쁘지 않으면 집에 한번 들르라고도 하시더라."

재혁의 차에는 하유가 좋아하는 피아노곡이 흘렀다.

"학원 일이 안정되면 찾아뵐게요."

정례와는 가끔 전화 통화를 했다. 그런데 학원에 취업을 한 일이나 개인 독서 교사 일에 대해서는 말을 못 했다. 정례의 뒤에는 그들이 있었다.

"그게 아니라 내 말은, ……, 하대동 쪽에서 어머니를 통해 뭔가를 알아내려는 낌새인 것 같다고. 그러니까 전화는 그렇다치고 당분간은 바쁘다고만 말하고 어머니를 찾아뵙지 말라고."

재혁도 같은 생각이었다. 설마 전화번호를 캐묻지는 못하겠지!

"유라가 정은이하고도 친분이 있으니 정은이한테도 말을 해 둬. 혹시 모를 일이니."

하유는 이사를 나온 후 한 번도 이모네 가족을 본 적이 없다. 바뀐전화번호도 그들은 몰랐다.

빌라에 들어서서 재혁은 정은의 집으로 바로 갔고 하유는 3층 제집에서 옷을 갈아입었다. 정은이 준비한 메뉴는 월남쌈 샤부샤부였다. 오랜 요리 경력을 지닌 주부들도 꺼려 하는 메뉴를 멋들어지게차려냈다.

"맛있게들 드시기를."

정은이 마지막으로 쌈 채소와 라이스페이퍼를 식탁에 놓았다.

"뭘 이렇게 많이 준비했니? 시간도 없었을 텐데."

재혁은 진심으로 감탄했다. 정례는 가사 일에는 도통 재주가 없었다.

"그러니까 우리 집에 자주 와 보라니까. 오빠라면 내가 얼마든지 대접을 할 테니까."

"이럴 때 보면, 정은이가 진짜 일등 신붓감인데 말이야."

"그럼 오빠가 나를 데려갈래?"

정은은 농담 안에 진심을 꽁꽁 싸맸다.

"정은이가 오빠랑은 심심해서 못 살지."

재혁은 집게로 쇠고기를 담그며 대수롭지 않게 답했다.

"맞지. 오빠랑 나랑은 너무 다르니까. 아무래도 오빠한테는 하유가 딱인데. 하유야, 넌 어때?"

정은의 눈빛이 아픔으로 물들었다.

"오빠랑 내가 그럴 사이야?"

집게를 쥔 재혁의 손길이 넘칫했나. 징은은 시럽고 재혁은 서글픈 식사 시간이었다. 재혁은 9시가 넘자 자리에서 일어났다. 또 당직을 선단다.

"오빠도 나이를 생각해."

정은은 절로 잔소리가 나왔다.

"누가 들으면 오빠가 되게 늙은 줄 알겠어."

"우리보다 여섯 살이 많으니까 늙기는 되게 늙었지."

그렇게 현관을 나서는데 정은의 휴대폰이 울렸다.

"아! 엄……."

정은이 반가운 음성으로 부르다 말고 멈칫했다.

"하유야, 오빠랑 먼저 가 있어. 난 통화를 끝내고 내려갈게."

남해의 은남이었다. 정은은 하유를 배려해서 엄마라는 단어를 감추었다.

"정은아, 얼른 내려와. 설거지는 같이해야 해."

"그럼 이 산더미 같은 설거지를 나한테 다 시키려고 했냐?"

빌라는 2차선 골목 안에 자리하고 있었다. 골목 한쪽으로는 주차된 차들이 즐비했고 빌라 바로 건너는 게이트볼장이었다. 두 겹으로 둘러친 게이트볼장의 연두색 철책이 늘어선 꽃대 같았다.

"너랑 정은이가 같은 빌라에 살아 안심이야. 네가 그 집을 나오겠다고 해서 오빠도 반가웠거든."

재혁은 차의 잠금을 해제했다.

"오빠, 이제 제 걱정은 그만해도 돼요."

"내가 어떻게 네 걱정을 안 할 수가 있니?"

"이모네의 일도 앞으로는 제가 잘 이길 거예요."

"그래. 무조건 참지 마. 주말에는 뭐 할 거니?"

"글도 써야 하고 논술원 아이들의 작문도 봐줘야 해요."

"집에만 있지 말고 정은이랑 영화라도 봐."

재혁은 저랑 같이 가겠냐는 말은 넣어두었다.

"좋은 영화 있으면 그렇게 할게요."

"정은이의 통화가 길어지네. 난 그만 출발해야겠어. 정은이한테 안부 전해 주고."

재혁이 하유의 어깨를 두어 번 두들겼다. 찰나의 손길에 실린 마음이 천근이었다.

"오빠도 잠도 좀 주무시고요."

재혁의 차가 떠났다. 하유는 빌라로 들어가려다 말고 게이트볼장의 연두색 철책을 응시했다. 꼭 늘어선 꽃대 같아서 하유를 시골하우스에서의 기억 속으로 불러들였던 것이다.

'시곤 씨, 어떻게 지내요? 잘 지내고 있는 거죠? 부디 그러기를 소원할게요. 브라프를 잃은 아픔도 이제는 많이 회복되었기를. 그런데, 나는요, 매일 매일 시곤 씨의 말이 떠올라요. 순간순간 시곤 씨와 함께했던 그때가 그리워요. 잊어야 하는데, 그게 내가 받은 벌인데, 아무렇지도 않게 사는 게 잘 되지가 않네요. 나, 뻔뻔한 거죠?'

제 볼을 감싸던 그의 손길이 얼마나 뜨거웠는지, 저를 안고 토닥이던 그의 맥박이 얼마나 강렬했는지 지금도 선했다. 하지만 기억일 뿐이었다.

그 기억을 깨뜨린 것은 골목 가득 울려 퍼진 클랙슨 소리였다. 얼마나 큰지 밤의 적막까지 깨트렸다. 놀란 하유가 주변을 둘러보았다. 하지만 주변의 차들 중 어디에도 사람이 타고 있는 것 같지는 않았다. 하유는 팔을 쓸어내린 후 빌라로 들어섰다.

9월은 공기의 온도가 달라지면서 다가왔다. 하유는 방을 나서기 전, 벽에 걸어둔 원피스와 감꽃 목걸이를 응시했다. 여름 원피스는 철이 지났고 감꽃은 꼬들꼬들 말린 새끼문어가 되었다. 옆에는 지찬, 은순과 함께 찍은 사진이 걸렸다.

"잘 다녀올게요."

서랍장에는 시곤의 손수건도 들어 있었다

9월의 첫째 목요일 저녁이었다. 성자의 집 거실로 들어서는데 성자는 웬일로 소파에 앉아있었다. 건너에는 하유를 등지고 남자도 한 명 자리했다.

"어서 와요! 마침 오빠 댁 손자가 와서 여 선생에 대한 이야기를 하고 있었어요. 실력 좋은 동화작가님을 독(獨)선생으로 차지했다고 자랑을 했거든. 인사들 해요. 여 선생을 소개해 주고 싶어 애를 잡아두고 있었어요."

하유는 소파 쪽으로 걸음을 옮겼다. 동시에 이상한 느낌을 받았다. 남자의 뒷모습이 낯이 익었다. 내도록 하유의 심장 언저리를 맴돌았던 이름. 매일 아침저녁 인사를 건넸던 이름. 남자의 뒷모습이 왠지 그 이름과 꼭 닮았다.

'설마⋯⋯?'

하지만 가까워질수록 낯익은 것은 뒷모습만이 아니었다. 낯익은 체취. 감귤 향과 물감 향이 뒤섞인 독특한 체취.

'아니야. 아니겠지⋯⋯?'

이윽고 남자가 일어섰다. 곧장 하유를 향해 몸을 돌렸다.

"말씀은 많이 들었습니다. 여하유 선생님."

얼굴을 확인하자 하유의 시계가 정지하고 말았다.

"안녕하세요? 저는 설시곤이라고 합니다."

예고도 없이 쳐들어온 적군처럼 시곤의 얼굴이 제 앞에 있었다.

하유는 어떻게 인사를 했는지 모르겠다. 제대로 고개를 숙였는지, 제 이름은 제대로 이야기 했는지, 기억이 나지 않았다. 떨리는 목소리로 짧게 제 소개를 했고 성자와 함께 방으로 들어왔을 뿐이었다. 수업을 어떻게 했는지는 더 모르겠다. 몇 번이나 말 사이가 끊어졌고 생각과는 다른 말이 튀어나와 버리기도 했다.

시곤에게 제 폰 번호를 남겼으니, 혹시나 몰라, 스팸일 게 뻔한 번호의 전화까지 죄다 받았다. 시곤이 어디에 사는지도 모르면서 우연히라도 만날 수 있기를 간절히 기도했다. 정말 수도 없이 상상하며 시곤에게 할 말도 생각했다. 가장 예쁘게 웃어 보이려고 거울을 보면서 연습도 했다.

그럼에도 불구하고 아무 말도 하지 못한 것은 시곤 탓이었다. 그는 낯설고 냉랭한 눈빛과 말투로 하유를 대했다. 인사만 나누고 더 이상은 말 한마디도 없었다. 하유는 잘 벼린 칼날에 방금 베인 상처가 온몸에 돋아나는 듯했다.

"여 선생, 혹시 어디 불편해요? 얼굴이 발간 게 열이 나는 것 같은데?"

결국 성자가 이렇게 묻고 말았다.

"방이 좀 덥네요."

물론 열이 나는 건 방바닥 탓이 아니었다.

"비 온 뒤 날씨가 쌀쌀해져 보일러를 틀어두었거든. 그럼, 오늘 수업은 여기까지만 할까요?"

"아닙니다. 이제 얼마 남지도 않았는데요."

"그럼 환기라도 시켜요."

온도 낮은 바깥 공기가 밀려들었다. 하지만 열기를 가라앉히기에는 턱없이 모자랐다.

하유는 수업이 끝나고 골목길을 터벅터벅 움직여 갔다. 물속에서 걷는 것처럼 귀가 멍했다.

"여하유 선생님!"

골목을 벗어난 하유의 발걸음을 멎게 한 것은 목소리였다. 가로등 아래 세워진 차 앞에 시곤이 서 있었다. 순간 하유의 심장이 비탈길을 굴러떨어졌다.

"타시죠. 모셔다드리겠습니다."

시곤은 가로등 불빛을 등져서 표정을 알아볼 수가 없었다.

"아, 아니에요. 이, 일부러 안 그러셔도 됩니다."

하유는 보이지도 않는 시곤의 표정이 어떨지 두려웠다.

"고모할머니께서 부탁하셨습니다. 어차피 저도 돌아가는 길이고요."

"전 정말 괜찮습니다."

"혹시 제가 여하유 선생님을 친히 조수석에 앉히는 친절까지 베풀어야 하는 겁니까?"

시곤이 한 말이라고는 도무지 믿을 수가 없었다. 시곤은 조수석으로 돌아가더니 문을 열었다. 그런 후 먼저 운전석에 올라타 버렸다. 하유는 하릴없이 따를 수밖에 없었다.

이윽고 출발하는 시곤의 차를 멀리에서 경연이 바라보았다. 성자가 그러라고 시켰다.

"그냥 버스가 다니는 큰길에 내려 주시면 돼요."

차 안에는 수많은 말들이 뱉어지지 못한 채 갑갑하다 소리를 질렀다.

"댁까지 모셔다드리죠. 고모할머니께도 그러겠다고 약속했고요."

하유는 성자가 그런 부탁을 했을 리 없다는 것을 미처 헤아리지 못했다. 하유는 그저 시곤이 저를 부르는 호칭에 신경이 곤두섰다. 하유 씨와 여하유 선생님! 그 온도 차이란!

"여하유 선생님! 저도 목요일마다 고모할머니의 초상화를 그리기로 했습니다."

시곤이 문득 내뱉었다.

"제가 여유가 되는 날이 목요일뿐이라. 그래서 앞으로 우리가 볼 일이 종종 있을 겁니다."

여전히 비탈길을 구르고 있던 하유의 심장은 대꾸하지 못했다. 하유의 손이 요동을 치다 기어 쪽에 있던 시곤의 손등을 스쳤다. 하유의 세계가 어지럽게 흔들렸다.

"도착했습니다."

하유는 시곤이 조수석의 문을 열어주자 제집에 다다랐다는 것을 깨달았다.

"감사합니다."

하유는 얼른 사라지려고 했다. 그런데 시곤이 한 손으로는 차 지붕을, 한 손으로는 조수석의 문을 잡았다. 시곤이 둘러친 팔의 성벽 안에 하유가 갇혀버린 모양새였다. 두 사람은 한참 서로를 응시했다. 다른 것은 시곤의 시선은 하유의 얼굴을 뚫어버릴 기세였고 하유는 시곤의 구두 앞쪽만 응시했다는 것이다.

"그럼, 또!"

한참 만에야 시곤이 길을 비켜 주었다. 하유는 고맙다는 인사도 하지 못하고 빌라 안으로 뛰어 들어갔다.

시곤은 다시 운전석에 앉았다. 의자 등받이에 몸을 기대었다. 흔들리는 눈동자로 빌라를 올려다보았다. 하유의 집에 불이 켜졌다. 하지만 그날처럼 금방 꺼지지는 않았다. 집중하는 그의 시선이 꽤 길었다. 한동안 엔진 소리도 나지 않았다.

하유는 곧장 욕실로 향했다. 차가워지기 시작한 수돗물로 얼굴을 헹구었다. 옆머리에서 물방울이 떨어져 내리는 거울 속의 저를 한참 응시했다.

"여하유! 넌 오늘도 뭘 한 거니?"

오늘도 저는 역시나 비겁했다. 용서를 구하는 것은 저의 몫이고 해 줄지 말지는 시곤의 몫이다. 그러니 저는 최선을 다해서 용서를 빌 어야만 하는 쪽이다. 하유는 들어올 때보다 빨리 계단을 내리달렸다. 신발이 짝짝이라는 것도 몰랐다. 하지만 시곤의 차는 이미 사라지고 없었다.

"무슨 일이니? 토론 수업하고 온 길 아니야? 왜 급하게 도로 내려 왔어? 아무래도 너 같아서 긴가민가 나도 내려와 봤잖아."

울듯이 돌아서는 하유의 뒤에 정은이 있었다. 하지만 하유는 할 수 있는 말도, 생각도 없었다. 시곤에게 제집을 가르쳐 주지 않았다는 것도 깨닫지 못했다.

시곤에게 대문을 열어준 것은 순옥이었다. 1층 현관 앞에서 시곤 을 일부러 기다렸던 모양이었다.

"늦었구나. 왜 전화도 안 받았니? 고모할머니 댁에서는 나간 지가 꽤 되었다던데."

그제야 시곤은 휴대폰을 들여다보았다. 부재중 전화가 3통이나 떠 있었다. 전화가 온 것도 모르고 미친놈처럼 차를 달리다가 들어왔다.

"죄송해요. 볼 일이 더 있었는데 연락을 못 드렸어요."

시곤은 텅 빈 채 놓여있는 브라프의 개집을 응시했다.

"잘 들어왔으면 됐지. 할아버지는 뵙고 올라가. 안 주무시고 널 기 다리셨어."

규는 밤이 되면 주로 서재에서 책을 읽거나 아니면 일찍 잠자리에 든다. 오늘은 자신의 방 보료 위에서 책을 보는 중이었다. 시곤이 얼 마 전 건넨 책이었다. 그 옆으로 한수도 함께였다.

"초상화는 잘 시작했니?"

규는 왜 늦었냐는 말은 묻지 않았다.

"이번 주와 다음 주까지는 밑그림 작업을 할 겁니다."

"생전 사람은 그리지 않던 니가 드문 일을 시작했구나. 그리고 독촉하고 싶은 마음은 없다만 마음에 두고 있어서, 곧 인사를 드리겠다던 아가씨는 어찌 되었니? 아직 더 기다려야 해?"

시곤은 묵묵부답이었고 순옥이 애가 타서 쳐다보았다.

"혹여 곤이 너 혼자만의 마음이었던 게냐?"

속은 깊지만 중요한 이야기는 곧잘 털어놓는 손자였다. 무엇 때문에 가슴앓이를 하는지, 왜 느닷없이 성자의 초상화를 그리겠다고 나섰는지, 규는 그 고뇌가 보였다.

"죄송합니다. 할아버지."

"아니다. 죄송할 게 무어라니?"

규는 그제야 책을 방바닥에 내려놓았다.

"곤아, 할애비가 살아보니 사람은 사람으로 잊는다는 말이 정답이더구나."

이때, 순옥이 시곤의 손 위에 자신의 손을 포갰다.

"재촉하지 않으마. 그래도 정리가 되거들랑 니 어미가 주선한 자리도 생각을 해 봐."

"아버지! 전시회를 마치고 돌아온 지 얼마 안 됐는데 곤이도 휴식이 필요할 겁니다."

"아버님, 그럼 이만 나가보겠습니다."

한수가 말을 거들자 순옥은 얼른 시곤의 팔을 이끌었다. 규의 방을 나와 순옥과 한수는 현관 앞까지 시곤을 따라왔다.

"곤아, 얼굴이 상하였다고 고모님이 걱정하셨어."

"맞아. 할아버지도 걱정해서 하신 말씀이지 재촉하신 건 아니야."

순옥은 시곤의 어깨를 토닥였고 한수는 뒷짐을 진 채 얼굴에 그늘이 졌다.

"그만 올라갈 테니 주무세요."

시곤이 아무리 숨기려고 해도 핏줄의 눈까지 속일 수는 없었다.

그다음 목요일, 하유는 서둘러 성자의 집으로 향했다. 시곤을 만날 수 있으면 제일 좋을 것이고 그렇게 안 되면 어느 이야기 끝자락이든 말을 붙여서 성자에게서 연락처라도 알아낼 생각을 했다. 초인종을 누르자 뜻밖에 성자가 대답을 했다.

"모처럼 동창 모임이 있어서 나갔어요."

현관 앞에 있던 성자가 경연이 없는 이유를 일러주었다.

"오빠 댁 손자가 와 있어서 오랜만에 마음 놓고 외출했지 뭐예요."

하유는 구두를 벗다 말고 멈칫했다. 시곤이 있기를 바랐지만, 막상 그가 있다고 하니 긴장부터 되었다.

"여 선생, 미안한데, 수업 전에 내가 부탁을 하나만 해도 될까요?"

하유가 거실로 올라서자 성자가 보온 담요를 내밀었다.

"우리 손자가 오늘 내 초상화를 그렸거든요."

하유는 처음 듣는 말인 것처럼 고개를 끄덕였다.

"오늘치 작업을 끝내고 잠시 쉰다고 서재에 들어갔는데 아무래도 잠이 든 모양이에요. 내가 갖다 덮어 주려고 했는데 휠체어 소리에 잠이 깰까 봐."

하유는 선뜻 손이 가지 않았다. 그러면서 시골하우스에서 제가 덮었던 보온 담요를 떠올렸다. 어째 생각은 항상 시골하우스에서의 6

월로 회귀를 한다.

"그 애가 유럽에 전시회도 다녀오고 최근에도 몸이 힘들었거든."

하유의 망설임에 성자가 설명을 덧붙였다.

"유럽 전시회요?"

"우리 손자가 화가예요. 지난 6월 하순부터 지난달 하순까지 유럽의 6개 나라에서 전시회를 가졌죠."

그러니까 시곤은 제가 시골하우스를 떠나자마자 바로 출국해서 얼마 전에 돌아왔다는 뜻이었다. 그럼 혹시? 하유는 바로 보온 담요를 받아들었다.

서재 안은 인쇄된 종이 냄새와 세월의 냄새가 뒤섞여 있었다. 시곤은 책상에 붙은 대형의자에서 잠들어 있었다. 하유는 최대한 소리를 죽였다. 시곤의 앞에까지 갔고 숨을 참아가며 그의 얼굴을 내려다보았다.

'그렇게나 멀리에 가 있었던 거예요? 그래서 내게 연락을 못한 거였어요?'

그렇다고 해도 이상했다. 편지는 없어졌고 돌아오고 나서도 얼마든지 시간이 있었다. 게다가

"혹시 제가 여하유 선생님을 친히 조수석에 앉히는 친절까지 베풀어야 하는 겁니까?"

시곤의 것이라고는 믿기지 않았던 음성. 그러자 하유는 헛된 기대를 품는 것이 죄스러웠다. 하지만 아무리 그래도……. 어느새 하유의 손이 시곤의 얼굴 위를 향해 버렸고 생각은 끊임없이 펼쳐지기 시작

했다.

'시곤 씨! 혹시나 연락이 올까, 기다리고 기다렸어요. 내가 기다림이고 기다림이 나였죠. 그래서 지금도 나는 설시곤 씨를 생각하는 것만으로도 이렇게 숨이 막히게 아려 오는데 설시곤 씨는요? 설시곤 씨는 어떤 거예요?'

생각에 골몰해 하유의 몸이 기울어져 버렸다. 멋대로 나간 손도 시곤의 얼굴에 거의 닿을 듯 가까워졌다. 그 순간, 시곤이 눈을 떴다. 다가간 하유의 눈동자와 열린 시곤의 눈동자가 딱 마주쳤다. 움찔 하유가 물러나려고 했다. 하지만 먼저 시곤의 한 손이 하유의 허리를 감아 안았다.

"내가 분명히 경고를 했었는데요, 여하유 선생님."

시곤이 곧장 하유를 당겼다. 이미 기울어져 있어서 하유는 시곤의 무릎 위에 올라앉는 형상이 되고 말았다.

"지금 같은 상황에서 여자가 이런 행동을 하면 남자는 의도를 가지게 된다고."

하유는 시곤과 닿은 제 몸의 모든 부분에서 금이 가는 소리를 들었다.

"그러니까 이건 내가 의도를 가져도 되는 상황인 거죠? 난 여하유 선생님이 먼저 나를 유혹했다고 생각할 겁니다."

서로의 입김이 닿아 원초적인 호흡으로 흩어졌다.

"유혹……, 맞다고 하면……, 넘어와 줄 거예요?"

유혹이라는 말이 하유에게는 혹독하였다.

"나 또한 신체가 건강한 남자라는 말, 그 말도 했던 것 같은데."

"그렇다면 맞아요……, 유혹."

"그럼 어디 최선을 다해 봐요. 유혹이라는 그것."

시곤은 나머지 팔마저 올려 하유를 완벽하게 감싸 안았다. 순간 하유는 제 속에서 와장창 깨어지는 소리를 들었다.

❧ 오미자의 꽃말은 <다시 만나다> ❧

10월이 뜨거워지다

하유는 시곤의 가슴을 짚었다. 머뭇거리는가 싶더니 입술이 천천히 내려왔다. 곧 시곤의 입술에 닿았다. 시린 향이 풍겼다. 시곤은 눈을 감아 버렸다. 하유는 잠시 머물렀던 입술을 떼어내었고 시곤을 쳐다보았다. 그는 순간 하유를 안고 있던 팔도 풀어버렸다. 하유의 입술이 다시 시곤의 입술에 부딪쳤다. 어색하기 짝이 없었다.

이때부터 시곤은 자책을 시작하였다. 제 화풀이를 하겠다고 이 여자를 괴롭히다니, 자신이 이렇게 치졸하고도 졸렬한 인간인 줄 미처 몰랐다. 비록 하유가 사는 세상이 동화가 아니라도 제 옆에 뻔히 다른 남자를 두고 제게 이런 행동을 한다는 것이 얼마나 괴로울지는 눈을 감고도 훤히 보였다. 잠시 후 시곤의 얼굴로 물방울 하나가 툭 떨어졌다. 시곤이 눈을 뜨자 눈물 고인 하유의 눈동자가 올려다보였다.

"이제……, 넘어 와 준 건……가요?"

하유의 눈에 고인 눈물은, 그러나 더 이상 넘치지는 않았다. 순간 시곤은 제 혀를 깨물고 싶었다. 얼른 하유를 밀어냈다. 곧장 저는 일어서고 하유를 대신 의자에 앉혔다.

"미안해요, 하유 씨. 미안합니다."

시곤은 한쪽 무릎을 꿇고 앉았다. 울지 말라고 해 놓고는 벌써 두 번을 울렸다.

"지금 일은 잊어요. 아니, 다시 만나고 나서의 나는 다 잊어요. 방금 전의 내 말도 용서해요. 단 1%의 진심도 없었어요."

"미안한 건 나예요. 화가 난 설시곤 씨의 마음 충분히 알아요. 내가 설시곤 씨에게 너무 큰 잘못을 저질렀고 비겁하게 달아났어요. 설시곤 씨의 마음이 많이 아팠을 거예요. 부디 나를 용서해 줘요."

"아니에요. 이 일에 하유 씨의 잘못은 아무것도 없어요."

시곤은 그냥 '이 일'이라고만 한다. 차마 브라프라는 이름을 발음하지도 못한다. 브라프를 잃은 마음이 아직도 많이 아프다는 증거라고 하유는 생각했다.

"용서하고 말 것도 없어요. 나는 다 잊었어요. 우리가 만났던 곳이 시골하우스라서 그랬을 거예요. 그곳이니까 그랬을 겁니다."

하유의 마음을 제 마음대로 속단했다. 그러니 하유의 옆에 그 남자가 있다고 해서 하유의 잘못이 될 수는 없다고 시곤은 생각했다.

"초상화를 그리는 요일은 바꿀게요. 앞으로 하유 씨가 불편할 일은 없어요."

시곤은 하유의 눈물을 닦아주려다 멈칫했다. 이제 저는 그럴 자격이 없다.

"건강하게 지내요. 어디서든 하유 씨의 앞날을 응원할게요."

어차피 사랑이란 더 많이 하는 쪽이 약자다. 시곤은 하유의 사랑을 지켜주기로 했다. 그 남자의 곁으로 돌려보내는 것. 하유의 사랑만

봄날이라면 저의 24시간은 툰드라의 겨울이어도 상관없었다.

"고모할머니께는 내가 잠이 깨어서 잠시 이야기를 나누었다고 할 게요. 독서 토론에 좋을 만한 책을 추천했다고 할 테니까 조금만 더 있다가 나와요."

시곤이 돌아섰다. 아무리 제 마음이 현재진행형이라도 이제는 완료형의 어미를 찍어야만 했다. 하유는 멀어지는 시곤을 바라볼 수가 없었다. 그저 고개를 떨군 채 여전히 깨어지는 소리를 들었다.

정은은 제집 연습실에서 바이올린을 연주 중이었다. 곧 가을 정기 연주회였다. 가을에 맞춤한 사랑의 세레나데는 선율을 만들어 내는 정은의 마음부터 설레게 했다. 보면대 옆으로 놓아둔 휴대폰이 울렸다. 재혁 전용 벨 소리였다.

"오빠, 이 시간에 어쩐 일이야?"

재혁은 병원에 있을 시간이었다.

– 뭐 하고 있었니?

"모처럼 일찍 퇴근해서 얼린이 연습 중."

– 주변에서 뭐라고들 안 해?

"연습실에 방음 장치를 해 뒀지! 그리고 서정은 님이 연주하는데 누가 감히 뭐래?"

– 넌 항상 씩씩하구나.

"재혁 오빠, 왜 그래? 병원에서 무슨 일이 있었어?"

정은은 재혁의 목소리에 스민 고뇌를 알아차렸다.

– 일은 무슨 일? 그냥 네 씩씩한 목소리를 듣고 싶어서 전화했지.

"오빠가 그렇게 말하면 나, 되게 설렐 건데."

순도 100%, 진심이 설레발을 쳤다.

– 늙다리 오빠한테 설레 봐야 정은이만 손해지.

"지금 어딘데? 내가 나갈까?"

재혁은 평소에 말을 받아치는 사람이 아니었다. 정은은 바이올린 채를 내려놓았다.

– 아니. 정말 아무 일 없어.

"그럼 내가 내일 전화해 본다. 밥 잘 먹고 잠도 잘 잤는지."

재혁이 웃는 소리가 들렸고 정은의 안에서는 바이올린 현이 하나 울었다.

재혁은 통화를 끝내고 아파트 엘리베이터에 몸을 실었다. 점심나절, 제 담당 환자가 사망을 했다. 자녀들이 바빠서 병실 도우미가 돌보던 할머니였고 사인은 기도 폐쇄였다. 병실 도우미가 밥을 먹이던 중 할머니가 기침을 했는데 그 바람에 밥 덩어리가 기도로 넘어가 버렸다. 지하식당에서 급한 호출을 받고 올라갔을 때 할머니는 이미 노랗게 색이 바래 있었다. 뒤늦게 달려온 자녀들은 아무도 진심으로 애통해하지 않았고 죽음에 대한 책임의 소재를 밝히려 들지도 않았다. 재혁은 기쁘다고 해야 할지 슬프다고 해야 할지 표정을 선택할 수 없었다. 그냥 이른 퇴근을 했고 문득 정은의 목소리가 듣고 싶었다. 그뿐이었다.

집의 주방에서는 음식 냄새가 풍기고 있었다. 재혁은 순간 강렬한 허기를 느꼈다. 몇 술 뜨지도 못하고 불려갔던 점심 이후 물 한 모금 넣지 않았다는 것을 그제야 깨달았다. 영호는 식탁에 이미 앉아있었다. 정례는 앞치마를 두르고 싱크대와 식탁 사이를 분주히 오갔다.

"아들! 전화 받고 놀랐어. 이렇게 일찍 들어오니 얼마나 좋아? 아버지도 일찍 들어오시고. 웬일이니? 엄마가 내일 로또라도 하나 살까?"

정례는 그러나 혼자가 아니었다. 유라가 같이 앞치마를 두르고 서 있었다. 재혁은 단번에 허기를 잃었다. 그래도 영호를 보아서 그 옆 자리에 가서 앉으려고 했다.

"애는! 거기는 내 자리야."

정례가 얼른 저지했다. 결국 영호와 정례, 재혁과 유라가 나란히 앉아 식사가 시작되었다.

"재혁아, 여보, 신기하지 않아요? 유라가 마침 딱 우리 아파트 근처에 있는 거예요. 그래서 얼른 같이 밥을 먹자고 불렀죠."

정례는 뻔한 거짓말을 제대로 숨기지도 못했다.

"아저씨, 불편하신 것 아니죠? 안 오려고 했는데 이모가 재촉을 하셔서요."

유라는 눈을 예쁘게 휘었다.

"괜찮다. 수저 하나 더 올리는 게 뭐 대수라고?"

영호는 이러나저러나 만사에 관심이 없었다.

"재혁 오빠, 오빠도 괜찮지? 오랜만에 집에서 저녁을 먹는데 내가 괜히 끼었나?"

이번에는 재혁을 살피는 유라의 눈동자가 바삐 움직였다.

"그 수저를 내가 놓는 것도 아닌데 난 상관없어."

사실 당장이라도 식탁을 떠나고 싶다. 유라 때문에 밥을 먹는 건지 화장품을 삼키는 건지 모르겠다.

"이렇게 다 같이 둘러앉으니 얼마나 좋아요? 마침 우리 독서회에서 지난주에 <밥상머리 대화> 책에 대해서 토론을 했거든요. 온 가족이 밥상머리에 둘러앉아서 대화를 나누다 보면 가족 간의 정도 돈독해지고 자녀들의 지능지수와 감성수치 개발에도 큰 도움이 된대요."

정례는 마치 유라도 한 가족인 듯 굴었다.

"맞아요. 대가족이었던 옛날 가족문화에서는 그래서 저절로 어른을 공경하는 법을 배우고 서로 사랑하고 나누는 법도 알게 되었대요. 따라서 가르치지 않아도 지능이 뛰어난 아이들이 배출되었다는데 아저씨의 가정도 그러셨나 봐요?"

유라 딴에는 비위를 맞추느라 한 말이었다. 하지만 영호는 밥상머리에서 웬 말이 그렇게 많으냐는 표정이었다. 재혁은 웃었다. 유라가 감히 그런 단어를 입에 올리다니!

"아버지, 요즘 한전 돌아가는 상황은 좀 어떻습니까?"

재혁은 유라의 개그 놀음을 더 이상 지켜볼 생각이 없었다.

"어렵지. 세계적으로 정평이 난 우리 전기 기술이 위기의 시간을 지나고 있어."

태양열 전기가 난립하여 들어서면서 전국의 전기 공사는 큰 타격을 받았다. 한전에서 하청을 받던 중소 전기 업체들이야 더 말할 필요가 없어서 줄줄이 부도를 맞았다.

"그래도 중앙회들은 좀 나은 편이지요?"

"수출 쪽으로 주력하고 외국 기업과의 합작을 통해서 살길을 도모하고 있긴 해."

식사가 끝날 때까지 재혁과 영호는 정례와 유라에게 말할 기회를 주지 않았다.

식사가 끝나고 재혁은 방에서 의학서적을 보았다. 거실에서 정례와 유라의 이야기 소리가 들렸지만, 신경 쓰지 않았다. 유라는 어차피 정례만의 손님이었다.

"유라가 가는데 나와 보지도 않고? 우리가 몇 번이나 불렀어."

정례가 노크하고 들어오는데 그 너머로 유라가 현관문을 닫는 소리가 들렸다.

"책을 읽느라 미처 듣지 못한 모양이네요. 안 주무세요?"

재혁은 책을 덮고 책상에서 일어났다.

"아들하고 할 말이 있어서."

뭔지 뻔했다.

"어쩔 거니?"

"뭘 말씀이세요?

뻔히 알고도 되물었다.

"유라 말이야. 저렇게 니가 좋다고 목을 매는데 튕기는 것도 정도가 있지."

"그 얘기라면 나중에 하세요. 막 자려던 참입니다."

"못 이기는 척 받아 줘. 유라가 제 주변에 남자가 없어서 저러겠니? 유라 정도면 더없이 딱 들어맞는 짝이야. 난 이미 유라로 마음을 정했어."

정례는 당장 결혼날짜라도 잡을 태세였다.

"어머니는 아시잖아요? 제 마음속에 누가 있는지."

"너도 알잖니? 난 절대 용납할 수 없다는 것을."

재혁의 눈에 절망과 고뇌가 담겼다.

"언제까지 월급 닥터로 있을 거니? 개업을 하든 종합병원으로 옮겨 승진을 하든 해야지. 유라가 아버지 비위를 맞추는 것 좀 봐! 다 그런 안사람이 있어야 가능한 거야."

"왜요? 우리 하유는 못할 것 같아서요?"

"하유! 나쁘지 않지. 좋은 아이야. 성실하고 소신 있고 제 앞가림 단단하고. 하지만 뭐? 자고로 출세할 사람의 안사람은 화려하고 이목을 끄는 여자가 맞춤이야."

"우리 하유, 사랑하시잖아요?"

"당연히 사랑하지. 내 친한 친구의 딸로서, 내 아들이 아끼는 동생으로서. 하지만 내 아들의 짝으로는 싫다. 한 해에 부모를 다 떠나보낸 아이야. 상실의 기운이 어렸다고."

"어떻게 우리 하유를 두고 그런 말씀을 하세요?"

절망감이 재혁을 눌러 주저앉혔다.

"나도 하유랑 관계가 틀어지는 건 원하지 않아. 정히 싫다면, 좋아. 선을 봐. 유라 아니면 선. 내가 허락할 수 있는 건 딱 여기까지야."

정례는 최후통첩을 던지고 나가버렸다. 재혁은 절망스럽게 정례의 발걸음 소리를 듣다가 그날의 일이 떠올랐다.

❀ ❀ ❀

"우리 하유, 오빠랑 결혼할까?"

재혁은 혼자 남겨진 하유가 가여워 말을 하고 말았다. 하유는 놀란 표정이었다.

"왜? 오빠는 싫어?"

그래서 하유의 머리를 쓰다듬은 후 돌아설 수밖에 없었다. 그런 후에 바로 달려간 곳이 정례가 있던 독서회 모임이었다. 정례는 하유를 친딸처럼 예뻐했다. 하유의 일이라면 발 벗고 나설 것이었다. 그래서 믿었고 말을 하였다. 하유의 피아노 선율이 저를 스며들었던 그날부터 시작된 저의 마음을.

❀ ❀ ❀

재혁은, 하지만 그때, 처음으로 알았다. 고상하고 우아한 제 어머니가 너무나 세속적인 속물이라는 것을. 이것이 재혁이 하유에 대한 마음을 품고도 꺼내보지 못한 이유였다. 휴대폰을 들려다 말았다. 문득 또 정은의 목소리가 듣고 싶어서였다.

시곤은 화실에 자리를 잡았다. 규와 부모님을 걱정시키지 않기 위해 억지로 넘긴 아침밥은 위에서 까슬거리고 있었다. 하유가 제일 좋아하는 배꽃을 그리는 중이었다. 흰색에 노랑 물감을 표나지 않게 섞어 꽃술과 닿은 꽃잎의 안쪽부터 색을 입혀 나갔다. 계속 덧입혀 명암을 넣다 보면 지난 봄날의 배꽃처럼 화사해질 것이다.

"이모님, 건강하세요? 여전히 강원도시죠?"

벨이 울려 받아보니 권숙이었다.

– 아이여. 어제저녁 차로 내리 왔구만은. 인자 곧 수학철인디 미적댈 수가 없어야제.

"시골하우스로 오신 거예요? 제가 전화를 드렸어야 했는데 죄송합니다."

– 아이라니께. 멀리 나갔다 온 사람이 무신 그런 소리를 혀? 지금 우리 냥반이랑 대문도 활짝 열어놓고 환기도 시키고 그라는 중이여. 근디 오랜만에 열어서 그런가 대문이 수얼찮이 열리지가 않더라꼬.

"이웃분께 부탁을 하고 가셨던 것 아니세요?"

– 맞어. 묵실댁이한티 부탁을 허고 갔었제.

묵실댁은 하유를 제 조카의 짝으로 탐을 내었던 이웃의 아낙이었다.

– 헌디 이 인사가 멀쩡한 대문은 나 두고 옆 농장으로 혀서 산길로만 드나들었던 모양이데. 지 혼자서 이 큰 대문을 열기가 처량했다카나 뭐라나.

"저라도 가 볼 걸 그랬습니다. 강원도에 가셨던 일은 잘 마무리되셨어요?"

– 노모가 절때 안 따라나선다 캐 시간이 걸린 거잖여, 다행히 함께 왔어.

홀로 된 권숙의 노모를 50이 넘도록 혼자 사는 권숙의 막냇동생이 강원도에서 모시고 살았다. 그 동생이 올해 초, 췌장암 말기 진단을 받았고 브라프가 뱀에게 물렸던 날, 세상을 떠나고 말았다. 권숙이 이웃 부락 문상을 가면서 문상 가는 길이 오늘이 끝이 아닐 것 같다고 울상을 지었던 것이 그 이유였다. 권숙은 불러도 대답 없는 하유가 잠든 모양이라고 생각해 쪽지만 남겼고 진주에서 종학과 만나 강원도로 올라갔다 이제야 돌아왔다. 동생의 사후 처리와 노모를 설득하는 데 오랜 시간이 걸렸단다.

– 하유하고는 어뗘? 당여히 잘 지내고 있제?

권숙이 하유라는 이름을 발음하자 곧 시곤의 체기가 솟구치고 말았다.

– 아이고! 내 바라! 할 일이 태산인디 머한다꼬 젊은 사람들 일에 간섭을 할라 카노? 고마 못 들은 걸로 혀.

시곤의 붓도 체기에 걸려 더 이상 내려가지를 않았다.

"선생님, 식사 전 마지막 숙녀 환자입니다."

인터폰에서 최 간호사의 음성이 흘러들었다. 숙녀 환자라고 지칭하며 웃음기가 섞인다. 재혁은 바로 누가 왔는지 알겠다. 우렁찬 노크 소리 후에 문이 열렸다.

"닥터 삼촌, 제가 왔지용."

삼현여자고등학교 2학년에 재학 중인 은희였다.

"닥터 삼촌, 난 왜 잠이 안 오나 모르겠어요."

환자용 의자에 앉은 은희는 사뭇 심각한 표정이었다.

"자도 자도 모자랄 나이에 왜 잠이 안 온다는 거야?"

은희는 한 달에 두 번은 외출계를 작성하고 재혁의 진료실을 찾았다. 병원 이동원 이사장의 손녀로 공공연히 제가 재혁의 애인이라고 말을 하고 다니는 꾀병 환자였다.

"밤만 되면 닥터 삼촌이 보고 싶은데 어떡해요?"

"그럼 큰아버지한테 갈 일이지."

은희의 큰아버지가 제1내과 담당이었다.

"나는 꼭 닥터 삼촌이 처방을 해 줘야 약이 든다니까."

은희는 책상 위 물건들을 이것저것 만지작거렸다.

"약이 사람을 가려가면서 든다니?"

"나는 그런 걸 어떡해요?"

"내 동생이 2명이나 너희 학교의 선배인데 너 같은 엄살쟁이는 본 적이 없어."

하유와 정은이 다 삼현여자중고등학교 출신이었고, 은희는 일주일에 두 번은 지각을 겨우 면할 정도로 잠이 많아 약은 고스란히 책상 서랍 속으로 직행을 한다.

"제 시누이 되실 분이 두 명이나 있다고요? 진즉 얘기를 했어야죠. 그건 좀 고민인데!"

"제일 약한 수면제로 처방해 줄 테니 잠이 안 올 때만 먹어야 한다."

"닥터 삼촌이 너무 보고 싶어서 심장이 멎을 것 같을 때만 먹을게요."

재혁은 결국 목덜미를 주무르고 말았다. 은희의 처방전은 비타민으로 작성했다. 은희의 책상 서랍으로 들어간 비타민은 은희의 어머니가 복용하게 될 것이었다. 이동원 이사장의 특별 당부였다.

"닥터 삼촌, 그럼 난 이만 가용! 또 올게용!"

재혁은 은희가 하는 모습도 어쩌 정은을 닮았다고 여겼다. 잠시후, 지하 구내식당에서는 의사들이 둘러앉아 점심을 먹기 시작했다.

"은 선생, 임 선생, 가을이 시작되었는데 슬슬 옆구리들 시리지 않아?"

제일 연장자인 성환이 재혁과 예찬을 번갈아 쳐다보았다. 미혼인 사람은 둘뿐이었다.

"선생님, 재 옆구리에서 찬바람 나는 소리를 들으신 거죠? 묻지만 마시고 제발 소개팅이나 주선해 주십시오."

예찬이 정말 시리기라도 한 듯 옆구리를 비볐다.

"우리 집사람의 친정 조카가 간호학과에 재학 중인데, 주말에 소개팅할 테야?"

"재학 중이면 나이가 몇 살이게요?"

성환의 말에 다른 의사가 끼어들었다.

"다른 공부를 하다가 늦게 시작해서 지금 28살."

"그럼 은 선생이나 임 선생하고는 딱이네요."

"그렇지?"

"선생님, 감사합니다. 이 은혜는 잊지 않겠습니다."

예찬이 두 손을 모아 조아렸다. 의사들이라고 해서 식사 중 바이탈 사인을 연구하고 수액의 용량을 의논하는 것은 아니었다.

"은 선생은 왜 말이 없어?"

"저는 생각이 없습니다."

"임 선생보다 더 급한 것 아니야?"

재혁은 당연히 소개팅 같은 것에는 관심이 없었다. 대신 수저를 말끔히 포개었다.

"은 선생은 놔두세요. 일주일이 멀다 하고 찾아오는 은희랑 잘 돼서 선생님의 조카사위가 될 모양이죠."

악의 없는 예찬의 농담에 일행이 웃음을 터뜨렸다. 성환이 바로 은희의 큰아버지였다. 잠시 후 일행은 식판과 수저를 정리하고 돌아섰다. 역시나 함께 2층의 휴게실로 향하려는데 물리치료 기사인 경민이 재혁에게로 다가왔다.

"은 선생님, 마침 얼굴을 보네요. 제가 항상 점심이 늦어서 말입니다."

"김 기사님, 제게 무슨 볼일이 있습니까?"

"그게 말입니다."

경민이 멋쩍은 듯이 머리를 긁적였다.

"말씀하세요."

"아닙니다. 다음에 말씀드리죠."

경민은 배식대 앞으로 돌아섰다. 재혁은 고개를 한 번 갸웃거린 후에 계단을 디뎌 제 갈 길을 갔다.

원장실에서의 커피 타임이었다. 오가는 이야기들은 모두 일상적인 것이었다. 하지만 하유는 건성으로 앉아서 건성으로 듣고 마셨다. 주변 사람들의 소리보다 훨씬 크게 들리는 시곤의 목소리 때문이었다.

"초상화를 그리는 요일을 바꿀게요. 더 이상 하유 씨가 불편할 일

은 없어요."

기만이 몇 번 하유를 불렀다. 시선이 일제히 저를 향하는데도 하유
는 알아차리지를 못했다.

"무슨 생각을 그렇게 해?"

결국 정은이 하유의 팔을 건드렸다.

"하유 선생, 내 이야기를 들은 겁니까?"

"죄송합니다. 뭐라고 하셨죠?"

하유는 퍼뜩 정신을 차려 자세를 고쳐 앉았다.

"원고 청탁이 또 들어왔다고요. 주제는 아동 학대 방지 캠페인."

"어디에서 청탁하신 거죠?"

"이현동에 있는 아동 학대 방지 센터입니다."

"분량은 어느 정도인데요?"

"5,000자 내외면 좋겠다네요."

원고료도 박하지 않았다.

"진주 시내의 원고 청탁이라는 청탁은 다 작가 샘한테 들어오는
거예요?"

희원이 말꼬리 머리를 흔들며 감탄사를 발했다.

"우리 논술원이 개원한 이래 거의 일주일에 한 번 꼴로는 청탁이
들어오는 추세네."

숙영도 부원장으로서 흐뭇하였다.

"이번에도 학원으로 청탁이 왔어요?"

별로 말이 없는 서진도 신기해했다.

"논술원 강사 중 원고를 청탁할 만한 분이 계실까 하고 말이야. 개

원한 지 두 달도 안 됐는데 소문이 벌써 났나?"

"이번에도 원고료를 받으면 저희, 맛있는 것 또 얻어먹을 수 있는 거죠?"

하유는 원고를 쓰면 늘 학원의 사람들에게 대접을 했다. 치킨과 피자가 주메뉴였다.

"공짜 좋아하면 머리 벗겨져."

서진이 희원의 등을 내리쳤다.

"그거야 원장님이 걱정할 일이지."

60을 바라보는 기만은 머리 뒤쪽이 듬성했다. 희원은 결국 기만의 매까지 벌고 말았다.

"여하유, 이상하다. 이제는 나한테 뭐든지 숨기지 않기로 한 것, 기억하지?"

소란을 틈타서 정은이 재빨리 속삭였다.

"그런 것 없어."

하유의 목소리도 따라서 소곤거렸다.

"잘 숨겨라. 나한테 들키기만 해!"

정은이 단단히 벼르는 시늉을 했다.

잠시 후, 하유가 1층에서 아이들을 맞을 준비를 하고 있는데 희원이 내려왔다. 피아노 연습을 시작할 시간이 지났다. 또 어쩌려고? 무사태평 희원은 곧장 아동용 의자에 몸을 구겨 넣었다.

"작가 샘은 왜 돈이 많이 필요해요? 예전에 정은 샘한테, 작가 샘은 뭐가 제일 필요하냐고 물었더니 돈이 제일 급하다 하던데."

다짜고짜 물어보기도 희원다웠다.

"돈을 싫어하거나 필요하지 않은 사람이 있어요?"

"작가 샘이 돈 좋아할 사람은 아닌 것 같아서요. 사실 원고료도 우리 줄 간식을 사는 데 거의 쓰잖아요. 그리고 차로 한 번씩 다니러 오는 그 분, 정말로 남친이에요?"

"누구? 재혁 오빠요? 아뇨. 그냥 어릴 때부터 같이 자란 동네 오빤데."

"하지만 정은 샘이 작가 샘의 애인이라고 했잖아요. 작가 샘도 웃기만 하고."

"그때는 뭐라고 하는 것도 이상해서."

"아! 어쩐지! 그럼 소개팅하세요!"

턱까지 괴고 있던 희원이 벌떡 일어났다.

"꼭 하세요. 열 번 하세요. 작가 샘이랑 완전 어울릴 듯."

"난 남친은 없지만 좋아하는 사람은 있는데."

"설마 혼자서 좋아한다고요? 말도 안 돼!"

"당연히 안 되지. 원장님이 연습하라고 한 게 언젠데 여기에 와 있어?"

아까 희원이 들어오며 출입문을 열어두었다. 그 문으로 서진이 들어오더니 희원의 어깨를 잡아 일으켰다.

"내가 특별사면이 금지된 흉악범도 아닌데 잠시 숨 쉬는 것도 안 돼?"

희원이 서진의 손을 뿌리쳤지만 역부족이었다.

"우리나라 재수생은 죄수생인 것 몰라?"

"난 몇 년 형을 선고받은 건데? 죄목은 또 뭐고?"

"업무태만과 고성방가."

서진은 곧장 희원을 끌고 나갔다. 모아 묶은 희원의 뒷머리가 흔들렸다. 둘은 항상 사이가 좋았다.

하유는 문득 시골하우스에서의 저와 시곤을 떠올렸다. 백자귀 꽃잎 아래 촛불의 전율. 함께 달렸던 새벽길의 적막. 비석 돌에 꽂히던 돌멩이 소리. 그림을 그리는 시곤과 지켜보던 제 눈길의 집중. 매일 선명해지기만 하는 기억들. 언젠가는 이 모든 것들이 파편이 되어 흩어질 수도 있을까……?

달의 앞자리 수가 1로 바뀌었다. 숫자는 풍성해졌는데 바람은 빈 소리를 냈고 마음에는 들어낸 자리가 흉터로 남았다. 시곤은 침대에 누워 바람이 지나가는 창밖을 응시했다. 목요일 저녁에는 바깥출입을 일절 하지 않았다. 하유가 있을 고모할머니 댁으로 차를 몰아갈 자신이 감당이 안 되었다. "형!" 노크 소리 후에 원이 방으로 들어왔다.

"이 시간에 어쩐 일이니?"

시곤은 느릿 몸을 일으켰다.

"형은 왜 이러고 있어? 큰엄마께서 형이 코가 빠져 누워 있다고 와 달라시던데."

"진짜 무슨 일인데?"

순옥이 그런 말을 했을 리가 없었다.

"할머니 호출. 포항의 이모할머니가 해산물을 보내셨다고 형네에도 갖다주라셨어."

"큰고모할머니께서? 그럼 전화를 하지. 차도 없이 힘들었겠네."

"할머니가 형은 건드리지도 말래. 추석에도 그렇고, 형 코가 빠진 건 요즘 우리 모두의 고민거리야."

"녀석이!"

"형! 내가 할 만큼은 다 해 줬다. 형이 나한테 시킨 것 중에서 내가 제대로 못 해 낸 게 뭐야? 그러니까 방이나 화실에 틀어박혀 있지 말고 바람이라도 쐬러 나가!"

"조만간 할아버지를 모시고 시골하우스에 다녀올 참이야."

"왜? 가서 절절했던 추억이라도 되씹으려고? 정 그러면 뺏어. 남친도 아니고 그냥 좋아하는 건데 뭐가 문제야?"

원이 제 가슴을 두들겼다.

"하유 씨의 마음이 문제지."

"답답하네! 자고로 세종대왕님께옵서 훈민정음을 창제하실 때, '어리석은 백성이 이르고자 할 바가 있어도 제 뜻을 실어서 펼치지 못하는 일이 많도다. 내 이를 불쌍히 여겨서 새로 스물여덟 자를 만드노니 사람마다 쉽게 여겨서 날로 씀에 편하게 하고자 할 따름이니라.' 하셨어."

고개마저 흔들던 원이 나가고 시곤은 창문을 열어젖혔다. 팔짱을 끼고 한참을 서성댔다. 저는 하유의 사랑이 봄날인 쪽을 선택했다. 그러니 10월의 찬바람도 식히지 못할 저의 들끓음은 조용히 사ㅡ라들기만을 기도해야 한다. 막 창을 닫으려는데 전화가 왔다. 늦은 시간, 뜻밖에도 권숙이었다.

"안 그래도 조만간 할아버지를 모시고 내려갈 참이었는데."

– 그려. 감이 제법 실해졌어.

권숙의 목소리는 뭔가 평소와 달랐다.

"수확 준비에 많이 바쁘시죠?"

– 항상 그라제. 근디 시곤이, 요즘 바쁜가? 급한 일 없으믄 내일이라도 잠껜 시골하우스에 와 봐야 쓰겄어. 내가 전화로는 머라꼬 설명을 캐야 할지 잘 모리겄고, 지끔 우리 시골하우스로 팬지가 여섯 개 돌아왔어."

"편지요?"

– 그기 내는 읽어바도 도통 무신 말인지를 잘 모리겠어. 세 개는 나랑 우리 냥반 앞으로 온 기라서 일단 뜯어 봤고 세 개는 시곤이 앞으로 온 기여. 모다 하유가 보낸 기고 직쩝 갖다 둔 모양인디.

하유를 보지 못한 지 3주가 훌쩍 넘었다. 하지만 고모할머니 댁을 일주일에 한 번씩 출입하는 하유가 시골하우스에 편지를 갖다 둘 리가 없었다.

"이모님, 제가 지금 바로 내려갈게요."

그렇다면 직접 가서 확인을 해야겠다.

– 어두버지려고 하는디.

"금방 도착할 수 있습니다."

이미 생각은 시골하우스에 도착한 시곤은 달리듯 2층 계단을 내려갔다.

"갑자기 어딜 나가게?"

1층의 개집 앞에는 형체 두 개가 나란히 있었다. 그중 하나인 원이 몸을 일으켰다.

"시골하우스. 거기에 하유 씨의 편지가 있대."

"뭔 소리야?"

앞뒤 없는 말이니 원은 당연히 못 알아들었다.

"너도 갈 거지?"

시곤이 원이 아닌 다른 형체에게 물었다. 그러자 개집 앞에 엎드려 있던 형체가 일어났다. 늘씬한 몸매를 쭉 늘이면서 기지개를 켜는, 브라프가!

시곤은 법을 준수하는 최고 속도로 달렸다. 라디오에서는 선율이 빠른 클래식이 흘러나왔고 브라프는 선율에 맞추어 짖었다. 박자가 딱딱 들어맞았다. 그렇게 시골하우스에 도착했을 때, 주변으로는 어둠의 거미줄들이 빽빽해지고 있었다. 가는 선으로 늘어졌던 노을도 촘촘해졌다.

"너도 올라갈 수 있겠어?"

시곤이 묻자 브라프가 컹! 조수석의 문을 긁었다.

본채에는 권숙과 종학 동네 아이인 민재 그리고 낯선 이가 한 명 더 있었다. 민재의 엄마라고 했다.

"우리가 괜시리 오라 한 거 아니여?"

"빨리도 날아와 뿄네."

"이모님, 편지부터 볼 수 있을까요?"

거의 4달 만에 다시 만났지만, 인사만 나눈 후 동시에 편지를 응시했다.

"우리 건 이미 봤고 시곤이 거는 이거여."

권숙이 편지 봉투 여섯 개를 내밀었다. 시곤은 그 중 <시골하우스 설시곤 씨에게> 적힌 봉투들만 열어 보았다. 하유처럼 가늘게 또박또박 쓴 글씨가 드러났다. 첫 번째 편지 끝에 적힌 전화번호는 시곤이 외우는 숫자와 같았다.

가족을 잃게 한 저를, 그러고도 계속 찾아오는 제가 참 뻔뻔하여서, 용서하시기 어렵다는 것 알아요. 그래서 용서해 달라고는 차마 말씀을 못 드리겠네요. 그냥 저에게 사죄할 수 있는 기회라도 허락해 주시면 안 될까요? 번호 남겨요. 010-○○○○-○○○○

두 번째 편지에도 같은 번호가 적혀 있었다.

"시곤이! 도디체 다 먼 소리여? 내사 그때, 아우가 잘못됐다는 소식을 듣고 급히 가느라 쪽지만 남겼지만서도 하유는 내한테 전하라꼬 부의금 봉투까지 줬다믄서? 근디, 뻔뻔하다느니 사죄를 한다느니 와 이런 말을 하는 긴데?"

권숙은 그때, 브라프가 무사하다는 전화를 받은 후 동생이 세상을 떠났다는 전화를 연달아 받았다. 세상이 무너지는 기분에 한참을 울었다. 제집으로 가서 강원도로 갈 차비를 하기 위해 거실로 나왔다. 굳게 닫힌 하유의 방에서는 아무런 기척이 없었다. 잠이 들었다고 생각했고 뱀 때문에 놀랐을 하유를 일부러 깨우지 않았다. 브라프는 무사하다는 쪽지를 써 두고 급히 시골하우스를 나섰다.

설시곤 씨! 마지막 편지가 될 것 같아요. 용서할 수 없는 이가 계속 주변을 맴도는 것도 고통이겠죠. 그래도 앞으로 저요, 브라프가 제게 준 생명, 남루하지 않게, 아주 귀하게 살아갈게요. 설시곤 씨가 제게 해 주었던 그 모든 말들과 배려들도 평생 감사할 거예요. 감사합니다. 말로 다 하지 못하게 그렇게요.

시곤은 그날, 브라프를 병원에 두고 돌아와 하유를 찾아 헤맸다. 흔적 없이 비워진 방에 남긴 쪽지를 보고 나서였다. 펼쳐보니 꽤 많은 액수의 돈이 나왔다. 왜? 수많은 의문이 시곤을 괴롭혔다.

하지만 묵묵히 다음의 일들을 처리했다. 돈의 절반을 권숙에게 줄 부의금으로 챙기고 나머지는 제가 간직해 두었다. 급히 강원도로 가서 가족을 대표해 문상을 했다. 내민 부의금 봉투는 제 가족의 것과 하유의 이름으로 된 것 두 개였다. 나중에 전화를 걸어온 권숙은 잠깐의 인연에 이렇게 많은 부의금을 전했냐면서 하유에게 고맙다고 하였다. 시곤은 말없이 떠나버린 하유를 위해서 그 모든 일들을 다 처리했다.

"얼굴 볼 새야 엄썼다 치도 요즘 시상에 오데 얼굴 보고 말을 하나?"

"차차 말씀드릴게요."

시곤은 지금 하유를 만나는 것이 최우선이자 급선무였다.

"그런데 편지들은 어쩌다 인제 돌아온 거예요?"

"범인은 바로 요게 있잖여."

권숙이 민재 쪽을 가리켰고 시곤은 그제야 제대로 보았다.

"증말로 죄송합니데이. 우리 아가 시골하우스가 문을 닫고부터 언제 대문이 열리는가 매일 핵교에 가기 전에 들렀던 모양인디 그때 이 팬지들을 보고 들고 왔답디더. 날이 쌀쌀해져 가 아들 공부방 단도리나 할라꼬 책상이랑 책꽂이를 정리히는디, 나오더라꼬예. 참말 미안합니더."

바가지 모양으로 자른 민재 엄마의 머리는 민재랑 닮았다.

"니도 얼릉 죄송하다꼬 말씀드리라."

민재의 엄마가 민재의 소매를 잡아당겼다.

"삼촌, 잘못했어요. 나도 내가 가지려고 한 건 아니고요, 편지에 꽃무늬가 너무 예뻐서 잠시 보고 갖다 두려고 했는데, 시골하우스가 생전 대문이 안 열려서 그만 깜빡 잊어 먹었어요."

"민재야, 고맙다. 하지만 자기 물건이 아닌 것에는 손을 대면 안 돼. 알지?"

민재가 가지고 가지 않았다면 열리지 않는 대문에 몇 달을 방치돼 있다가 없어질 수도 있었다. 바람이 건드렸을 수도 있고 절로 떨어져 어느 구석에 가서 모습을 감추어 버렸을지도 모른다.

"그럴게요. 미안해요. 화가 삼촌."

시곤은 제가 놓쳐 버린 게 있다는 것과 그것이 무엇인지를 이제야 깨달았다. 그날 저녁, 성자의 집 서재에서 사과하던 하유의 이유도 알았다.

"브라프, 가자!"

시곤은 핸들을 돌리며 브라프처럼 콧노래를 흥얼거렸다.

시곤은 진주로 돌아와 제일 먼저 하유의 이력서에 쓰인 주소와 전화번호를 확인했다. 성자의 방문 교사를 지원하면서 제출한 이력서의 숫자와 글자들은 외워버렸다.

육촌 동생 원은 하유의 곁에 다른 사람이 있다고 했다. 학원까지 오가는 친밀한 사이란다. 공공연히 애인이라고도 한다고 했다. 형은 지금 달밤에 혼자 삽질을 하는 거라며 국제 전화에 대고 신랄하게 비꼬았다.

믿지 않았다. 시곤이 믿는 것은 오직 시골하우스에서 보고 느낀 것들이었다. 차를 달려서 하유가 사는 빌라 앞으로 갔다. 학원으로 가는 건 실례였고 전화로는 제대로 된 이야기를 할 수가 없었다. 소개팅 이야기를 꺼내는 규와 부모님에게 이미 마음에 둔 사람이 있다고 답했다. 곧 인사를 시키겠다고도 자신했다. 무엇보다 제 마음이 급했다.

빌라 앞에 차 한 대가 와서 섰다. 조수석의 문이 열리더니 하유가 내렸다. 그립다는 말로는 다 할 수가 없었던 그녀였다. 반가운 마음에 운전석의 문을 열려고 했다. 하지만 뒤따라 한 남자가 내렸다. 시곤은 손잡이를 잡을 수가 없었다.

두 사람은 곧장 빌라로 들어갔다. 주변은 어둑어둑했고 하유의 집에 불이 켜졌다. 시곤의 마음에서 등불 하나가 위태롭게 흔들렸다. 10분 정도나 지났을까? 하유의 집에서 불이 꺼졌다. 시곤의 속에서 흔들리던 등불도 따라 꺼져 버렸다. 캄캄해진 시곤의 목을 거대한 올가미가 죄어왔다.

불 꺼진 집에서 하유와 남자가 무얼 하고 있을지 상상하려던 것은 아니었다. 하지만 눈을 감으나 뜨나 끊임없이 달라붙는 영상은 너무나 원색적이었다. 그러면서도 시곤은 제가 오해하고 있을 경우의 수가 무엇이 있을까 끊임없이 만들어 내었다. 하지만 없었다. 하유가 쓰는 글은 동화였지만 하유와 제가 사는 세상은 동화가 아니었다.

이윽고 하유와 남자가 다시 나왔다. 들어간 지 3시간 가까이가 지났다. 남자는 하유의 어깨를 두들긴 후 차에 올랐다. 하유는 손을 흔들었다. 그러고도 못내 아쉬운 모양이었다. 한참을 물끄러미 서 있었다. 무슨 생각을 하는지 미동도 없었다. 떠나 버린 남자를 그리는 듯했다. 시곤은 클락션을 내리누르고 말았다. 고요하던 주택가에 시곤의 신음 같은 클랙슨 소리가 울려 퍼졌다. 하유가 주변을 두리번거리는가 싶더니 빌라 안으로 모습을 감추었다.

의자 등받이에 기대어 자신을 조소했다. 원의 말을 믿지 못하고 달려온 조급함을 한껏 조소했다. 겨우 이걸 보려고, 이까짓 걸 제 눈으로 확인하려고……. 잠시 후에는 웃음이 터져 나왔다.

곧장 화실을 임대했다. 매일 15시간 이상을 그림에 매달렸다. 아직 시차에 적응도 안 된 몸을 학대하였다. 규와 부모님이 걱정을 했지만 괜찮노라 회피만 하였다.

초상화를 그린다는 핑계로 성자의 집을 찾은 것은, 그럼에도 불구하고, 하유를 잊을 수가 없어서였다. 끊어내지 못하는 제 미련이 징글징글했다.

다시 마주 선 하유는 기억 속의 모습과 같았다. 여전히 말간 얼굴에 여린 눈동자였다. 그러고도 불 꺼진 집에서 남자와 몇 시간을 보내다가 나왔다. 괘씸하고 미웠다. 하지만 눈을 뗄 수도 없었다. 저의 이율배반을 이해할 수 없었다. 그래서 상처를 주었다. 저의 차가운 눈빛과 냉랭한 말투가 하유를 헤집을 줄 뻔히 알면서도 부러 그렇게 굴었다.

❂ ❂ ❂

하유가 경연을 따라 집으로 들어섰을 때, 성자는 주방에 자리하고 있었다. 등 뒤로 찌개 냄새가 났다.

"어서 와요. 마침 식사를 하려던 참이었는데 같이 들어요."

자주 있는 일이었다. 저녁 식사를 한 날은 토론 시간이 줄어들었다.

"우리 언니가 싱싱한 해산물을 보내서 우리 며느리가 해물탕을 맛있게 끓여냈거든."

"얼른 앉아주세요."

경연의 손짓에 주방으로 들어가 제 몫의 의자에 앉자 기다렸다는 듯 허기가 올라왔다. 하유는 밥을 밥 먹듯이 굶었다. 식사 자리는 편안했고 시골하우스에 와 있는 듯한 느낌을 받았다.

수업 후 집을 나설 때도 성자가 따라 나왔다. 집에서 마당을 내려서서 대문까지 휠체어가 움직일 수 있도록 동선을 잘 닦아 놓았다. 꽤 넓은 마당의 한쪽에 수국이 무성했다. 여름 내도록 꽃잎을 피워낸 수국은 가을이 되자 이파리만 남겨 두었다.

"여 선생, 우리 곤이 말이에요. 우리 집에서 인사를 하기 전부터 알던 사이죠?"

갑자기 건너온 물음은 너무 뜻밖이었다. 성자는 식사 시간 내도록 할 말이 많은 눈빛이었다.

"대답하지 않아도 돼요. 세월을 먹은 내 눈이 모양만으로 달려있는 건 아니니까."

성자는 하유를 처음 만났을 때 시곤과 같은 결을 가졌다고 느꼈다. 그래서 시곤에게 소개를 하고 싶었다. 그랬는데 둘은 이미 아는 사이였다. 경연을 통해 확인까지 마쳤다. 무엇 때문에 모르는 척을 하는지 이해할 수 없지만 똑같은 얼굴빛으로 야위어 가는 것이 안타까웠다.

"아껴서 좋은 말이 있는가 하면 아끼면 안 되는 말도 있어요. 난 내 도움이 필요하면 여 선생에게 힘이 되어 줄 거예요."

성자는 대문을 나서는 하유의 손에 쪽지 하나를 쥐여 주었다.

하유는 거실 소파에 앉아 쪽지를 보았다. 010-○○○○-○○○○. 11개의 숫자 아래로는 '설시곤'이라는 이름도 적혀 있었다. 간절히 알기를 바랐지만, 또 한편으로는 가시처럼 제 마음을 찔러오던 이름과 11개의 숫자였다. 차마 누를 엄두가 나지 않았다.

'벌 받는 거다. 여하유. 네가 그렇게 떠나와서 넌 지금 벌을 받는 중인 거야.'

문득 휴대폰이 울렸다. 늦은 시간이라 무심히 응시했다. 그러다 하유는 쪽지를 떨어뜨리며 일어나고 말았다. 화면에 떠오른 11개의 숫자는 쪽지 속의 숫자와 일치하고 있었다.

"여보세요!"

- 하유 씨. 안녕하세요? 납니다. 설시곤.

오랜만에 듣는 그리웠던 목소리는 전과는 달리 다정했다.

"어디 계세요? 제가 바로 나갈게요."

하유에게는 여유가 없었다. 제 할 말부터 쏟아내고 달팽이관을 곤두세웠다.

- 이렇게 급한 사람이 그동안은 왜 기다리기만 했습니까?

"바로 나갈 수 있어요. 수업을 다녀온 옷차림 그대로예요."

- 곧 도래새미 공원에 도착합니다.

"저희 집 쪽으로 오시는 길이라고요? 알겠어요. 저도 나갈게요."

- 공원의 입구에서 만나죠. 옷은 잘 챙겨 입어요.

하유는 전신거울에 제 모습을 비춰보고 립스틱도 연하게 고쳐 발랐다. 그런 후에 집을 나서는 하유의 원피스 자락이 마구 휘날렸다.

"하유야!"

정은이 나온 것은 그 원피스 자락이 막 1층 쪽으로 사라질 때였다.

"이 밤중에 또 달리기니? 우리 하유, 정말 색다른 모습 많이 보여준다. 아님 내가 그동안 너의 본질을 모르고 속았던 거니? 참으로 오색찬란하구나, 하유야아!"

정은도 곧 뒤따라 달리기 시작했다.

하대동의 복개도로 옆으로 자리한 도래새미 공원은 빌라촌의 건너에 있지만 밤이 되면 인적이 없었다. 식당이 몇 개 자리했지만 10시를 넘기면서 그마저도 불이 꺼졌다. 시곤은 공원을 둘러싼 낮은 철책 옆으로 차를 세우고 있었다.

"많이 기다리셨어요?"

"나도 방금 도착했어요. 왜 이렇게 급하게 달려와요? 넘어지면 어떡하려고?"

"제가, 제가 설시곤 씨한테 꼭, 꼭, 하고 싶은 말이 있어서요."

하유는 가쁜 숨을 몰아쉬었다. 꼭 달리기를 해서가 아니었다.

"진즉 이야기를 하고 싶었는데, 너무 늦은 것도 다 아는데요."

하유는 이 저녁을 절대 놓칠 수가 없었다.

"그보다 먼저, 조수석의 문을 열어 볼래요?"

시곤이 조수석을 가리키며 고개를 끄덕였다. 다른 곳으로 가자는 말인가? 하유는 갸웃거리며 조수석의 문을 열었다. 그리고 다음 순간, 하유는 발견했다. 조수석의 의자에서, 독일 귀족처럼 우아하게 앞다리를 세우고 앉은, 브라프를.

"브, 라, 프?"

하유의 말꼬리가 한 음절씩 끊어지며 올라갔다. 브라프가 컹! 꼬리는 살랑살랑!

"브라프? 맞,구나. 정말 브라프구나!"

브라프가 의자에서 내려왔다. 하유의 다리에 제 얼굴을 비볐다. 하유는 무릎을 꿇고 브라프의 목을 끌어안았다. 원피스가 더러워지는 것은 신경 쓰지도 않았다.

"브라프, 미안해. 내가 너무 미안했어."

하유는 브라프의 이름을 부르면서 크게 울었다. 이곳이 주택가라는 것도, 공원 쪽을 향하는 빌라의 창문들이 한 번씩 열리는 것도 신경을 쓰지 않았다.

"브라프, 너무너무 미안했는데, 너무너무 보고 싶었어. 브라프으!"

브라프가 힘겨워 헉헉거렸다. 그 모습을 정은이 지켜보며 고개를 절레절레 흔들었다.

잠시 후, 하유와 시곤은 공원의 제일 안쪽 정자 아래 벤치에 앉았다. 멀리 밤하늘에 희미하게나마 별송이가 몇 개 빛났다.

"다 울었습니까?"

"죄송해요. 너무 흉했죠?"

하유는 아직도 코가 맹맹했다.

"전혀요. 내가 했던 말 기억나요? 눈물이라는 건 반드시 목소리를 동반해야 한다는 것. 그래야 눈물의 이유가 명백해지고 눈물을 끝낼 시점도 찾을 수 있다는 것."

"시곤 씨의 말 중 잊어버린 건 하나도 없어요. 그때 아무 말도 없이 떠나왔던 걸 매일 매 순간 후회했어요. 시간을 되돌릴 수만 있다면 얼마나 좋을까? 하고."

"편지까지 남겼으니 많이 기다렸겠네요. 사실 하유 씨의 편지, 지금 받아서 바로 온 겁니다."

시곤은 제 가을 코트 안주머니에서 편지들을 꺼내었다.

"시곤 씨를 다시 만났을 때 아무런 말이 없어서 용서받지 못했다고 생각했어요. 시곤 씨가 유럽으로 전시회를 다녀왔다는 걸 알게 되었지만, 그땐 시간이 흘러서 도저히 나를 용서할 수 없게 되었다고도 생각을 했죠."

"시골하우스에 자주 왔었어요?"

시곤은 대문 앞에 오도카니 주저앉은 하유가 절로 그려졌다.

"다섯 번 갔어요. 나중에는 그것도 너무 이기적인 것 같아서 그만 뒀지만."

"시골하우스에 왔던 동네 아이들 기억나요? 그중 제일 작았던 민재?"

시곤은 그동안의 들려주었다. 그가 그리는 꽃 그림처럼 섬세하고 정교했다.

"그럼 이모님은 이제 할머님까지 모시고 돌아오신 거네요?"

"맞습니다. 그럼, 나도 뭐 하나만 물어봐도 됩니까?"

시곤은 먼저 확인할 것이 있었다.

"하유 씨의 이력서를 보고 하유 씨의 집을 알게 되었어요. 그래서 집에 찾아갔던 적이 있어요. 한 남자가 같이 들어갔다 나오는 것을 봤는데 꽤 오래 머물더군요."

시곤은 차마 불 꺼진 집이라는 표현은 못했다.

"재혁 오빠요?"

다른 사람일 리는 절대 없었다.

"그 사람이 재혁이라는 사람입니까?"

시곤은 하유가 다른 남자의 이름을 발음하는 것만으로도 기분이 언짢았다.

"재혁 오빠는 함께 자란 동네 오빠예요. 그리고 아마 그날은 정은이 생일이었을 거예요."

하유는 그날의 일을 설명해 주었다. 시곤은 그제야 제 전신이 투명해지는 기분이었다.

"이것, 기억나요?"

시곤이 셔츠의 소매 단추를 풀었다. 손목에 하유의 머리끈이 둘려 있었다.

"이걸 지니고 있었어요?"

"유럽 전시회 때부터 내도록."

"사실 저도 아저씨가 사 주신 원피스랑 브라프와 만들었던 감꽃 목걸이 그리고 마지막 밤에 설시곤 씨가 건네준 손수건, 모두 간직하고 있어요."

서로의 기억이 깃든 물건을 간직하고 똑같은 마음으로 서로를 그리워하고 있었다.

"하유 씨, 시골하우스에서의 마지막 밤, 내가 꼭 하고 싶은 말이 있다고 했죠?"

"기억해요. 설시곤 씨가 한 말은 뭐든 다 기억한다고 했잖아요."

"지금 그 말을 할 건데?"

"잠시만요. 그 전에 저부터 할 말이 있어요."

시곤이 하고 싶다는 말이 무엇인지는 이미 들었다. 그러니까 제 형편부터 밝히는 것이 도리였다.

"언젠가 저한테 아일라라는 영화에 대해서 얘기한 적 있죠? 그때 제가 그랬잖아요. 아일라와 저는 똑같다고."

하유로서는 어렵게 꺼낸 말이었다.

"알고 있습니다. 정은 씨의 전화를 받았을 때, 정은 씨는 내가 하유 씨인 줄 알고 그러더라고요. 엄마, 아빠도 없이 혼자 맞는 생일을 어디에서 뭘 하고 있느냐고."

"그럼 처음부터 다 알고 있었어요? 아무렇지 않았어요?"

그러고도 시곤은 제게 그 따스한 마음을 주었다.

"아무래야 됩니까? 부모님이 그렇게 되신 것에 하유 씨의 책임이 있었어요? 누군가에게 피해를 주었어요? 내가 만약 1년 전에 하유 씨를 만났다면 함께 상주의 옷을 입었을 겁니다."

그랬다면 추모공원에서 하유 씨를 혼자 울게 내버려 두지도 않았을 겁니다.

"그러니까 나는, 하유 씨랑 정식으로 만나고 싶습니다."

"이런 나라도 좋다면요."

"이런 하유 씨라서, 이런 하유 씨니까 좋은 겁니다."

은순은 늘 말했다. 세상에 인연이라는 것은 정말로 존재한다. 그래서 그 인연은 피할 수도 없고 지나갈 수도 없다. 돌고 돌아도 꼭 그자리에서 다시 만나게 된다. 우연인 것 같지만 그 우연이 쌓이고 쌓여서 인연이라는 이름을 만든다. 우리는 그 많은 우연을 지나서 이렇게 '함께'라는 이름이 된다.

이 타이밍에 브라프가 몸을 일으켰다. 어슬렁어슬렁 어둠 속으로 걸어 나가는 뒷모습이 능구렁이 할아범 같았다.

곧 시곤이 하유의 손가락 하나하나 입을 맞추었다. 그런 후 하유의 볼을 감싸 안았다.

"날 뜨겁게 만드는 사람은 오직 하유 씨뿐이에요."

참지 못한 시곤의 입술이 오래 그리워한 하유의 입술로 다가갔다. 입술과 입술이 맞닿았고 우주와 우주가 충돌을 하였다. 시곤은 부드럽지만 격렬했다. 하유는 느리지만 열심이었다. 숨결 안에 서로를 가두고 10월도 온통 뜨거워졌다. 끝도 시작도 없는 아득한 우주의 시간을 맴돌았다.

둘의 몰두는, 누군가 오고 있다는 브라프의 신호로 끝이 났다.

❧ 수국의 꽃말은 <진심 혹은 변심> ❧

그대가 있어

시곤은 순옥에게서 너무 늦는다는 문자를 받고서야 시동을 걸 수 있었다. 하유를 먼저 내려 주었다. 하유는 부지런히 계단을 올랐다. 시간이 많이 늦었다. 그런데 제집 앞에는 뜻밖에도 정은이 서 있었다.

"정은아, 잠도 안자고 여기에서 뭐 하는 거니?"

"그러는 여하유 씨야말로 안 주무시고 어디에 다녀오시는 건데요?"

정은은 고개는 15°, 말투는 30°, 삐딱하였다.

"잠시 볼 일이 있어서?"

"아하! 요즘은 1시간을 잠시라고 하는구나. 있잖아. 내가 10시가 넘어 이 빌라에 사는 여인네가 뛰쳐나가는 것을 봤다. 그래서 나도 따라갔다가 희한한 장면을 목격했네."

정은의 다리도 까딱거렸다.

"그 여인네가 도래새미 공원 입구에서 개 한 마리를 끌어안고 브라프, 브라프, 목 놓아 울더라. 옆에는 멀쩡한 남자도 한 명 서 있고. 그런데 그 여인네가 앞으로 보나 뒤로 보나 딱 내 친구 여하유더라고!"

"온 빌라에 다 들리겠어."

하유는 정은의 입을 틀어막고 말했다.

정은이 제집으로 내려온 시간은 자정이 넘어서였다. 하유 앞에서는 흥분한 듯 떠들어댔지만, 집에 들어서자 금세 풀이 죽었다. 작년에 부모님을 다 잃고 혼자 외롭고 아팠을 내 친구! 고등학교 시절 3년 동안 좋아했던 유부남 수학 선생님 말고는 읊조릴 연애사 하나 없는 내 친구가 드디어 제 사랑을 찾았다. 하지만……, 오빠는 어쩌나? 재혁 오빠의 사랑은 어떻게 하나? 오빠의 사랑은 이제 목적지를 잃었다.

정은은 휴대폰에 재혁의 번호를 띄워놓고 그 위를 만지작거렸다. 그러다 그만 발신 표시를 누르고 말았다. 연결 음이 한 번 울렸고 재빨리 종료 버튼을 눌렀다. 실수로 지은 죄에 심장이 벌렁거렸다. 그런 것도 모르고 재혁은 다시 전화를 걸어왔다.

– 정은아, 이 시간에 무슨 일이니? 혹시 우리 하유한테 무슨 일이라도 생겼니?

재혁의 음성은 잔뜩 긴장이었다.

"아, 아니야. 휴대폰을 만지다가 터치를 잘못했어."

– 그래? 그럼 다행이고. 우리 하유는? 가정 방문 수업은 잘 갔다 왔지?

오빠는 하유의 일거수일투족은 너무도 잘 기억하고 있었다.

"당연하지. 오빠는? 잠에서 깬 목소리가 아닌데."

– 당직.

"오늘도?"

– 너야말로 지금까지 안 자고 왜 휴대폰을 만지고 있었니?

"잠깐 깨었어."

– 그럼 얼른 다시 자. 저녁 10시부터 새벽 2시까지는 숙면을 취해야 피부도 재생이 되고 바이오리듬도 정상적으로 유지할 수 있어.

"참! 오빠. 11월 둘째 주에 우리 오케스트라 정기연주회인 건 알고 있지?"

– 맞다! 오빠가 바빠서 깜빡했네.

오빠는 내 일은 바빠서 깜빡하는 게 아니고 깜빡하기에 바쁘지!

"올 수 있어?"

– 당연하지. 우리 하유를 태워서 같이 갈게.

아니! 이제 오빠는 그렇게 못할 거야! 정은의 서글픈 독백 끝에 화면이 사그라졌다.

어제와 같은 공기의 오늘, 그때와 동일한 향기의 지금, 그곳과 다르지 않은 색깔의 여기, 하지만 하유는 제 주변을 감싼 공기와 향기와 색깔이 달라졌음을 느꼈다.

"은찬아! 선생님이 얘기했죠? 우리가 글로 쓰는 말과 입으로 하는 말은 휴대폰 문자와는 달라야 한다고. 그런데 여기에 이모티콘을 썼네요."

은찬과 은결의 수업을 하는 중이었다. 하유는 은찬의 작문을 체크하면서 빨간색 동그라미를 그렸다. 은찬이 엇! 소리를 내면서 연필로 머리 옆을 긁었다.

"은찬! 논술 문장에는 이모티콘이나 줄임표 같은 건 사용하지 말라고 작가 선생님이 몇 번을 말했어?"

쌍둥이이면서도 누나인 은결이 타일렀다. 은결은 정신연령이 최소한 중학생이었다.

"그러는 넌 잘했냐?"

"내 문장에는 하나도 없거든."

"1분 일찍 태어난 주제에 잘난 척은!"

은찬이 볼멘소리로 혀를 내밀었다.

"은찬아, 괜찮아요. 다음부터는 조심하면 되죠. 오늘 태양에 대한 생각을 쓸 때는 문장부호를 꼭 생각해 가면서 써요. 알았죠?"

하유는 은찬과 은결의 투덕거리는 모양이 마냥 귀여웠다.

"그런데 작가 선생님! 선생님의 얼굴에도 요렇게 태양 두 개가 떠 있어요."

은찬이 엄지와 검지를 붙인 동그라미를 제 볼에 갖다 붙였다. 태양을 뜻하는 듯했다

"정말이네. 작가 선생님! 무슨 기분 좋은 일 있어요?"

은결도 새삼 하유를 쳐다보았다. 하유는 대답 대신 두 아이의 머리를 쓰다듬었다. 순수한 아이들의 눈이었다. 첫사랑으로 설레는 제 마음을 알아보았나 보다. 그때, 막 학원으로 들어서는 희원이 보였다. 늦은 시간이다. 기만한테 또 혼이 날 모양새였다.

"어! 형아 누나다."

은찬도 희원을 발견하고는 손을 흔들었다. 희원이 손을 마주 흔들며 2층으로 올라갔다. 형아 누나라는 말이 문법적으로 맞다고 생각하냐는 은결의 핀잔이 그 뒤를 따라 올라갔다.

"어머니! 밥 좀 더 주시겠어요?"

시곤이 그릇을 내밀자 규와 순옥의 눈길이 마주쳤다. 규가 어서 하

라 고갯짓을 했다.

"어머니! 해물탕이 정말 맛있네요. 역시 우리 어머니의 솜씨가 제일이에요."

"해산물이 싱싱해서 그래."

"곤아, 입맛이 돌 때 많이 먹거라. 사람은 뭐니 뭐니 해도 밥심으로 사는 거야."

규는 국그릇을 시곤의 쪽으로 더 당겨주었다.

"할아버지도 많이 드세요. 기력이 좋으셔야 시골하우스에도 다니러 가시죠."

"오냐. 수확 철이니 쓸모없는 노구라도 계속 얼굴을 비추어야겠지."

"할아버지는 저희 집안의 기둥이신데 왜 그런 말씀을 하세요?"

"맞아요, 아버님. 오래오래 건강하셔야죠."

순옥이 해물탕 냄비에서 낙지 조각 하나를 건져서 시곤의 그릇에 더해주었다. 얼마 만에 보는 아들의 활기찬 모습인지 모르겠다. 속 깊은 아들이 이제야 마음을 다잡은 모양이었다. 소개팅을 주선할 날도 멀지 않았다.

처음에는 술이 불타다가 곧 술에 불타 버리는 금요일 저녁이었다. 잔뜩 취한 유라가 상우의 부축을 받으며 차에 올랐다. 연예인 흉내를 내느라 무리하게 구입한 검정색 밴은 뒷좌석을 젖히면 침대가 되도록 개조를 했다. 상우는 유라를 제대로 앉히고 안전벨트까지 꼼꼼히 점검해 주고 운전석으로 돌아갔다.

"도대체 하유 그년의 일은 어떻게 돼 가고 있어?"

그제야 인사불성이던 유라가 실눈을 떴다.

"계속 알아보고 있어."

"알아보고 있다고만 하면 뭘 해? 벌써 몇 달이나 지났는데."

유라에게는 24시 대기할 욕받이 여하유가 필요했다.

"재혁 오빠의 병원을 감시해서 안 되면 정은이 년의 학원을 알아보라고."

"나도 나름 알아보고 있다니까. 도동 지역이 좁은 게 아니잖아."

"야! 고 매! 그래봤자 얼마나 된다고? 강사까지 붙여놓고 운영하는 피아노 학원이 몇 군데나 돼서? 새대가리야?"

상우는 유라가 입학할 때 졸업반이었다. 상우도 유라가 연예인 행세를 하느라고 제 옆에 갖다 붙였다.

"뭐든 차근차근히 해야 실수가 없어."

"실수란 것도 무슨 성과가 있어야 하는 거지! 입만 나불거리기는!"

유라는 상우를 제 노예로 인식하고 있었다.

"나한테는 그냥 차량 운행만 하면 돼. 월급만 파먹지 말고 제대로 일을 하란 말이야!"

"알았어. 미안해. 내가 좀 더 힘써 볼게."

유라의 패악에는 상우의 이런 성품도 한몫을 기여했다.

"뭐야? 설마 이대로 그냥 가게?"

상우가 시동을 걸려는데 갑자기 유라의 음성에 비음이 섞이며 농밀해졌다.

"이리로 와. 문도 잘 잠그고."

유라가 손가락을 까딱이자 상우는 음성 인식 로봇처럼 곧장 유라의 옆자리로 옮겨 왔다.

"작은 흔적이라도 남겼단 봐!"

유라는 토끼털 7부 재킷을 집어 던졌다. 레버를 당기자 의자가 뒤로 넘어갔고 유라의 손이 상우의 허벅지에 와서 닿았다. 오늘은 또 얼마나 굴욕적이고 변태적인 행위를 감내해야 할지 상우는 벌써부터 눈앞이 캄캄하였다.

얼마 후, 집에 돌아온 유라를 부축해 2층까지 올리는 것은 지순이 거들었다. 벗었다가 다시 입은 유라의 토끼털 재킷을 지순이 벗겨 내었다.

"정례 언니나 은 닥터가 보면 어쩌려고 술을 퍼마시고 다니니?"

"정례 이모야 가로등 켜지면 밖에 안 나오는 사람이고, 우리 오빠야 집하고 병원밖에 모르는데 무슨 걱정? 아니다! 우리 오빠가 아는 게 또 하나 더 있지. 하유 그년!"

유라는 천장을 가리키며 삿대질을 했다.

"은 닥터랑 무슨 진전은 있는 거야? 너한텐 내도록 싸늘하기만 하던데."

"우리 오빠가 사람들 앞에서 마음 내색하는 것 봤어?"

"하유한테는 잘도 하더라."

엄마아! 유라가 팩 소리를 내질렀다.

"우리 오빠가 마음이 약해서 그래. 고게 불쌍해서."

"알았다. 알았어. 하여간 성질머리하고는."

그 성질머리야말로 지순의 판박이였다.

"두고 봐! 우리 오빠는 반드시 날 선택하게 돼 있어!"

근거는 0.1%도 없는 자신감이었다.

"하긴 남자란 자고로 꽃 같은 여자를 꺾고 싶어 하지. 하유 고게 뭐 볼 게 있어? 허연 얼굴에 삐쩍 곯아빠진 게."

"다 부모 사랑을 못 받아서 그래."

"맞아. 니 아빠랑 내가 너는 얼마나 금이야 옥이야 키웠게! 네 미모로 몰아붙이면 은 닥터가 돌이 아닌 이상에야 언젠가 넘어와."

지순이 사랑스러워 죽겠다는 듯 유라의 볼을 두들겼다.

"우리 오빠가 돌보다 막강하긴 해도 나한텐 어림없지. 멍청한 정례 이모가 우리 오빠를 잘 구워삶아 줘야 할 텐데."

"시어머니 자리가 적당히 물러야 니가 편하지. 턱 밑에 앉아서 조금만 간질여 줘 봐라. 세상을 줄 듯이 넘어오잖니."

"맞아. 아무 걱정 마. 재혁 오빠든 정례 이모든 내가 잘 요리할 테니까."

"요리라고는 라면도 못 끓이는 애가 그 요리는 자신이 있나 보네."

"모녀지간에 또 무슨 작당 모의야?"

그때, 철구가 불쑥 문을 열었다. 유라만큼은 아니지만, 술 취한 얼굴이 불콰하였다.

"아빠, 제발 노크를 하라고 했지?"

유라가 잔뜩 짜증을 냈다.

"아빠가 딸내미 방에 들어가는데 왜 노크를 해? 나도 같이 재미있자! 듣자 하니 하유 얘기를 하는 것 같던데. 있는 데를 알아낸 거야?"

철구의 말이 들기름처럼 번들거렸다.

"시끄럽고. 따라 나와."

지순이 벌떡 일어나 방을 나가자 철구도 방문을 놓고 머리를 긁적이며 뒤를 따랐다.

"또 어떤 년들이랑 놀다 온 거야?"

함께 들어선 안방에 철구에게서 풍기는 향수 냄새가 가득했다.

"무슨 말을 그렇게 해? 사업하느라 피곤한 서방님한테."

"사업 좋아하신다!"

"몸살 기운이 있다고도 했잖아. 당신은 내 말은 귓등으로도 안 듣지."

"몸살 기운? 왜? 또 웃통을 다 벗어 던지고 어느 년 목욕탕 앞에 가서 서 있으려고? 이 화상아! 천상 선녀님이 뭐랬어? 언니 죽고 1년은 지나야 무슨 짓을 해도 뒤탈이 없다고 했어, 안 했어? 그러니까 이건 다 구철구 니 탓이야!"

"그 이야기가 여기에서 왜 나와? 사골을 끓이면 우리 식구 1년은 먹겠네."

부부 싸움도 사골을 끓일 만큼 진득하였다. 유라는 그러거나 말거나 재혁과의 핑크빛 미래를 꿈꾸며 화장을 지우기 시작했다.

하유와 시곤이 함께 간 애견 카페는 마당이 딸려있었다. 창틀에 놓인 토분에는 제라늄이 빨간 꽃을 피워 올렸다.

"요즘 동화는 쓰고 있어요?"

자주 만나도 시곤은 하유에게 늘 궁금한 게 많았다.

"출근도 하고 원고 청탁도 잦은 편이라 거의 못 써요."

"원고 청탁이 너무 많나요?"

그렇게 많나요? 도 아니고 너무 많나요? 말의 뉘앙스가 이상했다.

"아, 아닙니다. 브라프 녀석, 아주 신이 났네요."

시곤이 망고 주스를 들이켜며 말머리를 바꾸었다. 눈길은 마당에서 애견 친구들과 뛰노는 브라프에게로 향했다.

"저렇게 뛰어다녀도 괜찮은 거예요?"

뒤따라 쳐다보는 하유의 눈에 브라프의 꼬리가 나풀거렸다.

"재활원에서 석 달을 지냈어요. 이제는 자유롭게 뛰어놀아야죠."

"수술 자국이 꽤 크더라고요. 저도 알았으면 옆에서 같이 힘이 되어 주었을 텐데."

"나도 수술하는 것만 보고 바로 유럽 일정을 떠나 버렸어요."

하유는 브라프가 저 대신 뱀에 물린 사실을 이야기하며 사과를 했다. 그러자 시곤은 하유가 오히려 브라프의 생명의 은인이라고 했다. 뱀에 물린 브라프가 엑스레이 촬영을 했을 때 이상한 것이 찍혔다. 정밀검사 결과 악성 종양이었다. 조금만 더 늦었으면 다리를 잃거나 생명까지 잃을 수도 있었다. 곧바로 수술을 했지만 신경과 근육이 너무 많이 잘려 나가 3달 동안은 재활원에서 지내야만 했다.

"지금은 완전 다 나은 거죠?"

"수술로 종양은 전부 제거했고 6개월마다 한 번씩 정기검진만 받으면 됩니다."

"그럼 이모님이랑 아저씨도 강원도로 가시고 브라프는 누가 오가며 돌봐준 거예요?"

"육촌 동생이죠."

시곤은 하유가 잘 아는 사람이라는 말은 하지 않았다.

"할아버지께서 형제분들간 의가 좋으신 모양이에요. 아무리 같은 도시에 산다고 해도 고모할머님도 그렇고 육촌 간이 그렇게 지내기가 쉽지 않을 텐데요."

"할아버지가 5남 3녀의 장남이신데 남달리 의가 돈독하시긴 하죠."

"가족이 많아서 좋겠네요."

하유는 진심으로 부러운 마음을 숨기지 못했다.

"곧 하유 씨의 가족도 될 겁니다. 그래서 난 정은 씨를 빨리 만나보고 싶은데."

"우리 정은이를요?"

"난 책임감 있게 하유 씨를 만나고 싶고 그 책임감을 심사해 줄 사람으로 정은 씨가 딱 이라서."

"그럼 시간을 잡아 볼까요?"

"빠르면 빠를수록 좋죠."

정은도 당장 시곤을 만나게 해 달라고 난리이긴 했다. 하여간 번갯불이 아니라 가로등 불빛에도 콩을 구워 먹을 정은이다.

그때, 브라프가 실내로 들어왔다. 장난감 뼈다귀를 하유 앞에 내려놓고는 컹컹! 하유는 제 꿈속에서 두 발로 걷고 말을 하던 브라프를 떠올리며 뒤를 따라 마당으로 나갔다.

"브라프, 여길 봐!"

하유가 장난감 뼈다귀를 높이 던졌다. 브라프와 애견들이 일제히 달리기를 시작했다. 브라프가 제일 빨랐다. 응원하는 하유의 원피스 자락은 만세를 부르듯 펄럭였다. 시곤은 통창으로 내다보다가 뒤이어 나왔다. 브라프! 소리 높여 부르자 브라프가 부리나케 달려왔다.

"브라프, 간다!"

시곤이 안에서 들고나온 원반을 높이 던졌다. 브라프는 다리가 안 보이게 달렸다.

"브라프으, 달려!"

하유는 응원의 손뼉을 쳤다. 가을이 잔잔하게 익어가고 있었다.

"하유 씨, 우리 같이 책을 만들어 보면 어떻겠어요?"

시곤의 전시회를 주관했던 <문 갤러리>를 통해 보타니컬 아트 그림책을 출간하자는 요청이 들어왔다.

"내가 야생화를 그리면 하유 씨는 단편적인 감상을 써 주는 겁니다."

"아주 멋지겠는데요."

"사이즈가 작은 소품들인데 이미 그려 둔 소품도 몇 점 있어요."

그래서 하유는 브라프와 함께 시곤의 화실에 있었다. 원래 미술학원이었던 공간을 개조한 30평가량의 화실은 상가 건물의 1층이었다.

"작업은 늘 여기에서 해요?"

여러 개의 이젤이 세워져 있고 구석에는 평상과 침대 겸용 소파가 있었다. 브라프는 제 지정석인지 평상 위의 방석에 올라앉았다.

"주로 집의 작업실에서 했고 특별한 계약이 잡히면 시골하우스로 갔어요. 화실은 임대한 지 얼마 되지 않았어요."

이제 시곤이 하유를 편히 만날 수 있는 공간이기도 했다.

"하유 씨는 여기에서 글을 쓰면 돼요."

브라프의 방석 옆으로 새것이 분명한 카펫과 노트북 전용 책상이 놓였다. 시곤은 붓을, 하유는 노트북을 앞에 두었다. 책상 옆으로는 소품 그림들이 있었다. 오해 가운데 하유를 잊기 위해 시곤이 미친 듯 그려낸 고통의 결정체들이었다. 하유가 제일 먼저 선택한 것은 감꽃이었다.

빗물이 빗기어 가자 감꽃이 툭툭 떨어져 내립니다.

당신과 손을 잡고 걷는 내 마음속 어딘가로 굴러옵니다.

내 마음도 뒤를 따라서 길을 떠납니다.

이대로 걷다 보면 좋은 곳만을 만날 겁니다.

- 감꽃의 꽃말은 〈좋은 곳으로 보내 주세요.〉

기획 의도는 삶과 일에 지친 사람들에게 휴식을 주자는 것이었다.

6월인데도 눈이 내렸습니다.
하얀 눈송이는 뭉치지 않고 솜털처럼 보푸라기가 일어납니다.
눈인 줄 알았던 꽃의 이름을 당신이 가르쳐 줍니다.
순간 내 마음에도 6월의 눈이 내립니다.
첫눈이라서 두근거리나 봅니다.
- 백자귀의 꽃말은 〈가슴 두근거림〉

백자귀의 밤, 아일라 이야기와 케이크 촛불의 일렁임이 떠올랐다.

당신과 디디고 가는 발아래에 때 묻지 않은 사랑이 돋아났습니다.
스치는 발길에도 행여 물이 들까 봐 숨죽여 지켜봅니다.
해마다 잊지 않고 피어나는 꽃잎은
당신만을 향해 늘어지는 나의 그리움입니다.
- 하얀 제비꽃의 꽃말은 〈순진무구한 사랑〉

하유는 글자를 쳐서 넣었다가 지우고 다시 쳤다가 삭제했다. 자음하나, 모음 하나도 허투루 쓸 수 없다.
"좀 쉬었다 해요. 노트북 작업을 할 때는 2시간에 한 번은 눈을 쉬어 주어야 합니다."
어느새 다가온 물감 향 섞인 감귤 향이 하유의 허리를 안았다.

"벌써 시간이 그렇게 되었어요?"

하유는 시곤의 팔 위에 제 손을 얹었다.

"6월인데도 눈이 내렸습니다."

시곤이 하유의 목덜미에 얼굴을 놓고 문장을 따라 읽었다.

"이 작가님이 삽화 글을 쓰라고 했더니 일기를 쓰고 계셨네."

시곤의 숨결에 하유의 목덜미가 간질거렸다.

"시골하우스에 피어난 야생화들이고 나한테는 이 아이들이 곧 곤이 씨니까요. 피곤하지 않아요? 여기 잠깐 누울래요?"

하유가 제 무릎을 두드렸다.

"아니, 내가 하유 씨 옆에 눕고 나면 그다음엔 뭘 할 줄 알고 겁도 없이 그런 말을 해요? 나는 나중에 할아버지와 부모님께 하유 씨를 소개할 때 내게 너무 소중한 하유 씨라서 아주 소중하게 여겨 줬다고 말할 거란 말입니다."

시곤이 하유의 볼을 토닥이자 하유의 얼굴이 붉어졌다. 곧 멋쩍게 웃어 버리자 시곤도 따라 미소를 지었다. 주전사에서 물이 끓듯 시간이 흘렀다. 한 남자와 한 여자가 도베르만 한 마리와 함께 행복의 수증기를 마구 피워 올렸다.

시곤과 정은이 만난 것은 11월의 첫째 토요일이었다. 점심을 먹고 소화도 시킬 겸 시곤과 계약을 한 <문 갤러리 카페>로 갔다. 촉석루 뒤 천수교 옆 언덕 위에 자리한 문 갤러리는 그림 전시관과 카페를 겸하여 운영하고 있었다.

〈보타니컬 아트 '온새' 화백전〉

현수막이 달린 제1전시실은 꽃 그림이 가득했다. 이미 그림을 본 경험이 있는 하유도 새삼 감탄이 나왔고 정은은 입을 다물 줄을 몰랐다. 시곤은 말없이 두 사람의 옆을 따라다녔다.

"이게 보타니컬 아트로구나. 정말 놀라움의 극치다."

정은은 단번에 그 그림 한 점을 재혁에게 선물하고 싶었다.

"나도 처음 봤을 때 정말 놀랐어. 캔버스 위에 진짜 꽃이 피어난 줄 알았다니까."

"내 손이 금손은 못 돼도 똥손은 아니라고 생각했는데 오늘은 내 손가락이 10개라는 게 왜 이렇게 부끄럽니?"

"넌 피아노라도 잘 치지."

감상이 끝난 후에는 갤러리의 마당 쪽으로 이어진 야외카페에서 차를 마셨다. 관장인 명숙이 꽃차를 준비해 주었다. 명숙은 '꽃과 여인'을 주제로 화사한 색감의 그림을 그리는 화가이기도 했다. 그 그림을 스카프와 넥타이에 프린트해서 판매도 하는데 시곤이 하유와 정은에게 하나씩 선물해 주었다.

"설 화백님! 천천히 오래 계시다 가세요."

"감사합니다."

원목 철책을 세운 화단에는 하얗게 흐드러진 소국 꽃다지가 토끼처럼 모여 앉았다.

"정은 씨, 감상이 어때요?"

시곤은 꽃 빛이 우러나는 다기를 기울여서 정은에게 차를 건넸다.

"보타니컬 아트는 하유 때문에 처음 알게 된 분야인데 놀랍네요. 저렇게 섬세하게 그려내기가 쉬운 일이 아닐 텐데."

"정은 씨도 섬세한 음률을 만들어 내는 분 아닌가요? 그래도 제가 전공하는 일이 좋은 점수를 받았다니 기쁘네요.”

“설시곤 씨의 작품은 본 적이 없지만, 우리 하유가 좋아하는 분이라는 걸로 이미 최고점이에요.”

그때, 시곤이 탁자 밑에서 문자 발송 버튼을 눌렀고 곧 하유의 휴대폰이 울렸다.

“희원이 학생, 안녕하세요?”

하유가 상냥하게 받아든 전화의 주인공은 희원이었다.

– 작가 샘, 도와주세요. 21세기 포스트모더니즘 작가들에 대한 리포트를 써야 하는데 서두를 어떻게 잡아야 할지 모르겠어요. 오늘 저녁까지 메일로 제출해야 해요.

“경영학과에서 그런 리포트도 써요?”

– 교수님 말씀이 사람 경영이 제일 우선이라네요.

“잠깐만 기다려 봐요.”

하유는 휴대폰을 들고 일어섰고 정은은 ‘희원이가 왜?’라고 입으로 물었다.

“리포트, 물어볼 게 있다고 해서.”

“걔는 뭘 이럴 때를 딱 맞춰서 전화를 한다니?”

하유는 카페에서 이어진 베란다로 나갔다. 그러자 시곤과 정은은 순식간에 말을 멈추었고 서로를 바라보았다. 침묵 속에서 수많은 말들이 오갔다.

“나한테 묻고 싶은 말이 있죠?”

정은이 먼저 침묵을 깨뜨렸다.

“정은 씨도 마찬가지일 것 같은데요.”

“시곤 씨는 뭐가 궁금한데요?”

"하유 씨가 혼자인 것은 알고 있는데 주변 이야기는 한 번도 하지를 않았어요."

"그래서 제가 이야기를 해 주었으면 하는 건가요?"

"아닙니다. 그런 말이야 본인이 해 줄 때까지 기다려야죠."

"그럼요?"

"다만 만에 하나, 그래도 혹시라도, 하유 씨가 스스로는 절대 말하지 않을 것들, 그럼에도 불구하고, 내가 꼭 알아야 할 일들에 대해서요."

"하유가 어떤 애인지 모르시잖아요. 말 못할 엄청난 비밀이 있을지도."

"하유 씨 본인이 아닌 사정이나 처지는 무엇이든 상관이 없습니다."

"하유나 설시곤 씨나 참 대단한 마음들이네요. 그래서 인연인 것 같고요. 하유가 제가 소개한 평안산장을 잘못 알아 시골하우스로 간 것도, 하유가 방문 교사를 하는 댁이 설시곤 씨의 고모할머님 댁인 것도. 알겠어요. 언제든 연락 주세요."

물론 우연은 첫 만남 말고는 하나도 없었다.

"정은 씨가 나한테 궁금한 것은 무엇입니까?"

시곤은 통화 중인 하유의 뒷모습을 일별했다.

"하유에게 이야기를 듣고 제가 검색을 해 봤거든요. 우리에게는 '우리들의 좋은 친구 네이버'가 있으니까요. 그런데 보타니컬 아트 화가 설시곤에 대한 내용은 하나도 없더라고요. 유럽 전시회까지 다녀오신 분이 왜 그럴까? 모르긴 해도 우리 하유도 그 성격상 저보다는 훨씬 더 많이 검색을 해 보았을 텐데요."

"제가 예명으로 활동을 하고 있습니다."

"예명이 뭔데요?"

시곤은 선뜻 손가락으로 제1전시실 쪽을 가리켰다.

"설마 저 그림들이 모두 설시곤 씨의 작품이라고요?"

정은의 입이 쩍 벌어졌다. 시곤은 '온새'가 우리의 고유어로 '한결 같이 변함없다'는 뜻이라고도 덧붙였다.

"하유는 알아요? 아니, 모르는 것 같던데?"

"아직 말을 안 했습니다."

"왜요?"

"자신이 혼자라는 것만으로도 이미 조심스러운 하유 씨죠. 당분간 은 편하게 만나면서 저에 대한 것들도 천천히 알아가기를 바랍니다."

정은은 하유가 이해되지 않았다. 시골하우스에서의 3주일도 되 지 않는 그 짧은 시간 동안, 하유가 어떻게 제 마음을 정해 버렸는지. 하지만 이제 알겠다. 동감이 된다. 이런 사람이라서 그랬다고 정은은 이해가 되고 말았다. 두 사람은 서로 휴대폰 번호를 교환하였다. 정 은이 속한 오케스트라의 정기 연주회에 초대하고 응하는 대학 끝에 통화를 끝낸 하유가 다가왔다.

새로운 한 주가 시작되었다. 직장인의 공통 질병인 월요병과는 상 관없이 하유와 정은은 나란히 출근을 했다. 정은은 주말 내 바이올린 연습을 한 어깨가 너무 아프다면서, 그럼에도 불구하고 없는 시간을 쪼개서 시곤을 만나 준 것에 감사하라며 생색을 내는 중이었다. 하유 는 정은의 어깨를 토닥여 주었다. 그렇게 <추계예술&논술원>으로 들어서려던 참이었다.

"야! 여하유!"

느닷없이 새된 목소리가 들렸다. 하유와 정은이 동시에 몸을 돌렸다. 옆 건물의 1층에 자리한 <무지개 문구점> 앞에 유라가 떡하니 서 있었다.

"네가 여긴 어쩐 일이야?"

유라가 부른 건 하유였지만 정작 다가간 사람은 정은이었다.

"널 보러 온 것 아니니까 됐고. 여하유! 너, 여기에서 얘기할까? 아니면 어디 가까운 데라도?"

유라는 정은 너머의 하유를 노려보았다.

"니가 여기를 어떻게 알아냈는지는 모르겠지만 지금 우리는 출근 중이야."

"그럼 뭐 난 여기에 서서 얘기해도 아무런 상관이 없긴 한데."

정은과 유라의 눈에서 불꽃이 튀었다. 하유가 끼어들어 둘의 시선을 서로에게서 차단했다.

"정은아, 괜찮아. 넌 먼저 올라가 있어. 나도 금방 따라갈게."

하유는 정은의 등을 계단 쪽으로 밀었다.

"하유야! 무슨 일이 있으면 바로 콜 해. 기다리고 있을게. 알았지?"

하유와 유라가 함께 간 곳은 도로변에 있는 무인 카페였다. 진파랑의 기둥과 간판이 눈길을 잡아끄는 카페에는 사람이 아무도 없었다.

"여기는 어떻게 알고 왔니?"

"네까짓 게 뛰어 봤자 벼룩이지."

유라는 격자무늬 칸막이를 등지고 앉아 하유를 비꼬기 시작했다.

"그래서 그 벼룩을 찾는 데에 4달이 넘게 걸렸구나."

하유도 더 이상은 지지 않았다. 다만 불안한지 만년필을 들고 빙빙 돌렸다.

"어쭈! 말이 많이 늘었다. 엄마한테 바락바락 대들었다기에 설마 설마 했는데. 왜? 정말 답사 때 니 편이라도 달고 온 거야? 누구라니? 너같이 재수 없는 년한테 넋 나가 버린 그 루저는?"

"내가 분명히 말했어. 아무리 사촌 간이지만 말조심하자고."

"멀쩡한 남의 집문서를 들고 도망간 년한테 말조심은 무슨?"

"그게 정말 멀쩡한 남의 집문서인지 따져볼까? 정례 이모도 대동하면 더 좋을 것이고."

"미친!"

집 문제는 더 따져봐야 소용이 없겠다. 하지만 상관없다. 이제 하유의 집까지 알게 되면 유라는 뭐가 됐든 꼬투리를 잡아낼 수 있었다. 새대가리 상우가 오랜만에 밥값을 했다.

"어쨌든 더 이상 재혁 오빠 주변에서 알랑알랑 유혹해 대지 마라. 천박하고 질 떨어지게시리."

유라의 악담에도 하유는 계속 만년필만 만지작거렸다.

"오빠가 딴마음이 있어 잘해 주는 줄 알지? 천만에! 부모 다 잡아먹고 오갈 데 없이 남겨진 니 주제가 안 돼서 거지에게 동냥하듯 던져주는 거야!"

유라는 그동안의 화풀이를 했다. 그런데 하유가 건성으로 듣고 있자 독이 바짝 올랐다.

"야! 여하유! 귓구멍이 썩었어?"

순간 하유가 만년필 위를 눌렀다. 그러자 유라가 했던 말들이 재생이 되어 흘러나왔다. 녹음 기능을 가진 만년필이었던 것이다. 유라의 욕설과 원색적인 말은 무인 카페라 해도 얼굴이 붉어졌다.

"계속할래? 난 상관이 없는데."

순간 유라는 입 모양만으로 "너"를 외쳤다.

"이게 어디서!"

한참을 입 모양으로 욕설을 퍼부은 유라가 하유의 만년필을 낚아챘다.

"소용없어. 이미 내 노트북이랑 자동 연동을 시켜 놨거든. 네가 만년필을 들고 가면 나는 노트북에 있는 녹음 내용을 들려줄 사람들이 있어. 아주, 많이, 정말로."

유라의 손에서 만년필이 굴러떨어졌다.

"그리고 지금 내가 살고 있는 집, 정은이의 아래층이야. 누가 찾아오면 난 언제든 도움을 청할 수 있는 상황이란 말이지. 그리고 우리 학원으로 오는 일도 더 이상은 없었으면 해. 우리 원장님이 진주시 검도협회의 이사님이시거든."

"이게 죽으려고 환장을 ……!"

유라는 제 입을 틀어막았다. 이 녹음 내용을 듣게 될 누군가가 너무 뻔했기 때문이었다. 게다가 그때 카페의 통창으로 정은과 기만의 모습이 내다보였다. 피아노를 치는 검도 이사인 기만의 위용은 누가 봐도 주눅이 들 만했다.

"두고 봐. 내가 가만히 있을 줄 알고?"

유라는 카페를 뛰어나갔다. 욕심과 뻔뻔함의 벼슬이 뒤룩뒤룩 늘어진 채 꽁지에 불이 붙은 닭의 형상이었다.

"너 괜찮니?"

정은은 카페 입구에서 숨을 헐떡거렸다.

"당연히 괜찮지. 뭐 하러 여기까지 왔어?"

하유는 태연한 얼굴로 카페를 나섰다.

"하유 선생. 정말 아무 일도 없는 겁니까?"

기만도 서두른 기색이 역력했다. '악랄한 쓰레기가 하유를 찾아왔다.'는 정은의 한 마디에 바로 따라나선 길이었다.

"원장님이 보시다시피요."

하유는 여유 있게 양팔을 들어 보이기까지 했다.

"성인들의 일에 제삼자가 끼어드는 게 모양새가 좀 그래요. 하지만 강사를 지키는 것도 원장의 본분이니까. 돌아갑시다. 썩은 내가 진동할 때 커피 향만큼 좋은 것도 없는 법이죠."

모두가 사라졌다. 그러자 카페 안에서 사람 한 명이 일어났다. 뜻밖에도 원이었다.

"전혀 의도하지 않았는데 엿듣고 말았네."

원은 격자무늬 칸막이 뒤로 앉아 있어서 하유도 유라도 미처 보지 못했다.

"이 얘기를 곤이 형한테 해야 해, 말아야 해? 주말에 연주회에도 가야 하는데."

원은 가족 중 유일하게 시곤과 하유의 현재진행형에 대해서 알고 있었다.

"주말 저녁에나 이야기하지, 뭐."

원은 곧 카페를 나왔고 하유 네가 사라진 길을 따라 걸어갔다.

다볕 유스오케스트라의 연주회 날은 가로수들이 유난히 곱게 물이 들었다. 재혁은 환자의 혈압을 체크하는 중이었다. 보통 진료실에 들어오기 전 최 간호사가 혈압 체크를 한다. 그런데 이 환자는 혈압이 비정상적으로 높았다.

"저번에 말씀드렸던 정신과 쪽으로는 내원을 해 보셨나요?"

환자는 집에서 하루에 4번 정도 혈압을 체크하고 기록한 수첩을 가지고 왔다. 집에서는 120~130으로 정상적인 수치다. 그런데 병원에만 오면 180~200을 넘기는 이상 혈압을 보인다. 의사들은 이런 증상을 '화이트 혈압'이라고 불렀다. 불안 장애를 동반하고 있다고 판단해 지난달의 진료에서 재혁은 정신과 진료를 받아보기를 권했다.

"정신과까지 가는 건 뭣해서, 그쪽 전문가와 상담만 해 봤어요. 약물의 힘을 빌리기보다는 차라리 환경에 노출을 자주 시켜주는 것이 도움이 된다고 하더라고요."

"하지만 혈압이 갑자기 상승하실 때, 잘못하시면 심장이나 콩팥에 영향을 줄 수 있습니다. 원래 고혈압이 합병증으로 신장병을 동반하기가 쉽죠. 위험 요소는 사전에 제거해 주시는 것이 좋습니다."

"노력해 볼게요. 매일 그렇게 기도도 하고 있어요."

환자는 낙담할 만한 평가를 듣고도 여전히 평안했다. 매일 새벽기도를 다닌다더니 기도의 힘인가 싶었다. 오전 마지막 환자였다. 재혁이 이제 책상 위를 정리하는데 문자 도착 음이 울린다. 안 바쁘냐고 확인하는 정은의 문자였다.

"정은이로구나. 정말 오랜만인데."

재혁은 바로 전화를 걸었다.

– 오빠, 진료에 방해된 건 아니지?

"막 오전 진료가 끝났어."

– 그랬구나. 오빠, 오늘 내 연주회 기억해?

정은은 잠시 말을 쉬었다.

"당연하지. 우리 하유를 태워서 가려고 이미 시간도 비워놨어."

– 그랬구나. 그런데, 너무 미안해서 어떡하지?

정은은 또 말을 쉬었다.

"왜?"

– 내가 연주회에 참석을 못하게 됐어. 갑자기 급한 일이 생겼어.

"무슨 일이 연주회보다 급해?"

재혁은 정은이 정기연주회를 손꼽아 기다리고 있었음을 안다.

– 나쁜 일 아니고, 걱정할 일은 더욱 아니야. 정말 미안해. 하유한테도 말했어.

"니가 미안할 일은 아니지. 오랜만에 우리 하유의 얼굴도 보고 겸사겸사 좋았는데 서운하네. 그럼 조만간 우리 하유랑 같이 밥이나 한 번 먹자."

재혁과의 통화는 끝이 났다. 하지만 정은은 한참 더 휴대폰을 들고 있었다.

"그럼 오빠, 나는? 나를 보는 건 안 좋았어?"

❀ ❀ ❀

고3 여름방학, 의학 공부를 하느라 늦게 군대를 갔던 재혁이 제대를 했다. 복학 전, 하유와 정은의 영어 과외를 해 주었다. 친한 친구의 동네 오빠로 재혁을 처음 만난 순간 정은의 언덕에 별똥별 수만 개가 떨어졌다. 그 별똥별에 투영된 재혁의 얼굴이 눈이 부셨다. 하지만 그 빛이 제 것이 될 수 없음을 너무도 쉽게 빨리 알았다. 별똥별의 언덕은 단번에 잿빛으로 변해 버렸다.

❀ ❀ ❀

재혁과의 통화를 끝낸 정은은 거실 창문을 내다보았다. 하유가 막 시곤의 차로 다가가는 중이었다. 두 사람의 주변으로 사랑이 빛나고 있었다. 그래서 오빠에게 보여줄 수가 없었다. 반짝이는 제 친구를, 다른 남자의 옆에서 화사하게 웃음 짓는 하유를 재혁이 맞닥뜨리게 할 수는 없었다. 오빠의 언덕마저 잿빛이 되는 것은 당분간만이라도 막아 주고 싶었다.

뒤벼리 건너편의 강변에 자리한 진주 경남문화예술회관은 흑색의 기와지붕을 네 개의 반원과 이어진 역시나 두 겹의 기둥들이 떠받치고 있었다. 지붕의 색깔과 대비된 미색의 기둥들은 웅장한 비너스 조각을 연상하게 했다.

연주회는 대공연장에서 펼쳐졌다. 현과 건반이 만들어 내는 음표의 선율들이 11월의 늦은 오후를 명상에 잠기게 했다. 시곤과 하유는 뒤쪽으로 앉은 제2 바이올린 파트의 정은을 집중해 보았다. 1시간 30분의 시간이 순식간에 지나갔다. 정은이 단복을 갈아입고 대기실 밖으로 나왔다.

"정은 샘, 대박이었어요. 내 머리만 잘 쥐어박는 줄 알았더니."

희원이 학원 가족들 중 제일 앞서서 다가왔다.

"정은 선생, 좋은 연주였어요. 지방에서도 이런 공연이 자주 이루어져야 하는데."

악수를 건네는 기만은 좋은 연주회라면 서울까지 가는 수고도 마다하지 않았다.

"감동적인 공연이었어요. 다시 이런 무대에 서고 싶다 느끼면서 가슴이 뛰었네요."

꽃다발을 건네는 숙영의 얼굴은 상기되어 있었다.

"정은 샘. 축하해요. 나도 입학하면 오케스트라 입단을 생각해 봐야겠어요."

서진은 리본으로 포장된 선물 상자를 내밀었다.

"일부러 시간을 내어 와 주서서 감사합니다."

"이런 공연이라면 일부러라도 시간을 내야죠. 우리 학원의 오픈 테스트 수준이 이 정도만 돼도 더 바랄 것이 없겠네."

"단원 수가 많이 늘었네요."

"하유 선생은요?"

모두 하유와 시곤은 따로 참석하는 것을 알고 있었다.

"계단에서 만나기로 했어요."

정은은 꽃다발과 선물 상자를 들고 바깥 계단 쪽을 내려갔다.

"정은아, 축하해."

하유와 시곤은 계단 중간에 서 있었다.

"하유야! 시곤 씨! 안 그래도 객석에 앉아있는 것을 봤어."

"내 친구, 정말 멋있더라."

다소 큰 키에 볼륨감이 있는 정은의 몸매에 까만 단복이 멋들어졌다.

"초대해 줘서 고마워요. 멋진 선율이었습니다."

시곤이 생화 꽃바구니와 초콜릿 바구니를 함께 내밀었다.

"뿌리까지 심긴 생화 꽃이네요."

정은은 신기한 듯이 생화 꽃바구니를 들어 보았다.

"꽃을 그리다 보니, 뿌리 잘린 꽃은 싫더라고요. 감동적인 연주를 선물해 준 데 대한 인사입니다."

"그 많은 단원들 틈에서 제가 표가 나기라도 했나요?"

"예술은 모두 영혼이 빛나는 작업이죠. 오늘 정은 씨의 영혼, 모든 단원들의 반짝임 속에서도 정은 씨만의 빛으로 충분히 반짝였습니다."

"그런 말은 우리 하유한테 해 주셔야죠."

"날마다 해 주고 있어."

여하유! 참 뻔뻔해졌다.

"향이 좋네요. 이름이 뭐예요?"

"프리지어. 꽃말은 당신을 응원합니다."

"설시곤 씨는 한결같이 세심하시네. 그래서 우리 하유의 마음을 홀랑 가져갔구나."

"참, 재혁 오빠는 무슨 일이래? 오늘 곤이 씨랑 인사를 나누었으면 했는데."

"나도 궁금합니다. 하유 씨의 친한 오빠 은재혁 씨가."

"나도 이유는 몰라요. 궁금하면 니가 전화를 해 보던가."

"아니야. 재혁 오빠야 항상 바쁘잖니."

하유나 재혁이나 정은을 통하지 않고는 전화를 하는 법이 없다. 그래서 정은은 당당하게 거짓말을 했다.

다 함께 저녁을 먹고 싶었는데 정은은 단원들과 회식이 있다고 했다. 서운한 하유가 부러 불퉁해하는데 저만치에서 누군가 세 사람을 휴대폰 카메라로 찍어댄다. 난간에 걸린 제라늄의 진붉은 꽃색이 옅어졌다 짙어졌다 했다.

❧ 제라늄의 꽃말은 <그대가 있어 행복합니다.> ❧

그날 밤 그와 그녀

재혁은 이른 퇴근을 하였다. 연주회에 가려고 시간을 비워둔 탓이었다. 초인종을 눌렀는데 정례의 답이 없었다. 비밀번호를 누르고 들어서도 모습을 보이지 않았다. 혼자 이른 저녁을 먹었고 텔레비전도보았고 베란다 쪽에서 바깥을 내려다보며 서성이기도 했다. 계획 없이 주어진 자유시간이 난처했다.

집을 빙 둘러보았다. 일주일에 세 번 오는 가사도우미가 닦아 놓은집은 윤기만 흐르지 온기는 없었다. 문득 정례가 가엾다는 생각이 들었다. 얼굴 보기도 힘든 남편에 성마르기만 한 아들. 남들은 사모님이라며 부러워하는 정례의 일상이 지금의 저 같겠다 싶어 처음으로정례가 측은하였다.

8시를 훌쩍 넘기고 아파트 앞에 유라의 밴이 멈추었다. 상우가 뒷좌석 문을 열자 정례가 내렸다. 쇼핑백은 상우가 들어 주었다.

"고 매니저, 정말 고마워요. 유라도 고마웠다. 지순이 너도 그렇고.다들 조심히 돌아가. 고 매니저는 운전 조심하고요."

정례는 모두에게 살갑게 작별 인사를 건넸었다.

"이모, 또 모실게요. 보고 싶은 영화가 있으면 언제든 연락 주세요."

"언니, 우리 집에 또 놀러 와요."

유라와 지순은 앞으로 10년간은 만나지 못할 피붙이와 헤어지는 듯 굴었다. 곧 상우가 90도 깍듯한 인사를 건넸고 밴은 사라졌다. 그런 후 정례가 아파트 현관에 들어서는데 뜻밖에도 재혁이 있었다.

"아들! 어쩐 일이니? 오늘도 늦을 거라고 하지 않았어?"

반가움에 정례의 목소리가 높아졌다.

"약속이 취소되었어요. 쇼핑, 다녀오셨나 봐요."

이번에는 재혁이 정례의 쇼핑백을 들어주었다.

"으응, 유라가……, 난 괜찮다고 하는데 굳이 겨울 코트를 한 벌 선물해 주고 싶다고. 나간 김에 영화도 보고 저녁까지 대접받았지, 뭐니."

슬쩍 아들의 눈치를 본다. 얼마 전, 유라와 하유의 일로 서로 날을 세웠다.

"잘하셨네요."

"정말이지?"

정례는 아들의 이른 퇴근보다 이 반응이 더 기뻤다.

"그럼 코트 한번 볼래? 유라가 고급스런 취향이나 안목이 나랑 그렇게 비슷하다."

"입어 보세요. 봐 드릴게요."

"그럼 진짜 입어본다."

정례는 어린 동물이 몇 마리나 매달린 코트를 걸쳤다. 그래 놓고 아이처럼 웃는다.

"예쁘신데요. 우리 어머니 원래도 젊으신데 10년은 더 어려 보이세요."

"이 옷 입고 엄마랑 데이트 한번 해 주기다."

"영광이죠."

재혁답지 않게 빈말도 했다. 문득 제 어머니가 가여웠던 오늘이었다. 그러니까 덤으로 이해도.

늦은 밤, 재혁은 문득 캔 맥주가 그리웠다. 이상한 날이다. 어머니가 가엾다는 생각을 했고 생전 즐기지도 않는 캔 맥주가 떠올랐다. 정례에게 건넸던 빈말 탓인가? 그 빈말 너머에 있는 하유 탓인가?

집을 나섰다. 신호등 건너의 편의점이 빛을 밝히고 있었다. 딱 한 개의 캔 맥주를 집어 들고 계산을 마쳤다. 밖으로 나섰는데 편의점 바깥 파라솔 아래의 사람이 눈에 들어왔다. 들어갈 때는 무심히 보았다. 그런데 실루엣이 정은을 닮았다.

"정은, ……, 이니?"

혹시나 싶어 물었다. 실루엣이 고개를 든다. 맞았다. 정은이었다.

"정은아, 이 시간에 여기엔 어쩐 일이야?"

놀란 재혁이 순식간에 다가갔다.

"어! 우이 재혀기 오빠네에."

정은은 검지를 세워 가리키는 취한 얼굴에 혀 꼬인 목소리는 덤이었다.

"술 마셨니? 왜? 그럼 집엘 가야지 왜 여기에 이러고 있어?"

"내가 오빠를 기다리는 줄 어떻게 알고 나왔으까아?"

"술은 어디에서 마신 거야?"

"우리 연주, 아니, 아니, 볼일을 마치고 사람들이랑 딱 한 잔 해써."

"바쁜 일이 있다고 했잖아."

정은의 이런 모습은 처음이었다. 혹시나 이런 정은을 만나려고 이 밤에 나온 건가? 재혁은 또 이상한 생각이 들었다.

"오빠가아, 내 걱정을 한다고? 에이. 그열 리가!"

정은은 저를 붙드는 재혁의 손을 뿌리쳤다.

"우리 오빠야 자나 깨나 우리 하유 걱정만 하는데, 나 같은 게 끼어들 틈이 있어?"

"무슨 말이 그래?"

"나는 우리 오빠가 넘무 넘무 불쌍하네. 어쩌면 조으까?"

"이야기는 차차 하고 돌아가자니까. 오빠가 데려다줄게."

정은의 팔은 이미 한겨울이었다. 일단 아파트로 가서 차에 태워야 했다. 재혁은 정은의 팔만 잡은 채 용케 건널목을 건넜다. 그렇게 인도로 올라서는데 정은이 중심을 잃는다. 재혁은 안아 잡을 수밖에 없었다.

재혁은 순간 '낯섦'을 느낀다. 여리고 조용한 하유와 달리 정은은 큰 키에 뼈대가 굵었다. 목소리도 씩씩해서 여자다운 구석이라고 없었다. 아니, 정은을 두고서 여자다 아니다 생각 자체를 해 본 적이 없었다.

그런데 오늘은 정말 이상한 날이다. 지금 제게 안겨서 닿은 정은의 몸은, 뭉클한 촉감과 탄탄한 볼륨감을 지닌, 부정할 수 없는 여자의 몸이었다. 그 생각 끝에 머리 위로 마른벼락이 내리쳤다. 재혁은 하마터면 정은을 화단으로 밀쳐버릴 뻔했다.

그때, 시곤은 막 빌라 앞에 주차를 하고 있었다. 하유와 함께 저녁을 먹었고 남강 변 고수부지에서 산책을 했다. 강바람이 차가웠지만, 사랑만이 포근한 연인들에게는 문제가 되지 않았다.

"하루 종일 피곤했죠? 잘 자고 내일은 푹 쉬어요."

"안 피곤했어요. 곤이 씨랑 있는 시간이 나한테 다 휴식이에요."

"이런 건 어디에서 배웁니까? 내 마음에 쏙 드는 말만 하는 법."

이러면서 한참을 헤어지지 못했다.

"보일러는 잘 올려두고 자요. 부쩍 기온이 떨어졌는데 감기라도 걸리면 큰일이니까."

시곤은 감기에 걸린 하유를 지켜봐야 하는 제가 더 큰 일이었다. 이윽고 하유가 올라갔고 시곤은 불이 켜지는 걸 지켜본 후에 차에 올랐다.

그런 둘의 뒤에서는 휴대폰 카메라의 불빛이 점멸을 반복했다. 검정색 밴에서 번뜩이는 빛을 만들어 내는 사람은 바로 상우였다. 정례를 내려준 후 곧장 하유의 집으로 왔던 것이다.

"내 이럴 줄 알았어. 토요일 저녁이라 내가 꼭 와 보고 싶더라니!"

유라가 뒷좌석에서 손뼉을 쳤다.

"정말 네 말이 맞았구나. 저년이 남자를 끌어들이려고 집을 나간 거였어."

"엄만 내가 그렇게 말해도 안 믿더니?"

"근본이 없는 것들은 저래서 안 된다니까."

지순은 진심에서 우러나오는 한숨을 쉬었다.

"아주 둘이 난리가 났구나, 난리가."

"맞지. 엄마, 난 얼굴이 뜨거워서 혼났어."

시곤과 하유가 뭘 한 게 있다고 둘이서 상상의 나래를 펼쳤다.

"고 매, 사진은 제대로 찍은 거지?"

상우는 없는 취급하던 유라가 운전석 쪽으로 손을 내밀었다.

"근접 확대도 했고 화소도 높아서 아주 잘 나왔어."

상우는 휴대폰을 유라의 손으로 건네주었다.

"엄마, 어때? 난 둘이 이러다 같이 집으로 올라갔다고 재혁 오빠한 테 말할 거다. 이 한 방으로 영원히 오빠에게서 아웃!"

유라가 목을 뎅겅 자르는 시늉을 했다.

"언제 보낼 건데? 당장 보내 버려."

지순이 유라를 재촉했다.

"엄마는 서프라이즈도 몰라? 바쁠 때, 정신없을 때, 그럴 때 봐야 꼭지가 확 돌지."

"그럼 언제?"

"주중에. 오빠가 출근을 하면."

"그럼 엄마는 예식장부터 알아볼까?"

지순은 의사 사위를 맞아 윤기가 흐를 미래를 떠올리니 엉덩이가 들썩거렸다.

"재미 삼아 그러시던지."

"고 매, 이만 집으로 가. 유라의 말마따나 밥값을 제대로 했네. 하 긴, 똥개도 뼈다귀 하나쯤은 물어와 줘야 도리지."

지순도 상우를 굴욕적으로 대했다. 상우는 지순의 말을 못 들은 것 인지 시동을 걸었고 매캐한 연기를 토하며 유라의 밴이 멀어졌다.

한편, 집으로 향하던 시곤은 한 통의 전화를 받았다. 늦은 시간인 데 원이 전화를 걸어왔다.

– 형! 어디야? 아니, 이제 혼자지?

"지금 집에 들어가는 길이라 당연히 혼자지."

시곤은 도로 갓길 골목 쪽으로 차를 세웠다.

– 형, 내가 내일 형의 집에 가서 이 말을 해 줄까 했는데, 아무래도 이런 말은 전화로 하는 게 서로 덜 껄끄러울 것 같아서.

원의 서론이 길었다.

"무슨? 혹시 하유 씨 일이니?"

– 차 세우고 전화 받고 있는 것, 맞지? 혹시 아니라면 일단 차부터 세워 봐.

"차야 이미 세우고 있었어. 무슨 말인데 그래?"

– 형! 형이 그럴 일이야 없겠지만 흥분하지 말고 잘 들어. 사실은 내가 일주일 전에 말이야.

원이 하유와 유라를 목격했던 일을 털어놓았다. 말투까지 흉내 내며 100% 실사에 가깝게 구현해 냈다. 시곤은 처음에 입술을 살짝 깨물었고 곧 핸들을 쥔 손에 힘이 들어갔다. 눈 사이에는 핏줄이 돋아나 꿈틀거렸다. 이야기가 끝을 향해 갈 때는 싸한 냉기가 시곤을 감싸서 히터 바람이 놀라 달아났다.

다음 날, 시곤은 <문 갤러리>를 찾아갔다. 개관도 하지 않는데 부탁할 일이 있었다.

"그러니까, 앞으로는 실명으로 활동을 하겠단 말씀이죠?"

명숙과 시곤은 제1전시실에 마주 서 있었다.

"당장 현수막부터 바꾸어 주시면 감사하겠습니다. 관련 자료들도 모두 실명으로 바꾸어 주시고 <경남도민일보>와 <촉석루>와의 인터뷰도 잡아주셨으면 합니다."

<경남도민일보>는 경남의 전 지역에 배포되는 일간신문, <촉석루>

는 진주 지역의 시사를 홍보하는 월간지였다.

"갑자기 마음이 바꾼 이유를 물어봐도 될까요?"

명숙은 자신의 실명을 내세우기를 극구 마다하던 시곤의 예전 모습을 떠올렸다.

"나이가 드니까 명예욕이 생기나 봅니다."

"너무 설득력이 떨어지는 이유네요."

명숙은 곧 여러 군데에 전화를 걸었다. 그 오후에 <문 갤러리>의 제1전시관에는 하유와 정은도 보았던 **〈보타니컬 아트 '온새' 화백전〉** 대신 **〈보타니컬 아트 '설시곤' 화백전〉** 현수막이 내걸리게 되었다.

그렇게 집으로 돌아온 시곤은 곧장 규의 방으로 갔다. 한수와 순옥도 같이 보자고 청했다. 순옥이 시골하우스의 감을 깎아 가운데에 놓았다. 내도록 밖에다 뒀는데도 감은 여전히 싱싱하였다.

"먼저 곤이 말부터 들어보자꾸나. 우리를 다 불러 앉혔으니 할 말이 있는 게지."

규의 보료 옆으로는 시곤이 읽으라고 드린 책이 여전히 놓여 있었다. 가까이 두고 몇 번을 읽는 모양이었다.

"제가 인사를 시키고 싶은 사람이 있습니다."

시곤은 무릎을 꿇고 공손히 고개를 숙였다. 정말이냐는 말이 동시에 터지면서 규와 한수의 얼굴에 봄날이 깃들었다.

"대체 누군데? 전에 말했던 아가씨랑은 잘 안된 것 아니었어?"

순옥만은 반신반의하였다. 아들의 상처가 덧나는 건 조심스럽지만 제 아들은 쉽게 마음을 옮길 성격이 못 되었다.

"그 사람, 맞습니다. 사소한 오해가 있었고 얼마 전 말끔히 풀렸습니다."

"어쩐지! 역시 그렇게 된 거로구나."

순옥은 그제야 마음 놓고 기뻐할 수 있었다.

"그럼 미룰 것 없다. 당장 내일이라도 인사를 시키거라."

규는 어떤 아가씨가 그렇게 속을 썩이나 얼굴도 모르고 괘씸했는데 우직한 손자의 진심이 제자리를 찾아간 모양이었다. 시골하우스의 감을 수확한 것처럼 제 손자의 삶도 풍성해지려나 보았다.

"어떤 아가씨냐?"

한수는 벌써 손주 재롱을 볼 생각에 들떴다.

"다들 이미 알고 계시는 사람입니다."

시곤의 대답은 뜻밖이었다. 물음표가 걸린 3쌍의 눈이 일제히 시곤을 향했다.

"지금 할아버지가 보시는 책들. 이 동화를 쓴 사람입니다."

이제 3쌍의 눈동자는 '동화작가 여하유' 타이틀에 못 박히듯 머물렀다.

"여하유 작가란 말이니?"

"어쩜, 정말? 그럼 볼 필요도 없네. 너랑 딱이야."

그림을 그리는 아들과 글을 쓰는 며느리. 한수와 순옥은 만족스러웠다.

"이런 글을 쓰는 아가씨란 말이지?"

규도 새삼 책을 들어 보았다.

"현재 원이 다니는 학원에서 논술 강사로도 일하고 있습니다. 그리고 고모할머님의 방문 강사도 바로 하유 씨입니다."

세 쌍의 눈동자가 이번에는 흔들렸다.

"내게 건넨 동화책은 그렇다 치더라도 원이의 학원이 논술원을 겸하게 된 것과 니 고모할미의 독선생은 다 니가 멀리 나가 있을 때 이루어진 일이다. 설마 이 모든 게 우연이라고 할 테냐?"

규의 마음에 미심쩍음이 스며들었다.

"우연, 아닙니다. 제가 만들었습니다."

모두는 기가 막혔다.

"왜?"

"뭐 때문에 그렇게까지 했는데?"

한수와 순옥의 주변으로도 흐린 구름이 걸렸다.

"니가 이 아가씨를 우리 앞에 세우기 전에 이 모든 일들을 만들었다면 그럴 수밖에 없는 특별한 사정이 있는 거구나. 그렇지?"

"좋은 사람입니다. 밝고 건강한. 그래서 모두가 하유 씨를 좋아합니다. 윈이도 고모할머님도 권숙 이모님과 아저씨도. 브라프까지요."

시곤은 하유와 처음 만났던 날의 이야기를 들려주었다.

"그런데 왜 니가 이렇게까지 했는데? 말해 보거라. 분명 이 많은 점수가 기울어질 수밖에 없는 결격 사유가 있다는 것이지?"

"할아버지가 항상 하시던 말씀이요."

"내가 한 말?"

"하유 씨, 형제 없이 무남독녀입니다. 그리고 작년에 부모님을 두 분 다 잃었습니다."

순간 싸늘한 바람 한 자락이 지나갔고 한수와 순옥이 동시에 탄식을 밭았다.

"한 해에 다 말이냐?"

그 바람을 몰아낸 것은 어쨌든 제일 어른인 규였다.

"이유는?"

"아버님은 과로이셨고 어머님은 교통사고였습니다."

"곤이 너!"

규의 말투가 순식간에 돌변해 버렸다.

"너의 말마따나 할애비가 항상 하던 말이었다. 너나 시화나 우리 자손 중 누구라도 부모 없이 혼자 남겨진 사람과는 짝을 지워줄 수 없다고. 그런데 한 해에 부모를 다 잃은 아가씨를 내 앞에 세우려고 해?"

"하유 씨의 잘못이 아닙니다. 제가 1년 전에 하유 씨를 만났다면 함께 상주의 옷을 입었을 것이고요."

"잘못이라 말하는 게 아니다. 그 아가씨의 기운을 말하는 거지."

"밝고 건강한 사람이라고 말씀드렸습니다."

"못난 놈!"

❀ ❀ ❀

규가 처음 시골하우스를 시작했을 때, 지금의 5분의 1도 안 되는 면적에 집다운 집도 없는 움막 비슷한 곳에서 지냈다. 아내와 새벽별과 저녁달을 보면서 흙일을 한 덕분에 점차 규모를 늘리게 되었다. 지금의 본채를 신축하기 전, 옹색하나마 형체를 갖춘 집도 지었다.

한 남자를 알게 되었다. 부모도 형제도 몸 누일 방 한 칸도 없이 떠돌던 남자였다. 사정을 딱하게 여겨 방 한 칸을 내주며 감 농장의 일꾼이자 가족으로 맞아주었다. 얼굴에 그늘이 있었지만 성실하고 부지런한 남자였다.

그 해 수확이 모두 끝이 나고 규는 아내와 자녀들을 데리고 서울에 있는 둘째 동생에게 다니러 갔다. 남자에게 뒷일을 단단히 부탁하였다. 농사일에 바빠서 5년 가까이 얼굴도 보지 못한 동생과 아까워하고 아쉬워하면서 2박 3일 함께 보냈다.

그런데 다시 돌아온 농장은 3일 전의 농장이 아니었다. 꽤 넓은 규모에 풍성했던 농장은 감나무 하나 없이 휑했다. 대출하면서 거래를 텄던 은행에는 규의 이름으로 된 신규 대출이 네 건이 넘었다. 남자는 찾을 수 없었다. 가족이 없으니 연락을 해 볼 데가 없었고 집이 없으니 찾아가 볼 곳이 없었다. 아내는 충격으로 자리에 누웠다가 겨울을 넘기지 못하고 세상을 떠났다. 그때부터 규에게 '부모 없이 홀로 남겨진 사람'은 결코 가까이 두어서는 안 될 사람이 되었다.

❀ ❀ ❀

"그만 나가 보거라. 할애비는 못 들은 걸로 하겠다."

"할아버지! 일단 한 번 만나 주세요."

"시끄럽다!"

"늘 그러셨죠? 책에는 책을 쓴 사람의 삶과 마음과 정신이 들어가 있다고. 그래서 작가와 책을 분리하여서 생각할 수 없다고. 하유 씨의 책, 다 보셨잖아요. 그 책 같은 사람입니다, 하유 씨는. 그러니까 책에 나오는 하유 씨의 삶과 마음과 정신만 봐 주세요."

규는 어느 순간 꿈쩍도 하지 않는 바윗덩어리로 변해 있었다.

"전 무조건 하유 씨입니다. 일생의 절대라고도 말씀드릴 수 있어요. 저한테 믿음이 있어요. 하유 씨가 너무 좋은 사람이라는 것, 이런 하유 씨를 언젠가는 할아버지도 반드시 알아봐 주실 거라는 것, 그것에 대한 믿음이요."

"그 짧은 혀로 나를 설득시켜 보겠다고? 책도 그만 들고 나가거
라."

규가 던진 하유의 책이 시곤의 무릎 위로 떨어졌다. 시곤이 더 말
을 하려는데 한수와 순옥이 동시에 고개를 저었다.

재혁은 이른 아침 벌써 진료실에 앉아있었다. 날카로운 눈매와 자
로 잰 듯 빗어 넘긴 헤어스타일이 하얀 유니폼과 절묘하게 어울렸다.
아직 최 간호사는 출근할 시간이 아닌데 누군가 노크를 했다. 답을
하자 들어선 사람은 물리치료실의 경민이었다.

"안녕하세요? 은 선생님."

경민은 재혁과 겨우 두 살 차이였지만 언제나 깍듯하였다.

"김 기사님, 이 시간에 제 진료실에는 어쩐 일입니까?"

"드릴 말씀이 있어서요. 항상 출근을 빨리하시더라고요."

재혁은 경민이 평소에 저를 눈여겨볼 만큼의 용기가 무엇인지 의
아하였다.

"저번에 은 선생님이 어떤 여자분과 로비에 앉아있는 걸 봤습니
다."

재혁은 바로 집히는 사람이 없었다.

"그 왜, 키가 좀 크고 이렇게……. 은 선생님을 재혁 오빠라고 부르
는 걸 들었는데요."

"정은이 말입니까?"

그제야 로비에서 몇 번 만났던 정은을 떠올렸다.

"그분 이름이 정은 씨인가 보네요. 친동생분이신가요?"

"친하게 지내는 아는 동생입니다."

"사실 일전에도 부탁을 드려볼까 하다가 그만두었거든요."

재혁은 여전히 의아했지만, 언젠가 구내식당에서 제 앞으로 다가섰던 경민이 떠올랐다.

"제가 지난 토요일에 정은 씨를 또 봤습니다. 뭔가 인연이다 싶어서."

경민은 덩치에 어울리지 않게 수줍은 표정을 지었다.

"조카 녀석의 오케스트라 연주회에 참석했는데 뜻밖에 정은 씨도 함께 연주를 하더라고요."

"오케스트라 연주회요? 혹시 이름이 어떻게 됩니까?"

"다별 유스오케스트라요."

"그래도 잘못 보신 겁니다."

오케스트라의 이름은 맞지만 정은은 분명 참석하지 않았다

"제가 잘못 본 게 아닙니다. 정은 씨 사진까지 가지고 있는데, 보시겠어요?"

재혁의 미간에 주름이 갔다. 경민이 사사건건 정은 씨라고 불러대는 호칭이나 있지도 않은 일로 무작정 저를 찾아온 성급함이 거슬렸다. 하지만 들이미는 휴대폰을 무시할 수는 없었다.

"일부러 찍으려던 건 절대 아닙니다. 제 조카의 사진을 찍어주다 보니 초점 안에 들어와 있더라고요."

경민의 말마따나 정은에게 초점을 맞춘 것들은 아니었다. 하지만 경남문화예술회관의 야외 계단에서 브이 자를 그려 보이는 까만 단복의 아이 뒤로 찍힌 모습은 정은과 정말 흡사했다. 게다가 정은과 흡사한 그 여자는 혼자도 아니었다. 재혁의 눈에도 낯설지 않은 원피스를 입은 하유와 흡사한 여자도 함께였다. 하유와 흡사한 여자는 어

떤 남자의 팔짱을 끼고 있었다.

"맞죠?"

경민이 거 봐라는 듯 어깨를 펼쳐 보였다.

"그래서 말인데, 제가 정은 씨를 소개받고 싶습니다. 딱 제 이상형이거든요. 선생님이 자리를 한 번 마련해 주시면 안 될까요?"

"미안하지만, 정말 아닙니다. 그날 제 동생은 참석하지 못했어요."

정말 그렇게 믿어서인지 억지를 부리고 있는 건지 재혁은 모르겠다.

"그럼 직접 물어보시죠. 분명 선생님이 잘못 아신 걸 겁니다. 다시 부탁드릴게요. 정은 씨와 꼭 자리를 만들어 주십시오. 그렇게 믿고 기다리겠습니다."

답도 안 했는데 경민은 진료실을 나가버렸다.

재혁은 점심을 걸렀다. 불편하게 먹은 밥이 문제를 일으키기를 원하지 않았다. 오늘따라 IV 정맥주사도 여러 번 놓아야만 했다. 정확하게 한 번에 찔러 넣는 주삿바늘을 들고 망설이는 재혁을 최 간호사가 불안한 시선으로 지켜보았다. 신경 줄이 팽팽히 일어섰다.

스트레스가 극도에 달한 것은, 발신자 불명의 사진들이 날아들었을 때였다. 평소라면 무시하고 말았을 것이다. 그런데 바탕화면에 떠오른 문자의 제목이 <여하유의 실체에 대해서> 였다. 이번에는 정확히 하유를 찍은 사진이었다. 어떤 남자가 하유의 어깨에 팔을 두르기도 하고 하유의 볼을 사랑스럽다는 듯이 만지기도 했다. 하유가 입은 원피스는 경민의 사진 속과 똑같았다. 남자 또한 같은 사람이었다.

결국 이른 퇴근을 하고 말았다. 아파트 지하 주차장에 차를 세우고 움직여가는 걸음이 무거웠다. 밤보다 까만 피곤이 스며들었다.

"재혁 오빠!"

어느 구석에서 유라가 나타냈다. 갑작스러운 등장에도 재혁은 무심한 눈길로 유라를 응시했다. 붉게 칠한 입술이 어린 목숨을 산 채로 잡아먹은 구미호였다.

"오늘은 일찍 퇴근할 줄 알았어. 그런데, 오빠는 나를 피해 다니기에 바쁘잖아. 그래서 어쩔 수 없이 이렇게 나타났지."

"난 널 구태여 만날 이유도 없지만, 일부러 피할 이유는 더더욱 없어. 피곤하다!"

속눈썹 하나 흔들리지 않는 재혁의 말은 지하 주차장보다 추웠다.

"기다려, 오빠. 내가 보낸 선물은 잘 받았지?"

재혁의 발걸음이 순식간에 멎었다. 우뚝. 허수아비처럼.

"그 사진을 찍은 게 거의 10시가 넘어서였거든. 그러고 나서 두 사람이 어떻게 한 줄 알아? 그대로 하유의 빌라로 올라갔고 금방 불이 꺼지더라. 그날 밤 다시 내려오지도 않았어. 오빠도 알지? 하유가 살고 있는 하대동 탑마트 근처의 3층짜리 빌라 말이야."

"무슨 말이 하고 싶은데?"

재혁은 돌아선 그대로 주먹을 그러쥐었다.

"제발 여하유의 실체에 대해서 알라고. 그게 왜 멀쩡한 집을 놔두고 따로 나갔겠어? 남자들을 아무 때나 끌어들여 난잡한 생활을 즐기려고 그런 거잖아."

유라는 고심을 거듭했지만 선택한 단어는 고작 이따위였다.

"너!"

재혁이 순식간에 몸을 돌렸다. 난폭하게 유라의 목을 쥐었고 재혁의 밀어붙이는 힘 때문에 유라는 벽에 가서 부딪쳤다.

"구유라! 너야말로 똑똑히 알기를 바라!"

유라가 헐떡였지만 재혁은 일말의 자비심도 없었다.

"내가 널 참아 주는 것이나 니가 감히 우리 하유에 대해서 할 수 있는 말에는 한계가 있다. 내가 너나 하대동 이모님의 실체를 모른다 생각해?"

"왜 이래? 나, 무서워. 오빠가 여하유의 실체에 대해 하나도 모르고 속고 있는 게 안타까워서, 그런 거야."

유라는 불쌍한 척 눈물을 글썽였다. 사실은 미쳤냐고, 당장 놓으라고, 고함을 지르고 싶었다.

"하유는, 우리 하유는, 그럼에도 불구하고 너를 감싸고돌더라."

재혁은 자신이 절망스럽고 원망스러웠다. 은순이 남긴 단 한 마디의 유언을 지켜주고 싶다는 하유의 마음을 저 또한 지켜주고 싶었다. 그런데, 그렇기에, 미처 헤아리지 못했다. 은순의 장례식장에서조차 독을 퍼부어댔던 모녀였다. 그런 그들이 지난 1년간 아래윗집으로 살면서 하유를 어떻게 대했을지 미처 짐작하지 못했다. 유라와 지순이 가해자면 저는 방관자였다.

"이 팔, 내리시죠!"

그때, 상우가 뒤로 다가와서 재혁의 팔을 붙들었다.

"고고하신 의사 선생님께서 연약한 여동생에게 폭력을 사용하시면 됩니까?"

상우가 팔을 잡아 내렸고 재혁은 순순히 물러났다.

"재혁 오빠! 잘 생각해. 난 정말 오빠를 도우려고 그런 거야."

상우의 손에 끌려가면서도 유라는 말을 남겼다. 상우는 유라를 태워 안전벨트까지 꼼꼼히 점검을 해 준 후에 핸들을 잡았다.

"어쩌냐? 우리 오빠, 되게 충격을 받은 얼굴이네. 하지만 이제야 실체를 알았겠지?"

"거기 찬 수건으로 마시지나 해."

유라는 수치심도 모르고 웃어젖혔다. 상우의 표정은 참담했다. 이 일은 결국 유라 저를 잡아먹는 덫이 될 게 상우에게는 뻔히 보였다.

재혁은 유라의 목을 내리눌렀던 제 손을 만져보았다. 어쩌다 평정심을 잃어버렸다. 하지만 구토처럼 치민 분노의 이유가 무엇인지는 정확하게 모르겠다. 온갖 생각의 단편들이 뒤섞여서 뿌연 먼지 속에 서 있는 기분이었다. 하지만 명확한 단상이 딱 하나는 있었다. 바로 정은이가, 그 애가 나를 속였다!

학원의 오픈 테스트가 있는 저녁이었다. 그랜드 피아노 주변으로 기만과 숙영, 하유와 정은이 둘러앉았다. 약 30미터 간격을 띄워 두었다. 입시 실기장과 비슷한 분위기를 연출한 이를테면 피아노 입시 실기 모의고사 시간인 셈이었다.

서진이 먼저 베토벤 피아노 소나타 3번을 연주하기 시작했다. 초입에서는 빠른 속도의 손가락이 스타카토로 끊어지다가 차츰 부드럽고 느린 음으로 이어지고 그다음 다시 빠른 건반의 움직임이 경쾌해진다.

"윤서진! 분명히 첫 부분의 스타카토는 좀 더 가볍고 경쾌하게 하랬잖아."

5분은 넘기고 6분은 못 되는 연주가 끝이 났다. 기만의 날카로운 지적이 날아들었다. 서진이 초입 부분을 반복해 보였다.

"손을 좀 더 가볍게 들고 손등의 둥근 모양이 흐트러지면 안 된다고도 했지?"

기만은 여전히 불만스러운 표정이었다. 평소에는 권위 의식 비슷한 것도 보이지 않지만, 오픈 테스트 날만은 돌변을 했다. 매서운 질책이 몇 번을 더 이어졌고 결국 서진은 눈물을 훌쩍이며 피아노 앞을 물러났다.

다음으로 희원이 선택한 곡은 쇼팽 에튀드 Op.10이었다. 왼손이 한 화음을 계속 누르고 있는 동안 오른손은 6옥타브에서 3옥타브까지 재빨리 건반을 지나 오르락내리락 연속해야만 한다. 1초에 거의 4번은 건반을 두드리는 희원에게 딱 어울렸다.

"손희원! 그렇게 건반이 끊어지면서 내려오면 어떡해? 재빨리 연결해서 빈틈이 없게 만들라고 했지?"

이번에는 희원의 담당인 정은이 소리를 높였다. 기만도 만족스럽지 못한 표정이었다. 희원이 다시 연주를 해 보였다. 정은의 지적이 다시 이어졌고 마지막에는 기만까지 한 소리를 보탰다. 하지만 희원은 눈물 같은 건 보이지 않았다.

테스트가 끝나고 짐을 챙기기 시작했다. 점심, 저녁 두 끼를 학원에서 해결하는 기만의 가족은 짐 가방이 많았다. 하유와 정은은 먼저 가방을 메었고 희원은 제 레슨실에서 가방을 챙겨 나왔다.

"작가 샘, 요즘 연애하죠? 갈수록 예뻐지시네요!"

희원은 모두에게 인사를 한 후에 실실 웃으며 나갔다.

"쟤, 왜 저래? 11월에 더위를 먹은 것도 아니고."

하유는 놀랐고 정은은 어이가 없어 했다. 그러다 정은은 약삭빠르게 제 말을 보탰다.

"하유야! 이 언니가 말이다. 널 위해 무슨 일을 하든 그건 정말 다 너를 위해서 한 일이라는 것을 꼭 기억해 주기를 바란다."

정은은 하유의 어깨까지 제법 토닥였다. 그러고 있는데 정은의 휴대폰이 울렸다. '재혁 오빠'가 화면에 떠올랐다. 하지만 정은은 벨소리를 죽인 후 가방 속에 집어넣어 버렸다.

그 주에 하유가 성자와 토론한 도서는 윤홍균의 <자존감 수업>이었다. '하루에 하나 나를 사랑하게 되는 자존감 회복 훈련'이라는 부제가 붙어있었다.

"자존감은 참 중요하죠. 그런데 사람들은 종종 자존감과 자존심을 혼동하니 안타까울 때가 많아요."

토론의 마지막에 성자가 덧붙인 말이었다.

"맞습니다. 사람은 누구나 자신의 의미와 가치를 자신의 내적인 것에서 찾아야 해요. 그런데 자꾸만 타인과 비교하여 외적인 면에만 초점을 맞추니 자존감은 떨어지고 필요 없는 자존심만 높아지게 되는 거죠."

"그래요. 자존심으로 치면 늙은 몸에 이제는 휠체어 없이는 살아갈 수 없는 나만큼 비참한 인생도 없겠죠."

말은 그렇게 해도 성자의 얼굴에는 자존감이 가득했다.

"우리는 모두 잠재적인 장애우입니다. 언제 어디에서 어떤 사고를 만날지도 모르는 게 현대인의 삶이죠. 잘못된 생각의 휠체어에 올라앉은 사람들이야말로 진정으로 비참한 삶이죠."

"어쩜 여 선생은 생각이 그리도 곧고 바른지? 이렇게 반듯하게 길러낸 부모님은 어떤 분들이실까 궁금하네?"

성자는 지나가는 말처럼 슬쩍 물었다. 순간 하유는 망설일 수밖에 없었다. 성자는 시곤의 고모할머니. 아직 시곤의 가족 아무에게도 인사를 하지 않은 상태에서 부모님의 부재를 성자에게 먼저 말을 해도 좋을지? 하지만 진실은 모든 것을 이기는 무기였다.

"작년에 부모님이 모두 세상을 떠나셨고 형제는 아무도 없이 저 혼자입니다."

무겁지만 불편하지는 않은 침묵이 지나갔다.

"어쩜 여 선생이랑 나랑 처지가 똑같네요. 나도 부모님이 모두 세상을 떠났고 남편도 올 초에 잃었답니다."

성자는 선뜻 그런 말로 하유를 격려해 주었다. 벽에 걸린, 시곤이 그린, 초상화 속의 미소보다 더 하유에게 힘이 되었다. 하유는 대문을 나서면서 성자의 말을 되새겨 보았다. 반복하니 마음이 더 따스해졌다.

"하유 씨, 수업은 잘했어요?"

시곤은 브라프와 함께 골목 앞에서 기다리고 있었다.

"고모할머님이 너무 영민하셔서 재미있게 이야기를 나누고 토론도 활발했어요."

"힘든 일은 없었어요?"

"사실, 오늘 고모할머님께서 저희 부모님에 대한 이야기를 물어보셨어요. 일부러 물어보신 건 아니고 지나가던 말끝에 이야기가 나와서. 그래서 사실대로 말씀드렸어요. 괜찮을까요?"

"사실대로 말을 안 했으면 그게 안 괜찮은 겁니다. 우리 고모할머님, 현명하신 분이에요. 하유 씨의 주변과는 상관없이 지금까지 봐 온 그대로의 하유 씨만을 봐주실 거예요. 저번에도 하유 씨의 편이 되어 주시겠다고 했다면서요?"

시곤은 규와의 갈등은 단 한 자락도 내색하지 않았다.

"곤이 씨의 전화번호가 적힌 쪽지를 건네주시며 그렇게 말씀하셨죠.”

“그러면 이미 우리의 쪽에 서신 겁니다.

하유는 시곤이 이 결과를 위해서 얼마나 많은 우연을 만들었는지는 상상도 못 했다.

그 주의 토요일, 시곤은 하유를 데리고 벨롱 예술 가게에 갔다. 금산면 입구 바로 맞은편에 위치한 이 카페는 예술인들의 활동 공간이었다. 밴드 동아리, 장애우 성장 교실, 북 토크, 미니 음악회 등을 진행하는 실내에는 갖가지 악기들과 악보, 장애우들의 작품들이 전시되어 있었다.

“진주에 이런 곳이 있었네요.”

하유는 처음 와 보았다.

“나도 도민혁 밴드의 음악회에 참석하면서 처음으로 알게 되었어요.”

진주를 중심으로 활동하는 도민혁 밴드의 리더는 발달장애 청년 도민혁인데 드럼 실력이 ‘드림’ 수준이라고 시곤이 설명했다. 이 예술 가게의 주인인 현희는 민혁의 어머니로 때로 밴드에서 싱어로 함께 공연하기도 한다고 덧붙였다.

“영화를 보자고 해서 극장에 가는 줄 알았어요.”

시곤은 함께 보고 싶은 영화가 있다고 했다.

“내가 필름을 돌리고 정리까지 하는 걸로 해서 임대를 했어요.”

“비용이 많이 들었을 텐데.”

“많이 안 비쌌어요. 여기 사장님이랑 인연이 있거든요. 저기를 봐요.”

시곤이 검지로 액자 두 개를 가리켰다. 시곤의 솜씨임이 분명한 꽃

그림들이었다.

영화는 <아일라>였다. <아일라>는 2018년 터키와 한국 양국에서 동시에 개봉을 하였다. 터키에서는 대대적으로 흥행을 하였다. 하지만 사전 홍보도 없었고 언론에서도 주목하지 않았던 국내에서는 겨우 4만의 관객 수를 기록한 후에 초라하게 퇴장하였다. 가슴 아픈 역사를 기록하였고 아일라, 슐레이만, 두 주인공의 슬픈 후일담까지 존재하는 실화 영화인데도 아쉽게 묻히고 말았다.

화면이 반전되었을 때, 시곤의 눈가가 축축했고 하유의 눈도 부어 있었다.

"아름다운 영상을 보며 울 수 있는 건 인간에게 허락된 축복입니다. 그래서 지금 난 하유 씨가 참 예뻐요."

시곤이 하유의 양쪽 눈에 번갈아 가며 입을 맞추었다. 잠시 후, 시곤은 연두색의 꽃잎을 유리 포트에 넣었다. 덥힌 물을 붓자 꽃잎은 더 짙은 연두색으로 우러났고 불에 그을린 듯한 지푸라기 냄새가 주변으로 피어올랐다.

"하유 씨, 아일라가 터키어를 익혀 처음으로 슐레이만을 아빠라고 부르던 장면 기억나요?"

슐레이만은 기쁨에 차서 아일라를 치켜들고 함께 지내는 군인들에게 자랑을 했다.

"만약 아일라가 터키어를 배우지 못해서 끝내 말 한마디 못하고 헤어졌다면 어땠을까요?"

"서로 마음이 그렇게 깊어질 수는 없었겠죠. 그냥 한국이라는 나라의 고아 아이 한 명, 먼 이국땅의 파란 눈 아저씨 정도로 서로를 기억하다가 잊었겠죠."

"맞아요. 하지만 똑같은 말로 마음을 교감하였기에 수십 년이 흘러도 서로를 잊지 않고 다시 재회할 수 있었어요."

시곤의 눈빛이 깊어졌다. 하유는 순간 시곤이 할 말이 있음을 깨달았다.

"백자귀의 밤에도, 우리가 오해를 풀고 다시 만난 10월의 밤에도, 하유 씨는 자신이 아일라를 닮았다고 했죠. 그래서, 나는 하유 씨의 슐레이만이 되고 싶어요."

"이미 그랬어요."

"하지만 한편으로는 하유 씨가 자신의 이야기를 먼저 해 주기를 기다리기도 했어요. 그런데, 지금부터는 그러지 않으려고요. 우연히 알게 되었습니다. 하유 씨의 이모 댁 이야기."

시곤은 망설임이 없었다. 이제 하유는 시곤이 하고 싶은 말들이 무엇인지 깨달았다.

"그래도 설마 정은 씨에게 확인까지 했어요. 난 아니었으면 했는데 맞더군요."

하유는 학원의 오픈 테스트 날에 정은이 한 말이 떠올랐다.

"이 언니가 말이다. 널 위해 무슨 일을 하든 그건 정말 다 너를 위해서 한 일이라는 것을 꼭 기억해 주기를 바란다."

"미안해요. 속일 생각은 없었어요. 언젠가는 말을 하려고도 했고요."

하유에게 남은 가까운 피붙이라고는 유라네 가족이 다였다.

"그렇게 말하지 말아요. 속였다고 생각하지도 않았고 하유 씨가 미안할 일도 아닙니다. 하유 씨의 선택도 아니고 하유 씨가 뿌린 씨앗도 아닌 일에 대해 사과 같은 건 하지 말아요. 하유 씨와 얽히지만 않았으면 나는 알 필요조차 없는 사람들입니다."

시곤이 찻잔 위로 하유의 손을 감쌌다.

"이모 가족들에 대해서 좀 알아보았습니다. 하유 씨의 아버지가 직접 지어서 남기셨다는 집, 이모와 공동명의로 상속이 된 과정에 분명히 문제가 있더군요. 그리고 이모부라는 사람, 사기 전과가 있는 것도 알게 되었어요."

시곤은 이 부분에서 원의 아버지인 5촌 당숙의 힘을 빌렸다. 당숙은 변호사답게 법률 자문과 상속 서류에 대한 부분들까지 아낌없는 지원을 해 주었다.

"미안, 아니, 실망스러웠죠?"

한편 하유는 시곤이 철구를 언급하자 인상을 찡그리고 말았다.

"그렇지 않아요. 대신 난 이제 무언가를 할 겁니다. 하유 씨를 위해서, 하유 씨를 사랑하는 내 마음을 위해서. 그래서 먼저 그래도 된다고 하유 씨의 허락을 구하고 싶어요."

하유는 목이 메인 채로 고개를 끄덕였다.

"그리고 하유 씨한테 확인도 하고 싶어요. 6월에 하유 씨가 우리 시골하우스로 왔던 때도 분명 그 가족들과 얽힌 일이 있었던 거죠?"

하유의 눈앞으로 번들거리던 철구의 상체가 지나갔다.

"캐물으려는 것, 절대 아니에요. 오늘 나한테 그 이야기를 던져 버려요. 그리고 이후로는 하유 씨의 기억에서든 마음에서든 그 일은 완전히 삭제해요."

하유는 한참 만에야 이야기를 시작했다. 시곤이니까, 시곤이라서 가능했다. 시곤은 표정 변화 없이 귀를 기울였다. 하유가 힘이 들어할 때면 찻잔을 건네며 기다려주기도 했다. 이야기가 끝났을 때도 시곤은 여전히 평안한 얼굴이었다. 하지만 그 속은 폭발 직전의 활화산처럼 분노하고 있었다.

"이리 와 봐요."

시곤이 하유를 제게로 끌어당겼다.

"그런 일을 혼자 다 겪어 내다니. 그러고도 말갛고 밝은 웃음을 회복하다니. 이런 하유 씨를 사랑하게 해 줘서 고마워요."

"나도 고마워요. 나에 대한 마음을 멈추지 않아서."

하유가 시곤의 입술에 제 입술을 눌렀다. 곧 시곤이 하유의 양 볼을 감쌌고 그러자 입맞춤은 한층 깊어졌다. 시곤은 하유의 모든 생과 모든 호흡과 모든 시간 속을 파고들었다. 하유는 시곤의 모든 삶과 모든 숨결과 모든 순간들 안으로 밀고 들어갔다. 생과 삶이 얽혔고 호흡과 숨결이 얽혔고 시간과 순간이 얽혔다.

<이동원 내과병원>의 개업 15주년을 기념하는 회식 자리였다. 이동원 이사장을 비롯하여 각 내과와 신장내과, 순환기내과의 모든 의사들과 간호사들, 방사선과, 초음파실, 인공신장실의 전 직원이 모였다.

"은 선생, 오늘도 술은 안 마셔요?"

"난 됐어요."

재혁은 옆에 앉은 예찬이 건넨 잔을 거절했다.

"그러지 말고 한잔해요. 나도 술을 즐기는 사람은 아니에요. 하지만 요즘 은 선생 머리가 복잡한 것 같던데, 고민이 뭔지는 몰라도 이 술 한 잔이면 또 다른 길이 보일지도 모르죠."

"술기운을 빌어서 뭔가를 하는 건 좋지가 않아요."

재혁은 자신을 비웃었다. 바보 천지 주제에 제 감정도 단속을 못해 흘리고 다녔나 보았다.

"은 선생, 그렇게 칼로 자른 듯 반듯하게만 살려고 애쓰지 말아요. 우리야 환자들 앞에 메스를 들고 선 외과 의사도 아닌데 조금은 자신에게 너그러워도 되는 것 아닙니까?"

"진정한 너그러움은 타인에게 베푸는 것이죠."

그때, 저만치에 앉아있는 경민이 재혁을 응시하며 엉덩이를 달싹였다. 친한 척 살살거리는 눈웃음이 재혁과 예찬 사이를 파고들 기세였다. 순간 재혁은 술잔을 말끔히 비워내었다.

"임 선생, 일전에 소개팅은 어떻게 됐어요?"

재혁은 일부러 제가 먼저 말을 걸기도 했다.

"일찍도 물어보시네요. 지금 잘 만나고 있고 내년 가을쯤에 결혼할까 생각하고 있어요."

"그렇게 빨리요?"

"빠르기는요. 혼자서 해 먹는 밥도, 사서 먹는 식당 밥도, 이제는 지겹네요. 그리고 무엇보다 함께 있으면 안정감이 들어요. 나한테 특별히 해 주는 것도 없는데. 그래서 다들 결혼이라는 것을 하나 봅니다."

"잘된 일이네요."

"은 선생은요? 설마 진짜로 은희를 키워서 은 선생의 옆자리에 세우려는 건 아니죠?"

"아동청소년보호법을 위반하고 싶은 생각은 조금도 없습니다."

"봐요, 은 선생. 술이 들어가니 은 선생도 평소에 하지 않던 농담을 하네!"

예찬이 다시 술병을 기울였다. 재혁은 이번에도 마다하지 않았다. 술잔이 비워졌고 재혁은 재킷의 안주머니에서 휴대폰을 꺼냈다. 기다리던 전화도, 부재중 전화도. 찍힌 것이 없었다. 저번 토요일 이후로 정은이 벌써 세 번이나 제 전화를 무시했다.

재혁은 문득 그 해의 봄날과 여름날이 떠올랐다. 아파트로 이사를 하기 전이었다.

늦게 군대를 갔고 4월에 제대를 했다. 복학까지는 시간이 남아 매일 아침 도서관에 가서 공부를 하였다. 그때 토요일과 일요일 아침이면 항상 재혁의 뒤를 따라왔던 것이 피아노 선율이었다. 피아노에 대해 알지는 못했지만, 그 선율이 아름다웠다. 정례는 하유가 치는 모양이라고 했다. 입시생이 무슨 피아노냐고 했더니 그것도 나름의 입시 스트레스 해소법이 아니겠냐고도 했다.

그때부터, 어리게만 보았던 이웃집의 아이가 특별하게 보이기 시작했다. 때론 한밤중에도 피아노 선율을 들은 듯했다. 재혁의 갈비뼈가 몽땅 하얀 건반으로 변하고 그 건반 위를 하유가 눌러대는 것 같았다.

그래서 정례가 여름방학 동안 하유의 영어공부를 봐 주면 안 되겠냐 물어왔을 때 흔쾌히 허락을 했다. 처음 영어를 가르치러 간 날, 하유와 같이 서 있던 커트 머리의 아이가 정은이었다.

"한 잔 더 하실래요?"

예찬이 다시 권하는 술이 재혁을 상념에서 불러내었다. 여전히 흘끔거리는 경민을 무시하며 재혁은 술잔을 비웠다.

한편 정은은, 제집 거실에 주저앉아 휴대폰을 들여다보고 있었다. 멀쩡한 소파를 놔두고 바닥에 웅크린 모습이 사뭇 가여웠다. 화면에는 재혁 오빠라는 이름이 떠 있었다. 그동안의 통화내역과 부재중 전화 3통의 기록을 훑어보고 또 훑어보았다. 싫증도 나지 않았다.

재혁의 전화를 피하는 것은 예전의 저라면 상상도 못할 일이었다. 하지만 지금은 재혁의 목소리조차 듣고 감당할 자신이, 정은은 없었다. 일주일 전, 비틀거리고 만 저의 발걸음을 잡아주었던 재혁이 그리고 그의 품이 자꾸만 생각이 났다.

그때, 누군가 현관문을 두들겼다. 벽시계를 보니 10시가 넘었다. 시곤과 한창 데이트 중일 하유가 벌써 돌아온 모양이었다.

"여하유! 돌아왔으면 고이 잠이나 잘 것이지, 오늘은 또 설시곤 씨에 대한 무슨 자랑질로 내 염장을 지르려고……?"

정은은 말을 마무리하지 못했다. 재혁을 향한 제 마음처럼 활짝 열린 현관문 밖에 선 사람은, 뜻밖에도 재혁이었다. 순간 환상인가 싶어 정은은 눈을 깜박거렸다.

"정은아, 나 들어가면, 안 되는, 거니?"

그런데 아니었다. 진짜 재혁이 서서 정은에게 물었다.

"아, 아니야, 오빠. 들어와."

정은은 손잡이를 놓고 멀찍이 물러났다. 재혁에게서 낯선 냄새가 풍겼다.

"회식이 있었어. 술 냄새를 풍기며 집에 들어가기가 뭣해서. 차 한

잔 얻어 마시고 가도 될까?"

재혁은 저의 논리를 비웃었다. 술 냄새를 풍기며 제집에도 못 들어가는 걸, 이 야심한 시간에 정은의 집에는 왜 찾아왔단 말인가?

"오빠가 이 시간에 우리 집엘 다 오고 내일은 해가 동서남북, 막 4개가 뜰 건가 봐. 차는 히비스커스인데, 괜찮지?"

정은은 어지러웠던 제 속은 말끔히 감추었다. 지금 재혁 오빠가 힘들다. 그러니까 저까지 보태는 건 하지 말아야겠다. 정은은 언제나 재혁이 우선이었다. 애써 떨림을 감추며 물을 따라 넣었고 곧 포트가 끓기 시작했다. 정은은 보글거리는 소리가 포트에서 나는 건지 제 심장에서 나는 건지 모르겠다.

"미안하다. 불쑥 찾아와서. 불이 켜져 있기에. 대답이 없으면 그냥 가려고 했어."

재혁은 조용히 잔을 받아 들었다.

"내가 없으면 어쩌려고? 전화라도 하지."

말해 놓고야 아차! 싶었다. 재혁의 전화를 피해서 3통의 부재중 전화를 기록한 것이 바로 저였다. 재혁은 묻지도 따지지도 않았다. 차만 찻잔 속에서 일렁였다.

"정은아."

어느 순간, 재혁이 나직이 불렀다.

"왜요?"

정은은 갑자기 존댓말을 하고 말았다. 속마음은 감추었지만, 바이올린의 현처럼 조여드는 긴장까지 감출 수는 없었다.

"그 사람의 이름이 설시곤이니?"

정은은 하마터면 찻잔을 놓칠 뻔했다.

"그, 그 사람이 누, 누군데요?"

"하유가 만나고 있는 사람. 우연히 병원의 동료를 통해서 오빠도 알게 되었어."

"난 그 사람이 누군지 몰라요."

정말 찻잔을 놓쳤다. 다행히도, 급하게 들이킨 바람에 엎지른 것은 긴장뿐이었다.

"유라는 하유와 설시곤이라는 그 남자의 사진까지 보냈더라."

재혁이 양손으로 이마를 문지르며 고개를 파묻었다.

"난 진짜 모른다니까요."

저의 부정 따위, 소용이 없다. 하지만 재혁이 생전 입에도 안 대던 술까지 마셨다. 그러니까 저의 부정으로라도 그의 괴로움이 덜어지기를 정은은 간절히 소원하였다.

"그럼 지난번에 왜 우리 집 앞을 찾아와서 그런 말을 했니?"

"술을 마셔서 기억이 하나도 안 나요."

물론 토씨 하나 빼놓지 않고 다 기억하고 있다. 재혁의 품까지.

"정은아, 니가 이러니까 오빠가 참 힘들다."

재혁이 고개를 들자 미처 피하지 못한 정은의 눈길과 장면으로 부딪치고 말았다.

"하유의 일은 그렇다 쳐. 왜 넌 날 속였니? 왜 나한테 거짓말을 했어? 우리 병원의 동료가 연주회에서 너와 하유, 그리고 그 남자가 찍힌 사진을 나한테 보여 줬어."

재혁은 도대체 무엇 때문에 괴로운지 여전히 모르겠다. 10년을 끌어온 제 마음이 제대로 말도 못 해보고 끝나버린 것인지, 아니면 끝까지 저를 속이려 드는 정은 때문인지.

"오빠가 비밀을 알려 줄까? 우리 어머니가 내 옆에 세울 사람으로 유라를 점찍으셨어!"

정은의 심장이 재혁의 한숨을 잡고 직선으로 떨어졌다.

"오빠."

한 번도 꺼내 보지 못했던 제 사랑. 단 한 번 엄두조차 내 보지 못했던 제 사랑. 이대로 질식하고 말 줄 알았던 제 사랑. 하지만 너무도 간절히 바라고 원했었다. 한참 만에야 정은이 일어났고 재혁의 앞에 무릎을 꿇고 앉았다.

"난 오빠의 마음을 알고 있어. 10년 동안 내 눈은 항상 오빠를 좇고 있었거든. 그래서 언제나 하유를 좇고 있는 오빠의 눈을 진즉에 알아보았지."

"무슨 말을 하는 거니?"

"내가 한 말을 다 알아들었다는 걸 알아."

"왜 니가?"

재혁의 눈썹이 산처럼 솟구쳤다. 정은에게 이런 고백이 숨겨져 있을 줄은 상상도 못 했다.

"오빠. 그러니까 나는 하유의 대신이어도 좋아."

재혁이 감정을 추스를 틈도 없이 정은의 팔이 재혁의 목을 끌어안았다. 재혁은 바로 정은을 제게서 떼어놓으려고 했다.

"오빠, 그냥 나를 안 밀어내면 안 돼?"

정은의 눈망울이 그렁그렁해졌다.

"말했잖아. 난 하유의 대신이어도 괜찮다고. 지금 당장도 난 상관 없어."

재혁은 정은의 손목을 쥔 제 팔에 더 힘을 주었다. 그러자 정은은 아예 재혁에게로 몸을 기울여 왔다. 순간 재혁은 정은의 연한 화장품 냄새에 휘청거리고 말았다. 연달아 그 밤, 제게 안겨 닿았던 정은의 몸도 떠올랐다. 뭉클한 촉감과 탄탄한 볼륨감을 지닌, 부정할 수 없는 여자였던 그 몸이.

재혁이 정은을 소파 위로 끌어당겨 거칠게 뒤로 밀었다. 그 후 재혁은 제 양팔 안에 정은을 가두고서는 정은을 내려다보았다.

"너, 지금 그게 무슨 뜻인지나 알고 하는 말이야?"

안경 유리에 반사되는 재혁의 눈에는 원초적인 열기가 가득했다.

"그걸 모를 만큼 바보는 아니니까."

정은이 팔을 뻗어 다시 재혁의 목을 끌어안았다. 재혁의 얼굴이 정은의 목덜미에 파묻혔다. 잠시 후에는 재혁의 얼굴이 정은의 얼굴로 다가가기 시작했다.

정은은 찻물을 끓인 후에 분명히 커피포트를 껐었다. 그런데 갑자기 김이 다시 끓어오르기 시작했다. 너무, 뜨거웠다.

백 년을 간다고 백년초. 천년을 간다고 천년초. 미색의 꽃잎을 원피스 자락처럼 피워낸 천년초처럼 우리의 마음도 그럴 수 있을까……?

❧ 천년초 선인장의 꽃말은 <불타는 마음> ❧

악한 자의 구덩이

잠시 맞닿은 정은의 입술은 짭조름했다. 정은이 울고 있었다. 순간 재혁은 혈중 농도 0.001도 되지 않는 알코올의 기운이 확 달아나 버렸다. 재혁의 얼굴과 팔이 동시에 정은에게서 떨어졌다. 재혁이 나직이 정은의 이름을 불렀다. 여전히 재혁을 안고 있는 정은의 목덜미에서는 핏줄이 튀어 오를 것 같았다.

"정은아, 서정은."

재혁은 연거푸 부르고서야 정은의 팔도 풀어내었다. 고뇌가 담긴 그의 눈과 눈물이 고인 그녀의 눈이 맞닿았다. 하지만 차마 서로를 마주 보지는 못했다.

"우리 착한 정은이."

딱 한 마디만 하고 재혁은 소파에서 일어났다.

"오빠 이만 갈게."

하지만 재킷을 들어 올리는 그의 손짓은 힘겨웠다.

"오빠! 아무리 그래도 유라는 안 돼. 유라 만큼은, 절대로 안 돼."

정은이 바닥에 앉은 채 재혁의 오른손을 붙들었다.

"유라 걔가 얼마나 모질고 독한 애인지 알아? 수시로 하유에게 제 독을 퍼부었고 얼마 전에는 학원까지도 찾아와서 하유를 괴롭혔어."

정은아, 오빠도 다 알아. 바보천치같이 인제야 알았다!

"그뿐인 줄 알아? 유라네 가족들은 아버지의 집도 도둑질했어."

재혁은 무슨 말이냐고 묻지 않았다.

"작년에 엄마가 떠나시고 유라네 엄마가, 하유와 유라네 엄마의 공동명의로 상속된 집문서를 보여 줬대. 엄마가 그렇게 만들어 놓았다고. 그리고는 지금은 집을 팔자고 하유를 들볶고 있어."

재혁의 눈에 담긴 고뇌가 먹색이 되었다.

"나도 얼마 전에 알았어. 하유가 오빠에게는 절대 알리기를 원하지 않았고."

"이제 오빠가 알았으니 되었어."

재혁이 다시 멀어지기 시작했다. 돌아선 그 등이 정은에게는 칼날이었다.

"오빠! 나는 싫어? 난 안 돼? 난 그렇게 아닌 거야?"

정은은 그래도 일어나서 그 칼날을 끌어안았다.

"조금 전에 확실하게 봤지? 남자는 몸과 마음이 따로 움직일 수가 있어. 나기를 그렇게 생겨 먹은 게 남자라는 동물이지. 넌 가치 있는 사람이야. 너만의 햇살을 지닌 아이지. 그 가치를, 햇살을, 아무한테나 아무렇게나 막 던지지 마."

재혁이 다시 정은의 팔을 풀어냈고 달팽이처럼 움직이기 시작했다.

"아무한테나, 아무렇게나, 아니야."

정은은 그 달팽이 걸음을 붙잡고 싶었다.

"오빠라서 그랬어. 나는, 다른 누구도 아니고, 오빠니까 그랬다고."

재혁의 발걸음이 잠시 멈추는가 싶었다.

"정은아, 오늘의 책임은 늦은 밤 생각 없이 너를 찾아온 내 몫으로 하자. 갈게."

하지만 재혁은 현관을 나가 버렸다. 칼날에 베인 정은이 털썩 무너진다. 손수건 하나 없이 눈물을 쏟았다.

집으로 돌아온 재혁을 정례는 방에까지 따라 들어왔다.

"아들, 늦었네. 회식이 오래 걸렸구나. 술 마셨니?"

"네. 좀 했어요."

"무슨 일이 있는 건 아니지? 그러니까 얼른 결혼해. 이럴 때 안사람이 꿀물도 타 주고 하면 얼마나 좋아?"

정례는 재혁의 술기운을 틈타 슬그머니 유라에 대한 이야기를 꺼낼 참이었다.

"어머니. 선을 볼게요. 당장 다음 주말부터라도 자리를 알아보세요."

"아니, 내 말은, 유라가 오늘도 고 매니저를 통해 영광굴비를 한 짝이나 보냈어."

"어머니!"

재혁이 정례를 살포시 끌어안았다. 제 어머니는 부족함 없이, 아니 차고 넘치도록 나고 자라서 남을 미워할 줄도 의심할 줄도 모른다. 심장도 약한 어머니가 유라나 지순의 본모습을 알면 얼마나 충격일까? 그러니 오물을 상대하는 것은 저로 족했다.

"어머니, 유라는 그냥 동생이에요. 처음부터 지금까지 그리고 앞으로도.”

동생이라는 표현만으로도 구역질이 솟구쳤다.

“왜 안 하던 행동을 하고 그래? 유라는 그렇게 아니야? 그렇게 마음에 안 맞아?”

재혁은 “*오빠! 나는 싫어? 난 안 돼? 난 그렇게 아닌 거야?*” 정은의 말이 떠올랐다.

“방금 말씀드렸잖아요.”

머리를 저으니 정은의 음성도 흩어졌다.

“알았다. 아들이 그렇게 아니라면 엄마도 더 이상 밀어붙일 생각은 없어. 대신 약속은 꼭 지키기야. 당장 다음 주말부터 약속을 잡는다. 그래도 되지?”

재혁은 다 알아서 하시라 하고 정례를 내보냈다. 넥타이를 풀어 책상 위로 집어던지고 창가로 가서 커튼을 열어젖혔다. 가로등만이 밝혀놓은 거리가 희끄무레 들어왔다.

하유에게 다른 사람이 생겼다. 정례에게 대적하지도 못하는 저와 얽혀봐야 상처만 받을 게 뻔한데 잘 되었다. 경민을 통해 처음 알았을 때부터 축하해 주고 싶었다. 10년을 품어 온 마음이 이렇게 평안할 수도 있다니 오히려 의아하였다.

지금 귀와 생각에 쟁쟁한 것은 오히려 정은이었다. 정은의 음성과 울먹임, 처음 알게 된 정은의 마음. 돌이켜 보면 항상 재혁의 옆에 있는 것은 정은이었다. 정은을 통해서 하유의 안부를 물었고 정은을 통해서 제 생각을 하유에게 전달했다. 힘든 일이 생기면 정은이 떠올랐고 그래서 정은의 목소리를 들었었다. 하유에게 다른 사람이 생겼다는 것보다는 정은이 저를 속였다는 사실에 더 충격을 받았던 것이 그 이유에서였다. 사실 아까도 그래서 돌아볼 수가 없었다. 울고 있는 정은을 참지 못하고 다시 안아버릴까 봐서.

이틀 후, 재혁은 호텔 제이 스퀘어의 바에서 누군가를 기다리고 있었다. 술잔은 놓여있지 않았다.

"많이 기다렸어?"

역한 화장품 냄새, 콧소리와 함께 다가온 사람은 유라였다.

"이렇게 빨리 연락할 줄은 몰랐네. 나한테 되게 고맙지?"

유라는 재혁의 문자만 받고도 뛸 듯이 기뻤다. 선약도 취소하고 상우를 닦달해 단숨에 달려왔다.

"넥타이가 비뚤어졌네. 내가 좀 봐 줄게."

유라가 친한 척 손을 내밀었다. 재혁은 미동도 없이 있다가 그 손을 쳐 냈다.

"바로 너를 만나려고 했는데, 나도 준비하느라 시간이 걸렸어."

"왜 이래, 무섭게?"

유라는 그제야 재혁의 굳은 얼굴을 보았다.

"하유의 집, 절반의 시세에 해당하는 금액이야."

재혁은 한 번도 유라를 보지 않고 테이블 위에 봉투 하나를 얹었다.

"이것 받고 다시는 하유의 주변에서 얼쩡거리지 마. 니 부모에게도 전해 주고."

"무, 무슨 말이야?"

유라의 얼굴이 한순간에 백장미가 되었다.

"못 알아들어? 너의 엄마가 가진 하유의 집 절반에 대한 금액이니까 서류 정리하고 두 번 다시는 하유 앞에 나타나지 말라고."

"왜 나한테 화를 내? 잘못한 사람이 누군데? 하유 고게 오빠한테 뭐라 속살거린 건데?"

유라는 도대체 분위기 파악을 못했다.

"구유라, 잘 들어."

재혁이 일어나 상체를 기울였다. 유라는 지하 주차장의 일이 떠올라 움찔했다.

"내가 너를 만난 것도, 돈을 건네는 것도, 내가 무슨 행동을 해도, 그건 다 하유를 위해서야. 그러니까 감히 그 입에 하유의 이름을 올리지 마."

"오빠 미쳤어. 순진한 척 꼬리를 쳐 대는 고것한테 홀랑 넘어간 거라고."

"구유라! 우리나라는 헌법과 법률이 존재하는 법치 국가야. 그중 있지도 않은 말로 타인을 비방하는 것은 무고죄, 타인의 사유재산을 가로채는 것은 사기죄라는 법률이 심판을 해. 너희 가족들은 이 두 가지에 다 해당하는 것 같은데."

이판사판 유라는 재혁에게 오른손을 힘껏 날렸다. 재혁이 알아버렸다. 거짓말이나 억지가 통할 것 같지도 않았다. 어차피 조건을 보고 선택했는데 이렇게까지 저를 모욕하는 재혁을 참을 필요도 이유도 없었다. 하지만 바로 재혁에게 잡히고 말았다.

"하나 더! 다시는 우리 어머니의 주변에도 나타나지 마. 너나 너의 엄마를 다시 보게 되면, 그때는 나도 내가 무슨 짓을 하게 될지 몰라."

재혁은 나가버렸고 유라는 위스키를 주문했다. 돈 봉투는 이미 챙겨 넣은 후였다.

"고 매, 어디야?"

술과 함께 입술을 질경거리다가 유라는 상우에게 전화를 걸었다.

"왜 이렇게 빨리 전화를 했어? 시간이 걸릴 줄 알고 저녁을 먹으러 왔는데."

상우는 호텔 바로 앞 편의점에서 컵라면을 반쯤 비운 상태였다.

– 지금 당장 늘 가던 호텔방을 예약해.

"뭐? 너, 설마 그 의사랑……?"

상우는 입에 넣었던 라면을 쏟고 말았다.

– 닥치고. 예약한 후에 거기에서 딱 기다리고 있어.

"유라야! 그럼 그 의사랑 역시 잘 안된……?"

말을 하는 중인데 유라는 전화를 끊어버렸다. 하지만 상우는 환호성을 지르며 의자에서 일어났다. 얼마 전의 일은 결국 유라 자신이 잡히는 덫이 되고 말았다. 이제 유라는 온전히 제 여자가 될 판이었다.

12월이 되었고 백화점은 벌써 성탄절의 분위기였다. 유라는 상우를 거느리고 쇼핑을 하는 중이었다. 이제 재혁과의 결혼은 파토가 난 노름판이었고 제가 받은 모욕은 생각만으로도 치가 떨렸다. 하지만 위자료로 빳빳한 수표 1장을 챙겼다. '여기에서 저기까지 다.' 텔레비전에서 본 장면을 흉내 내 보았다.

여직원은 허리가 부러질 정도로 인사를 했다. 유라가 한 달에 두 번은 꼭 들르는 VIP 고객이긴 해도 이렇게 많이 구매한 적은 없었다.

"이걸로 계산해 줘요. 사인은 어디에다가 하면 되죠?"

유라가 수표를 꺼내자 여직원이 결제를 시도했다. 그러다 얼굴빛이 바뀌었다. 한 번 더 시도해 보았다. 얼굴빛이 그대로였다.

"고객님, 죄송합니다. 잠시만 기다려 주세요."

여직원이 다시 한번 허리가 부러지도록 인사한 후 어딘가로 갔다. 잠시 후에 모습을 드러냈을 때는 혼자가 아니었다. 매니저라는 직함을 단 여자가 같이 왔고 수표를 들고 결제를 시도했다. 곧 똑같은 표정이 되었다.

"고객님, 죄송합니다만 착오가 있으실까요? 분실 수표로 확인이 됩니다."

"무슨 말이에요?"

유라의 음성이 높아졌고 상우는 안절부절 손을 비볐다.

"재차 삼차 확인을 했는데 영업점에 분실 수표로 등록이 된 상태입니다."

"본인한테 직접 받은 거예요."

"저희도 곤란하네요, 고객님."

"이 봐, 고 매. 고 매도 알지?"

유라가 상우에게 지원을 하라고 눈짓을 했다. 상우는 직접 보았다고 거짓말을 했다.

"그렇다면, 주신 분에게 확인 전화를 해 보시는 건 어떨까요?"

잘못한 것도 없으면서 여직원이나 매니저나 계속 '죄송합니다' 였다.

유라는 인상을 구기며 전화를 걸었다. 신호음이 10번이 넘도록 재혁은 받지 않았다. 다시 걸었다. 마찬가지였다. 결국, 5번째로 전화를 걸었을 때야 연결이 되었다.

– 무슨 일이니?

안부 인사도 없는 재혁의 음성은 기계음이었다.

"오빠야말로 무슨 일이야? 나한테 선물했던 수표, 분실 수표라고 떠."

– 그래?

"똑바로 말을 해. 지금 백화점에 있는데 내 입장이 곤란하단 말이야."

– 내가 왜 그래야 하지?

"은재혁! 지금 장난해?"

유라는 이제 재혁에게도 막 가자고 덤볐다.

"전화를 바꿀 테니까 제대로 해명을 하란 말이야."

유라가 휴대폰을 집어던지듯 매니저에게 건넸다.

"네, 고객님. 네. 수표의 일련번호와 은행 영업점부터 확인해 주실 수 있을까요?"

매니저의 물음에 재혁이 답을 하는 소리가 들렸다.

"그럼 어떻게 처리를 해 드릴까요?"

통화는 순식간에 끝이 났다.

"고객님, 확인되었습니다. 가방만 놓아두시면 되겠습니다."

매니저에게서 수표를 낚아채는 유라의 얼굴이 안쓰러울 정도였다.

"낭비벽이 너무 심해 버릇을 가르치려고 그랬대."

돌아서는 유라의 등 뒤에서 매니저가 직원에게 속삭였다. 유라의 손안에서 수표가 구겨졌다.

"은재혁! 여하유! 너희들 진짜, 내가 절대로 가만히 안 둬!"

수표는 갈기갈기 찢어 공중에 날려버렸다. 곧 재혁의 문자가 도착했다.

<애초에 니 것도 아니었던 것을 뺏긴 듯한 기분이 어떠니? 그러니 온전한 제 것을 빼앗긴 하유의 마음은 어떨까? 그리고 난 널 절도죄로 신고할 수도 있었다. 그런데 네 인생이 불쌍해서 안 했어. 하유도 마찬가지일 거다.>

문자를 확인한 유라의 입에서 상우마저 소름이 돋을 욕설이 터져 나왔다.

한편 재혁은 문자를 보낸 후 정은의 이름을 열어 들여다보았다. 정은의 목소리를 들으며 휘저은 구정물처럼 솟구친 제 마음을 이야기하고 싶다. 하지만 번호를 누를 수가 없었다. 이제는 선뜻 그러면 안 되는 사이가 되었다. 정은과 저는.

항상 가는 애견 카페였다. 시곤은 하유를 위해서 도라지 차를 주문했다. 온도가 점점 낮아지면서 시곤은 논술 수업을 해야 하는 하유의 목을 걱정했다.

"그런데 정말 누구를 만나는 거예요?"

시곤이 할아버지나 부모님에게 인사를 드리는 것은 좀 시간을 두자고 했다. 그래놓고는 아주 중요한 사람이라고 했다.

"이제 금방 올 거예요. 그러니까 잠시만 더 두근거리고 있어요."

출입문으로 누군가가 들어섰다. 브라프가 제일 먼저 알아보고 몸을 일으켰다.

"어! 희원이 학생!"

"원이 왔구나."

하유와 시곤이 동시에 말했다.

"형, 나 왔어. 작가 샘, 안녕하세요?"

"하유 씨, 인사해요. 내가 몇 번이나 이야기했죠? 내 육촌 동생인 원이에요."

하유는 눈이 동그래져 번갈아 쳐다보았다.

"작가 샘, 내가 곤이 형 동생이라 놀랐죠? 아니지. 형수님이라고 불러야 되나?"

가족들은 시곤을 곤이라고 부르는 것처럼 희원 또한 뒤의 글자만인 원으로 부른다고 했다.

"내가 형수님을 속였다고는 생각하지 않으면 좋겠어요. 나는 진즉에라도 말을 하고 싶었는데 형이 조만간 정식으로 인사를 시킬 테니 기다리라고만 해서."

"그런 생각, 안 해요. 오히려 희원이 학생이 곤이 씨의 동생이라서 좋은 걸요."

하유는 거미줄처럼 촘촘히 엮여 있는 우연들이 신기했다.

"역시 우리 형수님은 마음이 넓어. 그런데 언제까지 희원이 학생이라고 부를 거예요? 학원에서는 모르겠지만 밖에서는 도련님이라고 불러 주세요. 도련님!"

"차츰 그러면 되지. 바로 그게 되니?"

시곤이 하유의 편을 들었다.

"형은 좀 가만히 있어. 사람이 사랑에 빠지더니 사리 분별이 사망이야."

"원이 넌 머리부터 어떻게 해. 입시만 끝나면 자르겠다고 약속했잖아."

"불리해지니까 나한테로 화살을 돌리는 것 봐라! 뻔뻔하기는!"

원이 꽁지머리를 만지작거렸다. 정은이 그랬다. 희원은 피아노를 치는 제 어깨 위로 머리카락이 찰랑거리는 느낌을 좋아한다고.

오늘의 논술 내용은 <별주부전> 이었다. 문제집에 나와 있는 토끼와 자라의 이야기를 은찬이 한 문단, 은결이 한 문단 읽었다.

"잘 읽었어요. 이제 문제에 답을 써 볼까요? 되도록 길게 써 보는 거예요."

은찬과 은결이 연필 한 자루씩을 뽑아 들었다.

"작가 선생님, 다 했어요."

"저도요."

은찬과 은결이 동시에 문제집을 내밀었다. "별주부전을 소리 내어서 잘 읽었나요? 그렇다면 글을 읽고 난 후에 든 나의 생각을 적어 보세요?" 질문에 답이 달려 있었다. 은찬은 "거짓말을 하는 토끼를 보니 불쌍하다는 생각이 들었다.", 은결은 "아무리 힘든 일을 만나도 생각을 해 보면 좋은 길이 열린다."라고 적었다.

"은찬아, 거짓말을 하는 게 좋은 일이에요?"

하유는 먼저 은찬에게 물었다.

"안 되죠. 우리 엄마가 거짓말이나 욕설을 하면 입에서 뱀이 나온대요."

"그런데 토끼가 거짓말을 했다고 생각하면서 불쌍하다고 느끼면 될까요?"

은찬이 고개를 갸웃거렸다.

"여기에서 토끼는 거짓말을 한 것이 아니고 자기의 목숨을 구하기 위해서 꾀를 낸 거예요. 은찬이도 꾀가 뭔지 알죠?"

"호랑이와 꾀 많은 토끼에 나오는 그 꾀?"

"맞아요. 역시 우리 은찬이는 생각이 참 깊어요."

은찬이 헤헤거렸다.

"보자. 우리 은결이의 답도 참 좋네요. 맞아요. 우리가 논술을 배우는 것도 생각을 많이 하기 위해서예요."

"우리 미술 선생님이 생각하는 사람이라는 조각도 보여 주신 적이 있어요."

영특한 은결이는 별로 손 볼 부분이 없었다. 수업이 끝난 후에 하유는 은찬과 은결을 데리고 함께 2층으로 갔다. 30분간의 여유 시간이 있었고 혼자 있을 정은이 무얼 하는지 궁금하였다.

2층에는 피아노의 선율이 가득 흐른다. 은찬과 은결은 피아노 이론 책을 꺼내 들고 로비의 책상에 앉았다. 하유는 레슨실로 다가갔다. 방문에 난 유리창을 통해서 정은의 뒷모습이 눈에 들어왔다. 유난히 어깨가 시려 보였다. 정은은 요즘 계속 저런 상태였다. 하유가 노크를 하자 정은이 나와 이론 책을 매겨 주었고 아이들은 레슨실로 갔다.

"난로를 피웠는데도 썰렁하네."

오늘 희원과 서진이 부산에 있는 대학에서 실기 시험을 치게 되었다. 첫 번째 실기시험인 데다 거리도 있어서 기만이 직접 차를 운전했고 숙영까지 따라갔다.

"너희 도련님이 안 계시니까 학원이 그렇게나 추워?"

언제 시린 어깨를 하고서 피아노를 쳐 댔냐는 듯 정은은 평소의 모습을 회복했다.

"얘는! 그나저나 피아노를 치는 모습 오랜만이네. 듣기 좋더라."

로비에 장식된 성탄 트리의 알전구가 반짝였다.

"언제는 너희 도련님의 피아노가 최고라며? 니가 몰라서 그렇지 원장님과 부원장님, 나도 늘 연습을 해."

"고3 때 생각이 났어. 네가 너희 집보다 우리 집의 피아노의 소리가 맑고 깊다고 주말과 휴일에 늘 와서 연습을 했었잖아."

"내가 너의 입시 공부를 방해했지."

"방해는? 그때 나는 인대를 다쳐서 피아노 근처에 가지도 못했는데 덕분에 대리만족을 했지."

로비 한쪽에 놓인 포인세티아 화분에 들어앉은 겨울이 따뜻해졌다.

"참, 재혁 오빠는 언제나 시간이 난대? 곤이 씨가 빨리 인사를 하고 싶어 하는데."

"연말이라 바쁜가 봐."

"재혁 오빠를 못 본 지도 꽤 됐네."

"우리 여하유 작가님은 설시곤 화백님이나 잘 챙기셔."

"조만간에 꼭 같이 보자. 난 다음 타임 아이들이 올 시간이라서 내려갈게."

하유가 1층으로 사라지자 정은은 휴대폰을 들여다보았다. 재혁이 오빠라는 이름이 떠 있다. 평소였다면 겨울맞이 이벤트로 밥을 먹어도 두 번은 먹었다. 하지만 이제 마음 편히 그럴 수 없는 관계가 되었다. 오빠랑 저는.

지순은 연신 울려대는 휴대폰에 곤란함을 감추지 못했다. 드러누운 유라를 힐끔거리기도 했다. 이윽고 휴대폰 소리가 멈추었다.

"진짜 이래도 되는 거니?"

"그래도 돼. 은재혁이랑 끝장인데 그깟 멍청한 아줌마한테 공들일 필요 있어?"

"그래도 정례 언닌데. 은 닥터랑 무슨 일인지는 모르겠지만 그래도 정례 언니는⋯⋯."

"엄마! 그 이름, 들먹이지도 말랬지? 순 사기꾼 새끼."

유라는 오징어 다리를 재혁을 씹듯 질겅거렸다.

"나처럼 수신 거부를 걸어놓든지."

유라는 지순이나 철구도 모르게 수표를 삼키려고 했기에 재혁과 저 사이의 일은 한 마디도 공개하지 못했다. 그리고 그때, 초인종 소리가 울렸다.

"누구, 세, 요?"

지순은 인터폰을 들면서 잔뜩 긴장하였다. 설마 정례 언니는 아니겠지? 하지만 낯선 남자의 목소리가 여기가 여하유 씨의 이모님 댁이 맞느냐고 확인을 하였다.

"맞는데요. 누구세요?"

대외적으로 지순은 어디까지나 하유의 친절한 이모였다.

– 갤러리아 백화점에서 배달을 왔습니다.

남자 두 명이 상자 두 개를 포개어 양쪽에서 붙잡고 올라왔다. 여하유 씨가 만나는 사람이 보낸 것이라고 해서 지순은 사인도 해 주었다.

지순이나 유라나 양심이란 놈이 잠시 걸렸다. 하지만 백화점 로고의 유혹이 양심을 걷어차 버렸다. 작은 상자에는 최고급 명품 가방두 개가 들어 있었다. 누가 봐도 하나는 지순, 하나는 유라의 것이었다. 지순의 입이 찢어졌고 유라도 펄펄 뛰었다.

"정말 갖고 싶었던 건데."

얼마 전, 유라가 백화점에서 샀다가 빼앗긴 가방 중의 하나였다.

"하유랑 만나는 남자가 왜 이걸 보낸 거야? 대체 얼마짜리니?"

지순의 손은 이미 큰 상자 쪽으로 다가가고 있었다.

"엄마! 얼마 전 그 남자가 돈 많은 홀아비였던 것 아니야?"

"어딜 봐서 홀아비 같아? 혹시 하유가 돈 많은 유부남의 이건가?"

지순은 새끼손가락을 들어 보였다.

"맞네. 돈 많은 유부남이 하유를 꼬셔내서 우리한테 잘 보이려는 거네. 어쩐지 그 난리를 치고도 집으로는 안 올라간다 싶었어."

"남자야 제집이 따로 있으니까 돌아가야만 했을 테고."

하여간 생각하는 수준이나 말하는 꼬락서니나 모녀가 똑같았다.

큰 상자 안에서는 수제품이 분명한 전신거울이 나왔다. 한쪽 테두리에 비너스 상과 포도 넝쿨이 조각되어 있는 장인의 작품이었다.

"엄마, 이쪽으로 잘 세워 봐!"

유라는 가방을 메고 거울 앞에 섰다.

"엄마! 이 백에는 어떤 옷이 어울릴까?"

유라는 옷들을 바꾸어 입어 가면서 1시간이 넘도록 백을 어깨에서 내려놓을 줄을 몰랐다. 재혁은 물 건너가 버렸지만 새로운 물주가 생겼다. 지순과 유라, 인생 만만세!

〈하유 씨와 만나고 있는 사람입니다. 내일 저녁 7시, 찾아뵙고 이모님께 정식으로 인사를 드리고 싶습니다.〉

카드의 내용이었다.

시곤은 다음 날, 정확한 시간에 찾아왔다. 현관 앞에서 기다리던 유라와 지순이 햇살 같은 웃음을 지어 보였다.

"어서 오세요. 기다리고 있었답니다."

시곤을 본 순간, 유라가 냉큼 앞으로 나섰다. 가방을 든 세련된 정장의 시곤은 유부남이라고 하기에는 너무 훈훈했다. 돈이 많은 것도 확인을 했다. 그러니까 잘 하면 …….

"과분한 선물을 받아서 얼마나 감사했는지 모르겠어요."

유라가 시곤을 안내했다. 수제 거울이 한쪽 벽면에 걸려 있었다.

"거울이 예뻐서 하루에도 몇 번씩 들여다보고 있답니다."

유라는 제일 몸매가 돋보이는 옷을 골라 입은 저의 감각을 자찬했다.

"차를 좀 내올게요. 저녁 시간이니까 커피는 그렇죠?"

지순은 유라의 속을 눈치챘고 자리를 피해 주려고 했다.

"아닙니다. 이야기가 길지 않으니 그냥 앉으세요. 하유 씨에게 말씀은 많이 들었습니다."

"우리 조카가 뭐라고 했을까나아?"

시곤의 건너편에서 지순이 유라와 눈빛을 교환하였다.

"이모님과 사촌이 정말 좋은 분들이고 과분한 사랑과 배려를 받고 있다고 했습니다."

"어머, 우리 하유가 또 거짓말은 못하니까."

지순이 손등으로 입을 가리며 웃었다.

"먼저, 저에 대해 궁금하실 테니 인사부터 드리죠. 저는 이런 사람입니다."

시곤이 제 기사가 실린 페이지를 펴서 <경남도민일보>와 <촉석루>를 내밀었다.

〈유럽을 홀린 보타니컬 아트 화가 설시곤〉
〈진주의 인물, 보타니컬 아트 화가 설시곤을 만나다.〉

헤드라인이 붙은 기사들에 시곤의 얼굴과 현재 전시 중인 <문 갤러리>의 모습이 사진으로 등장해 있다. 시곤은 일부러 발간 날짜를 기다렸다.

"설 서방이 이렇게 대단한 사람인지 몰랐네. 어쩐지, 명품들을 '척'하니 보내더라니."

"하유 고게, 재주는 좋다니까."

유라는 부러움을 참지 못해 말버릇이 나와 버렸다. 지순이 눈치를 주었고 유라도 놀랐지만 이미 엎질러진 말이었다.

"하유 씨의 재주가 좋은 것이 아니고 제가 먼저 하유 씨를 좋아했습니다."

시곤은 겨우 참아 누른 화가 치밀어 올랐다.

"걔가 막 예쁘고 그런 얼굴은 아니잖아요. 뭐, 나 정도는 되어야?"

유라가 도도하게 턱을 쳐들었다.

"사람들은 목이 마르든 마르지 않든 썩은 물이 담긴 금 그릇보다는 맑은 물이 담긴 나무 그릇을 찾는 법입니다."

지순과 유라가 생각 없이 살긴 하지만 시곤의 말은 알아들었다.

"그리고 하유 씨는 이런 말도 했습니다. 이모님이 어찌나 좋은 분이신지 어머님께서 아무런 조건도 없이 이 집을 하유 씨와 이모님의 공동명의로 상속되게 해 주셨다고."

순간 거실에는 얼음이 깔렸다.

"제 오촌 당숙의 명함입니다."

시곤이 내민 명함에는 <희원 법률 사무소> 로고가 적혀 있었다.

"제 당숙께서 변호사로 운영을 하고 계십니다. 이 집의 상속에 문제가 있다는 것도 당숙이 알려 주셨죠. 승소율이 거의 100%에 가까우십니다. 그리고 선물들만 봐도 아시겠지만 전 돈도 많습니다. 누군가를 깨우치는 단순한 일에도 그만큼 돈을 쓸 수 있을 만큼."

시곤의 말투는 명백한 비아냥거림이었다.

"그래서 저는 하유 씨에게 무슨 일이 생기면 제가 가진 돈과 인맥을 총동원할 것이고 최선을 다해서, 철저하게, 하유 씨에게 일어난 일에 대한 책임을 밝히고 대가를 치르게 할 겁니다. 물론 하유 씨가 덮고 지나갔던 과거도 포함이 됩니다."

순간 지순은 심장이 튀어나올 뻔했다. 지난 6월의 일이 떠올랐다.

"가방은 인간으로서 최소한 지니고 다녀야 할 것들조차 챙기시지 못하시는 듯하여 보낸 겁니다. 작은 가방만큼의 분량이라도 챙기시라고요. 거울을 보내 드린 이유는 집 안에 있는 거울들의 성능이 좋지 않아 자신들의 모습은 보시지 못하는 것 같아서요."

시곤이 막 2층 계단을 내려서는데 유리 깨지는 소리가 들렸다. 유라가 분을 참지 못하고 휴대폰을 거울에 던져 버렸다. 사실 시곤이 건넨 선물은 백화점 포장지만 진짜이고 가방과 거울은 가짜였다. 정교하게 흉내를 냈지만 제작하는 데 모두 30만 원도 들지 않았다.

한편, 철구는 그날도 자정을 넘겨 집에 들어왔다. 유리 조각으로 엉망이 된 거실을 보고 잔소리를 했다가 지순으로부터 서릿발 같은 앙갚음을 당했다. 너 때문에 우리들이 이런 치욕을 당했다! 무슨 뜻인지도 모른 채 지순에게 멱살까지 잡히고 말았다.

성탄절의 분위기와 가장 동떨어진 장소는 추모 공원일 것이다. 아기 예수의 탄생일에도 인간의 죽음은 멈추지 않았다. 납골당 입구에 멈춰 서서 시곤은 제 목도리를 하유의 목에 둘러 주었다.

"곤이 씨. 난 내 목도리를 하고 있어요."

"납골당 안의 온도가 낮잖아요. 마음부터 추울 텐데, 같이 두르고 있어요."

시곤은 매듭까지 단단히 지어 주었다.

"엄마, 아빠, 나 왔어요."

하유는 납골함 앞에 멈춰 꽃다발부터 붙였다. 그 너머 웃고 있는 지찬과 은순이 있었다.

"저요, 오늘은 소개할 사람이 있어서 왔어요."

하유는 장갑을 낀 손으로 유리문을 쓰다듬었다.

"어머님, 아버님. 안녕하세요? 설시곤이라고 합니다. 인사가 늦어 죄송합니다."

시곤은 규에게 허락을 받은 후 당당한 마음으로 서고 싶었다. 귀하고 사랑스러운 따님을 만나게 해 주셔서 감사하다고도 전하고 싶었다. 하지만 규는 계속 밥상을 따로 받았고 매일의 문안 인사에도 손자를 마주해 주지 않았다. 그래도 하유의 부모님에게까지 인사를 하지 않고 해를 넘길 수는 없었다.

"제가 하유 씨를 아끼고 위하면서 살겠습니다. 하유 씨의 매일이 행복하다고만 약속드릴 수는 없지만 제가 하유 씨 불행의 이유가 되는 일은 없을 것입니다."

시곤은 부디 하유는 아무것도 알지 못한 채, 손톱 끝만큼의 상처도 받지 않을 수 있게, 이 시간이 지나갈 수 있기를 기도했다.

"엄마, 아빠. 우리가 함께 책을 만들고 있어요. 좋은 책이 나오나 지켜봐 주세요."

"어머님, 아버님께도 한 권 올리겠습니다."

추모의 시간이 끝났다. 시곤은 잠시 다른 곳에 들렀다 오겠다고 했다. 하유도 같이 가고 싶었지만 시곤이 손을 내저었다.

시곤은 막내 할아버지의 납골함 앞에서 멈추었다. 하유를 데려올수가 없으니 1년 전의 인연도 말해 주지 못했다. 생존해 있는 제 할아버지에게도 인사를 드리지 못했는데 세상을 떠난 막내 할아버지에게 하유를 먼저 인사시키는 것은 시곤의 마음이 용납되지 않았다.

한편, 입구에서 기다리던 하유의 가방 속에서 휴대폰 소리가 울렸다. 시곤의 휴대폰. 아까 차에서 내리면서 맡겨두었다. 그냥 넣어두려는데 문자 도착 음이 울렸다. 할 수 없이 하유는 납골당 안으로 들어갔다. 시곤은 제일 안쪽 추모함에 고개를 기대고 있었다.

"당신이 떠나시던 날에 만난 귀한 인연입니다. 이 어려운 시기를 잘 지나갈 수 있도록 힘을 주세요."

하유가 알아들은 말은 이만큼이었다. 그 귀한 인연이 누구인지, 이 어려운 시기란 무얼 말하는지 궁금하였다. 하지만 그의 기도는 간절했고 그의 어깨는 힘겨워 보였다. 제 앞에서는 한 번도 보인 적이 없는 모습이었다. 하유는 돌아서서 제 두 손도 같이 모아 쥐었다.

그 시간, 희원은 시곤의 집에 들어서고 있었다. 개집 안의 브라프가 맞이해 주었다. 개집 전체에 보온 담요가 든든하게 둘렸고 브라프는 털옷도 입었다.

"브라프! 곤이 형은 너도 떼 놓고 데이트 중인가 봐. 하긴 이 좋은 성탄절 날 짝짝이 다정하게 데이트도 즐기셔야지. 하지만 내 문자까지 무시하는 건 아니지 않니?"

희원이 턱 밑을 간질이는데 브라프는 동의할 수 없다는 듯 고개를 저었다.

"브라프! 넌, 형수님에 대한 편애가 극심해. 혹시 예전부터 알고 지냈던 사이?"

검지를 젓는 희원을 두고 브라프는 제집으로 다시 들어가 버렸다.

"원아! 오랜만에 들렀구나. 이제 입시는 완전히 끝난 거지?"

순옥이 주방에서 원을 맞이했다.

"챙겨주신 찹쌀떡이랑 초콜릿 덕분에 잘 마쳤어요. 감사합니다. 그리고 이건, 엄마가 큰댁에 갖다 드리라고 해서요."

"번번이 고맙기도 하지."

순옥이 원이 내민 상자의 포장을 풀자 아몬드 케이크가 드러났다.

"머리, 보자! 시원스럽게 얼마나 좋으니?"

희원은 약속대로 입시가 끝나자 머리카락을 말끔히 잘랐다.

"점심, 얻어먹고 가도 되죠? 일단 큰할아버지께 인사드리고 나올게요."

"당연하지. 할아버지께 재롱 좀 떨어드리고 나와. 요즘 심기가 안 좋으셔."

"왜요?"

순옥은 대답 대신 눈을 찡긋거렸다. 희원이 들어가니 누워있던 규가 몸을 일으켰다.

"왜 누워 계셨어요? 어디 불편하세요? 병원에 가 보셔야 하는 것 아니세요?"

규는 낮 시간에는 생전 누워있는 법이 없었다.

"늙은 몸이야 이리 자리를 지고 누웠다가 목숨 줄 놓아버리면 끝이지.”

원은 규가 이런 말을 하는 것도 처음 들었다.

“왜 그런 말을 하세요? 저랑 나가 보세요. 형이냐고 물어볼 걸요.”

“지금 할애비를 놀리는 거냐?”

“놀리기는요. 할아버지 마음에 들려고 머리카락까지 깔끔하게 자르고 왔잖아요.”

“이제 좀 사내답구나.”

희원에게 꿀밤을 먹이는 시늉을 하면서 규의 얼굴이 조금 펴졌다.

“제가 입시가 끝나서 한가하거든요. 자주 와서 할아버지랑 놀아 드릴게요.”

“할애비랑 무슨 재미로?”

“전 곤이 형과는 달라요. 곤이 형은 요즘 형수한테 정신이 팔려 큰할아버지도 뒷전이죠? 하여간 곤이 형 이 사람이, 양심이 사망이라니까.”

희원은 당연히 하유가 인사를 정식으로 한 줄 알았다.

“내는 좀 더 누워 있어야겠다. 원이 넌 그만 나가 보거라.”

규의 낯빛이 돌변하며 도로 누워 버렸다. 그런 규의 머리 위쪽으로는 사진이 즐비하게 세워진 장식장이 놓였다. 지난 세월 속에서 특별한 인연을 지녔던 사람들과 찍은 사진을 모아 놓았다. 사진 중 하나에 시곤이 납골당에서 보았던 지찬도 있었다.

“큰할아버지, 왜 저러세요? 몸이 아니라 마음이 불편하신 듯한데요.”

“넌 이미 알고 있다고 하던데. 여하유라는 아가씨, 어떤 사람이니?”

희원이 나오자 순옥은 주방에 있다가 목소리를 낮추라 시늉을 했다.

"형수야 당연히 좋은 사람이죠. 보셨잖아요."

"형수라니? 할아버지 앞에서는 말조심해."

"설마, 아직 정식으로 인사를 안 드린 거예요?"

"하도 답답하니까 어린 널 붙들고 이런 말도 다 하는구나. 인사가 뭐라니? 벌써 한 달 넘게 식사도 따로 하시는 중이야."

순옥의 한숨이 길었다. 원은 그제야 식탁 위에서 따로 차려지고 있는 밥상의 정체를 알아차렸다.

시곤이 하유를 내려준 것은 저녁 5시가 되기 전이었다. 낮 시간은 하유와 보내었으니 저녁 식사는 가족과 함께하겠다고 말을 하였다.

"정은 씨도 남해에 내려가 버리고 혼자 심심해서 어쩌죠?"

"작년 성탄절에도 혼자 지냈는걸요. 걱정 말고 얼른 돌아가세요."

하유 딴에는 시곤을 안심시킨다고 한 말이었다. 아까 납골당에서 보았던 시곤의 모습이 아른거리는 중이었다. 하지만 시곤은 더 짠해지고 말았다. 거리에는 캐럴이 흐르고 텔레비전에서도 가족 영화만 상영이 되는 이날을 하유는 혼자 보내야 한다.

"저녁까지 먹고 헤어질까요?"

"아직 인사도 드리기 전인데 미운털이 박히고 싶지 않네요."

"그럼 잠시만 이리 와 봐요."

시곤이 앞서 빌라 안으로 들어가 손짓을 했다. 하유가 들어서자 출입문을 완전하게 닫은 후 위쪽 계단까지 살펴보았다. 인적은 없었다. 시곤은 하유를 제 품에 안았다.

"약속해요. 내년의 성탄절은 우리 둘의 집에서 따뜻하게 맞을 거예요."

"오늘도 충분히 따뜻했어요."

하유는 내년 성탄절, 알전구를 밝힌 트리와 함께 한 저와 시곤을 상상해 보았다.

곧 시곤의 차가 떠났다. 그리고 잠시 후 저만치에서 차 한 대가 뒤이어 출발을 했다. 멀어서 번호판도 정확한 차체의 모양도 확인되지 않지만 하유가 보기에 분명 재혁의 차였다. 재혁이 연락도 없이 그냥 올 리가 없고 그냥 갈리는 더욱이나 없는데 왜? 하유는 의문부호가 잔뜩 떠올랐다.

원두커피 향으로 시작되는 <추계 예술&논술원>의 하루였다. 오늘도 서진과 희원은 없었다. 입시 죄수생이었던 두 사람은 합격과 동시에 일시 가석방이 되었다.

"정은 선생, 집에는 잘 다녀왔습니까? 차는 막히지 않았어요?"

기만은 가족에 대한 언급은 일절 하지 않았다.

"배려해 주신 덕분에 편안히요."

"하유 선생은요? 성탄절에 데이트는 잘했어요?"

숙영은 하유를 쳐다보았다.

"함께 저희 부모님을 찾아뵙고 인사를 드렸어요."

"그런 날에는 남자 쪽의 집에도 한 번 찾아뵈면 어른들이 좋아하실 텐데요."

숙영과 기만도 하유가 이미 정식으로 인사를 드렸다고 생각했다.

"아직 인사를 안 드렸어요. 설시곤 씨가 당분간은 부담 없이 만나자고 해서."

정은이 말 사이에 끼어들었다.

"하긴 정식으로 인사를 드리고 나면 챙겨야 할 대소사들이 발생하니까."

숙영은 이해가 된다는 듯 고개를 끄덕였다.

"그래도 책임감이 있는 남자라면 인사부터 시켜야지요."

기만은 이해가 안 된다는 표정이었다.

"그래서 당신은 나를 인사를 시키고, 일이 있을 때마다 불러서 그렇게 부려 먹었구나."

숙영이 뾰족한 눈초리로 기만을 흘겨보았다.

"당신은 왜 생사람을 잡아? 참, 그보다 종종 학원에 오던 그 의사 오빠 말이에요."

불리해진 기만이 화제를 돌렸다. 순간 정은의 찻잔이 엎어졌고 바로 옆에 앉은 하유만 눈치를 챘다.

"요즘 선을 보고 다니던데요. 연말이라 검도 협회의 일로 호텔 커피숍엘 종종 가는데 여자분이랑 마주 앉은 그 의사 오빠를 벌써 세 번이나 봤어요."

정은은 재빨리 찻잔을 바로 세웠고 하유는 아무것도 본 척을 했다.

"우리 때나 그렇지, 요즘은 맞선 같은 건 안 보는 줄 알았어요. 그런데 '사'자 직업 사람들은 아직도 맞선 시장이 있나 봅디다."

하유와 정은은 침묵 쪽에 앉아 있었다.

"의사분 상대라 그런지 여자분들이 하나같이 화려했어요. 그런데 그 의사 오빠는 선 자리에 앉아서 뭐, 세상 다 산 표정을 짓고 있던데요."

기만이 하지 않았으면 좋았을 말까지 덧붙였다. 정은은 눈앞이 노래지고 말았다.

하유는 은찬과 은결의 논술 수업이 끝나자 여느 때처럼 2층으로 배웅을 했다. 그리고 때를 맞추어 희원이 학원 출입문으로 들어섰다.

"형수님! 쌍둥이들 수업 끝나서 여유가 있죠? 잠깐 이야기 좀 할 수 있어요?"

희원은 2층으로 가지 않고 대뜸 하유를 1층으로 이끌었다.

"피아노 치러 오던 길 아니에요?"

"형수님부터 보고요."

희원은 여느 때와 달리 심각한 표정이었다.

"형수! 지금부터 내가 하는 말은 모두 곤이 형이랑 형수를 위해서 하는 말이에요."

"도련님이 이러니까 무서운데요."

하유는 재혁과 정은의 일로 이미 머리가 복잡했다. 커피 타임에 정은을 지켜보면서 어제의 의문 부호에 답을 얻었다.

"형수, 곤이 형이랑 나랑 육촌인 건 알죠? 그럼 어떻게 되는 육촌일까요?"

시곤이 희원을 육촌 동생이라고만 소개를 하고 더 이상은 말하지 않았다. 시곤의 할아버지가 총 5남 3녀라고는 들었으니 그중의 한 가지일 것이라고만 하유는 혼자 추측했다.

"지금 형수가 독서 수업을 나가는 집, 그 집이 바로 우리 집이에요."

희원이 성자의 손자였다니! 하유는 꿈에도 짐작하지 못했다.

"곤이 형이 6월에 진주로 돌아와 형수의 사진을 보여 주었어요. 시골하우스에서 아이들과 함께 놀고 있는 사진이더라고요. 형은 여유가 없으니 형수에 대해서 알아봐 달라고. 난 단번에 형수를 알아보았죠. 정은 샘을 만나러 우리 학원에 몇 번 왔었잖아요."

하유는 아까의 정은처럼 찻잔을 엎지를 뻔했다.

"곤이 형은, 정은 샘에게 물어서 형수에게 가장 필요한 것이 무엇이냐고 알아보라고 했어요. 지금도 이해가 되지 않지만, 정은 샘은 바로 돈이라고 하더라고요."

그때의 정은은 당연히 그랬을 것이었다.

"형은 유럽에 있으면서 형수를 위해서 국제전화와 메일로 정말 많은 일을 했어요. 우리 원장님, 논술원을 개원하고 싶었는데 자금이 부족했던 것, 알죠?"

"정은이한테 들었어요."

"그 자금, 곤이 형이 조건 없이 빌려준 거예요. 원장님이 형수를 전임 강사로 점찍어 둔 걸 내가 말했거든요. 그건 형이 유럽 전시회의 계약금으로 받았던 돈 전부였어요. 우리 할머니의 독서 수업도 형의 아이디어로 내가 원장님께 소개했어요. 형수가 우리 엄마를 통해서 가끔씩 따뜻한 집밥을 먹었으면 좋겠다고 해서. 이력서까지 내라고 해서 좀 유별나다 싶었죠? 사실 다 합법적인 방법으로 형수의 신상을 알아내려고 한 형의 노력이었어요."

그러면서 희원은 덧붙였다. 하유가 같은 도시 진주에서 살고 있다는 것을 알았을 때, 시곤은 이미 운명을 느꼈다고.

"난 말을 아끼는 건 좋지 않다고 믿어요. 형수한테 들어오는 수많은 원고 청탁들, 우리 논술원이 개원한 지 얼마나 됐다고, 그것도 이상하지 않았어요?"

"그럼 설마, 그것도?"

언젠가 시곤의 이상했던 질문이 떠올랐다. 하유는 연신 차를 들이

켰지만 목이 탔다.

"맞아요. 곤이 형의 노력. 형의 그림을 구매한 곳이나 그림을 통해 인맥이 있는 기관들마다 형수를 추천하는 문서를 보냈거든요."

울지 말라고 해 놓고는 시곤은 번번이 하유를 울린다.

"이번에 실명으로 인터뷰도 했죠. 분명히 형수가 관계되어 있을 걸요."

"미안해요, 도련님. 난 정말, 아무것도 몰랐어요."

"형은 어떻게 하면 형수를 최대한 자연스럽게 만날 수 있을까 생각한다 했어요. 형수가 이유도 없이 시골하우스에서 사라진 그 이유마저도 존중해 주고 싶다고."

민들레 홀씨가 흩어지듯 하유의 눈동자가 흔들렸다. 그는, 보이지 않는 곳에서, 볼 수 없는 곳에서, 저는 모르는 저의 등 뒤에서, 저를 위해, 저 하나만을 위해, 그렇게 애를 쓰고 달리고 있었다.

"형수! 나는요, 영원한 사랑은 믿지 않았어요. 제 또래 아이들 중에 그걸 믿을 애들은 없을 걸요. 그런데 곤이 형을 보고 있으면, 그리고 형수랑 형의 이야기를 생각해 보면, 어쩌면 그런 게 있을 수도 있겠다는 생각이 들어요. 그러니까 이제부터 내가 하는 말에 상처받지 말아요."

희원의 눈빛이 평소의 두 배로 무거워졌다.

"내가 어떻게 감히 상처란 말을 쓸 수 있겠어요?"

"큰할아버지가, 곤이 형의 할아버지가, 형수를 반대하고 있어요."

희원의 눈빛은 어느새 시곤을 닮아 있었다. 지금까지 느끼지 못했다는 게 이상할 정도로.

은희가 재혁의 진료실 문을 노크한 것은 7시가 훌쩍 넘어서였다.

재혁은 당직도 아닌데 병원에 남아 있었다. 무엇을 피하고 싶은 건지는 잘 모르겠다. 은희는 홈플러스에 왔다가 재혁의 방에 불이 켜져 있는 것을 보고 올라왔다고 했다. 재혁의 진료실은 대로변에서도, 홈플러스 쪽에서도, 잘 보이는 위치였다.

"겨울 방학 맞이, 송년 기념, 특별 이벤트라고나 할까? 닥터 삼촌, 퇴근 안 해요?"

은희는 문의 손잡이를 잡고 서 있었다.

"인제 해야지."

"그럼 떡볶이 좀 사 줘요. 문구류를 사러 왔는데 떡볶이 사 먹을 돈은 없어서요."

뻔한 거짓말이었지만 재혁은 코트를 걸쳐 입었다. 요즘 원인불명의 두통이 끊이지 않는다. 햇살 같은 아이와 잠시 시간을 보내는 것도 나쁘지 않으리라. 은희는 홈플러스 지하 분식집에서 엽기 매운 떡볶이와 순대 1인분을 시켰다.

"닥터 삼촌, 이제 벌써 서른다섯 살이네요. 완전 할아버지야."

"그럼 앞으로는 닥터 할아버지라고 부를 거니?"

"그럴 리가! 걱정하지 말라고 해 준 말이죠. 내가 있으니까."

재혁은 피식 웃으며 이렇게라도 웃어보는 게 얼마 만인지 모르겠다는 생각을 했다.

"닥터 삼촌, 개원은 안 해요?"

"언젠가는 하게 되겠지."

"병원 이름은 뭐로 해도 예쁠 거야. 은 씨 성이 너무 예쁘니까, <은내과>, <은재혁 내과>, 아니면 좀 더 문학적으로 <은빛 내과> 혹은 <은날개 내과> 뭐, 이런 이름도 멋질 것 같고. 그럼 나는 1호 환자로 등록을 해야지이!”

은희는 떡볶이와 순대를 입에 넣으며 동시에 종알거렸다. 참 신기한 재주다 싶으면서 은희와 꼭 닮은 누군가가 떠올랐다. 그래서 재혁은 문득 은희의 이름을 불렀다. 접시에 얼굴을 박고 있다시피 하던 은희의 눈이 동그래졌다.

“이제 고3인데, 전공은 생각해 봤어?”

“다들 간호학과나 치위생과로 가길 원하세요.”

“너는?”

“나도 좋아요. 무엇보다 간호사면 닥터 삼촌이랑 공식적으로 자주 볼 수 있잖아요.”

“정은이 너라면 좋은 간호사가 될 수 있을 거야.”

재혁은 은희를 격려하느라고 한 말이었다.

“닥터 삼촌! 왜 자꾸 나를 정은이라고 불러요?”

은희의 볼이 불퉁해졌다.

“니가 그 이름을 어떻게 알아?”

안경 너머 재혁의 눈은 커졌다.

“삼촌이 말해서 알지 내가 어떻게 알아요? 아까도 나를 정은아! 이렇게 부르더니 방금도 정은이 너라면 좋은 간호사가 될 수 있을 거야. 또 이랬잖아요.”

“삼촌이 말실수를 한 모양이다.”

재혁은 저도 모르게 내뱉은 이름을 얼른 부정하였다.

“얼른 먹어. 부모님이 걱정하시겠다. 다 먹고 나면 집까지 데려다줄게.”

재혁은 들고만 있던 나무젓가락으로 떡볶이 하나를 얼른 집었다.

엽기라는 이름이 붙을 만큼 매운맛이 순식간에 위장을 쓰리게 만들었다. 엽기적인 두통은 덤이었다.

그 시간, 시곤은 화실에 있었다. 하유가 전화를 걸어 화실에서 기다려 달라고 말했다. 시곤을 부르는 큰 목소리와 함께 출입문이 열렸다. 시곤이 인사를 할 틈도 없이 하유가 달려와 시곤에게 안겼다. 시곤은 붓과 팔레트를 쥐고 있어서 양팔을 들어 올릴 수밖에 없었다.

"인사가 왜 이렇게 격렬해요? 나야 환영이지만 물감이 묻으면 옷을 버릴 텐데."

그러거나 말거나 하유는 시곤의 허리를 더 꼭 끌어안았다.

"나 좀 봐요. 왜 그래요? 괜찮은 겁니까?"

시곤은 붓과 팔레트를 내려놓았다. 하유가 저를 쳐다보게 만드니 눈이 부은 것 같았다.

"울었어요?"

시곤은 단박에 걱정이 밀려들었다.

"안 울었어요. 날마다 너무 행복한데 울 일이 뭐가 있어요?"

"정말이죠?"

고개를 끄덕인 하유는 진주 추모공원에서의 시곤의 모습이 떠올랐다. 제 앞에서는 한 번도 내색하지 않았던 힘겨웠던 어깨와 간절했던 기도를.

"당신이 떠나시던 날에 만난 귀한 인연입니다. 이 어려운 시기를 잘 지나갈 수 있도록 힘을 더해 주세요."

제 두 손마저 모아 쥐게 했던 간절한 기도는 저를 위한 기도였다.

그러니까 이제 저도 더 이상은 가만히 있으면 안 되었다.

독서 토론 수업인 목요일이 하필 한 해의 마지막 날이었다. 성자는 전화를 걸어 와서 수업을 쉬자고 하였다. 하지만 하유는 성자에게 꼭 해야만 할 말이 있었다. 성자는 못 할 일을 시키는 것처럼 미안해하였다. 경연은 직접 구운 롤 케이크를 옆으로 놓아주고 나갔다.

하유는 성자를 쳐다보면서 책상 위에 가방을 얹고 몇 발 뒤로 물러섰다. 성자가 희원의 할머니이고 경연이 희원의 어머니라고 생각하니 지금까지와는 조금 다른 색깔을 띠는 하유의 마음이었다.

"여 선생, 왜 그러고 서 있어요? 이리 와서 앉아요."

성자가 손짓을 하는데 하유는 난데없이 큰절을 올렸다.

"왜 이러는 거예요?"

"고모할머님! 진즉 이렇게 부르고 싶었는데 인사가 늦었습니다."

호칭도 난데없었다. 하유는 성자를 늘 어르신이라고 불렀다.

"제가 지금 시곤 씨와 정식으로 만나고 있습니다. 할아버님께 제일 먼저 인사를 드린 후에 차차 인사를 드린다고, 저희가 늦었습니다."

"그러리라 이미 짐작했고 그래서 곤이가 이야기해 주기를 기다렸어요. 그런데 여 선생이 먼저 이야기를 꺼내니 뜻밖이네요. 이유가 있을 것 같은데."

"도와주세요. 할아버님이 저희 사이를 반대하고 계십니다."

하유는 또렷한 눈빛으로 성자를 응시하였다.

한편, 제집에 있던 시곤은 최신형 녹음기를 규의 옆으로 내려놓았다. 한 해의 마지막을 하유와 보내고 싶었는데 하유는 중요한 약속이 있다고 했다.

"할아버지, 하유 씨의 책 좋아하시죠? 읽는 게 불편하신가 싶어 녹음을 해 봤어요. 오디오 북이라고, 요즘 유행이거든요. 버튼만 누르시면 책을 들으실 수 있어요"

시곤은 빨간색 버튼 부분을 검지로 누르는 시늉을 해 보였다.

"누워서도 편히 들으실 수 있고 정말 좋아요."

오디오 북의 제작을 위해 방송통신과에 재학 중인 원의 친구들을 총동원하였다.

"그림은 화가의 마음이고 인품이라고 하셨죠. 그래서 제 마음을 표현할 수 있고 제 인품을 풍길 수 있는 그림을 그리라고. 그래서 저는 식물과 꽃을 그립니다. 할아버지가 평생을 땅을 보고 살아오셨고 땅은 절대로 사람을 속이지 않으니까요. 그래서 그 땅에서 피어난 생명들을 주제로 그리는 제 그림도 사람을 속일 수 없는 그림이에요."

돌아누운 규의 어깨가 미약하게 움찔했다.

"이 말씀도 하셨죠. 외향은 다를지라도 기본 성품은 서로를 닮은 사람을 만나야 행복하다고. 그래서 저는 하유 씨를 선택했어요. 하유 씨가 저랑 닮은 사람이라서. 그러니까 할아버지가 계속 하유 씨를 밀어내시면 그건 저를 밀어내시는 거예요."

최후통첩과도 같은 말이었다. 이후, 시곤이 거실로 나오자 소파에 앉아있던 원이 다가왔다.

"곤이 형, 어떻게 됐어?"

시곤이 고개를 저었다.

"내가 더 잘했어야 하는데."

"이미 많이 도왔어. 원아, 고맙다."

"아니야. 내가 좋아하는 두 사람이 정말 잘 됐으면 좋겠어."

그때 순옥과 한수가 거실 쪽을 내다보며 손짓을 했다. 곧 네 사람은 작은 안방에 둘러앉았다.

"곤아, 어쩔 셈이니? 계속 이런 상태로 지낼 거야?"

"할아버지가 우리와는 식사도 안 하시니 중간에서 애가 타."

한수나 순옥이나 마음고생을 하는 티가 역력했다.

"죄송해요. 어머니, 아버지."

"니가 이런 문제로 속을 썩일 줄이야. 할아버지 몸이라도 상하시면 어떡하니?"

순옥이 안절부절 이마를 문질렀다.

"죄송해요. 제가 꼭 할아버지의 마음을 돌려놓을게요. 그러니 조금만 더 시간을 주세요."

시곤의 결연한 말에 한수가 순옥과 눈빛을 교환했다.

"곤아, 니 엄마와 나는 먼저 의논했고 결정을 했다. 우리는 반대하지 않으마. 글 속에 나타난 그 아가씨를 믿고 니가 선택한 사람이니 너의 선택과 안목을 믿어 줄게. 대신 할아버지의 허락이 없으면 우리도 암묵적으로는 할아버지의 편이야."

이윽고 한수가 한 말은 시곤에게는 천군만마였다. 시곤과 원도 서로를 바라보며 속으로만 환호성을 질렀다. 시곤의 바람대로 한 해가 그냥 지나가지만은 않게 되었다.

정은은 거실을 왔다 갔다 했다. 한참을 그러다가 조심스레 재혁의 전화번호를 눌렀다. 정말 오랜만이었다. 신호가 길어지면 끊을 생각이었는데 재혁은 바로 전화를 받았다. 정은이 재혁의 이름을 조심스럽게 불렀다. 이름의 자음 하나 모음 하나가 모두 낯설었다.

"잘 지내세요?"

– 넌? 잘 지내니?

‒ 나는 잘 지내죠. 아무 일도 없이 건강하게.

표를 내지 않으려고 애를 써 보지만 정은의 음성이 절로 떨렸다. 정은은 더 이상 말을 이을 수가 없었고 재혁도 말이 없었다. 휴대폰을 사이에 두고 싸한 침묵이 흘렀다.

정은은 견디다 못해 집을 나왔다. 옥상으로 향하는 계단으로 가서 걸터앉았다. 차가운 바깥 공기가 그나마 숨쉬기가 편했다. 3층은 두 집 다 불이 꺼져 있었다. 하유가 토론 수업을 마치고 오려면 아직 멀었다.

"오빠!"

‒ 그래.

"오빠! 사실은 오늘 내가 이상한 소리를 들어서요. 누가 오빠가 선 보는 모습을 몇 번이나 봤다고, ……, 설마 ……, 아니죠?"

정은은 명치 주변으로 가시가 돋아나는 느낌이었다. 길게 돋아난 뾰족한 끝에 호흡이, 심장이, 맥박이 마구 찔리는 중이었다.

‒ 아니. 맞아.

순간 정은의 위로 커다란 쇳덩어리마저 떨어져 내렸다.

‒ 오빠는……, 지금 선을 계속 보고 있어. 웬만하면 내년 봄쯤에는 결혼하려고.

"왜요? 나 때문에요?"

호흡 대신 튀어나온 건 왈칵 통증이었다.

‒ 그것도 아니. 하지만, 오빠가 오빠 마음을 제대로 관리를 못해서 널 아프게 한 건……, 정말 미안해.

"오빠, 난 안 아팠어요. 그리고 지금도 하나도 안 아파요."

이대로 계단이 꺼져서 끝없는 심연으로 가라앉아 버렸으면!

"그러니까 오빠 인생을 내던지는 것 같은 그런 결정은 하지 말아요, 오빠."

– 내 인생이니까 내가 선택을 했어.

"거짓말! 난 다 알아요. 하유를 제대로 볼 수 없고 차라리 유라를 만나라는 어머님의 말씀 때문에 이런 결정을 내린 거잖아요. 그럼 차라리 나랑 해요. 아무하고도 아무렇게나 막 할 결혼이면 차라리 나랑 하면 되잖아요."

– 넌 내 동생이야.

"오빠랑 내가 피가 섞였어요, 뭐가 섞였어요? 왜 내가 오빠의 동생이에요?"

정은의 격한 음성이 각혈처럼 치솟았다.

– 난 한 번도 널 여자로 본 적이 없어."

"앞으로 보면 되잖아요. 그러면 되는 일이죠."

억지라는 건 알지만 억제가 되지 않았다.

– 사실은, 선을 보고 있다는 이야기, 그리고 곧 결혼도 할 거라는 이야기, 너에게 이 말을 해 주려고 전화를 받았어. 이만 끊을게.

"이건 불공평해요. 나한테도 기회는 줘……."

무정하게도 휴대폰 너머의 재혁이 사라져 버렸다. 그러자 정은의 휴대폰도 떨어져 내렸다. 애써 참고 있던 울음소리가 밖으로 튀어나왔다. 입을 막아보지만 손가락 사이로 새어 나오는 울음이 덫에 잡힌 짐승의 신음 같았다.

재혁 오빠! 나한테 왜 이래? 나한테는 꼭 이래야 하는 거야? 숨도 못 쉬겠는 나는, 가슴이 찢기다 못해 산산조각이 날 것 같은 나는, 어떡하라고 이래?

하유에게조차 말할 수 없는 고통을 끌어안고 정은은 울었다. 그래서 몰랐다. 누군가 제 이야기를 고스란히 듣고 있다는 것을. 3층으로 올라서려다 말고 눌어붙은 듯이 멈추어 서 있다는 것을. 바로 성자와 이야기만 나누고서 일찍 돌아온 하유라는 것을.

　

～ 포인세티아의 꽃말은 <축복> ～

뿌린 대로, 지은 대로

재혁은 정례와 함께 조조 영화를 보았다. 정례는 이른 아침부터 아들과 데이트를 하고 있다는 사실에 한껏 부풀었고 앞으로 자주 모시겠다는 말에는 입가가 5센티 더 늘어났다.

극장을 나와 재혁이 차를 멈춘 곳은 진주성 촉석루 앞의 한정식 식당이었다. 2017년 진주성 부지 시굴조사에서 외성의 기단석이 발견되면서 복원을 위해 보전하고 있는 부지가 건너다보였다.

"아들, 다음 주 동방 호텔 커피숍에서의 약속도 잘 기억하고 있지?"

"당연하죠."

주문을 받은 직원이 룸을 나갔다. 한쪽 벽면에 사극에나 등장할 법한 총천연색 민화가 그려져 있는 실내에는 국악 선율이 흘렀다.

"좀 잘해. 몇 명 째라니? 엄마 소원 들어주기가 그렇게 힘들어?"

재혁은 단 한 번도 애프터 신청을 한 적이 없는데 정례는 지치지도 않고 사진을 들이밀며 약속을 잡아가는 중이었다.

"너도 힘들고 나도 힘든데 그냥 유라로 결정을 보면 오죽 좋아? 아들이 선을 보러 다닌다는 소문이라도 전해 들었는지 요즘 유라나 지순이나 연락이 두절이야. 그렇게 정성을 들였는데 당연히 지들도 마음이 안 좋겠지. 내가 찾아가 보려 해도 면목이 안 서잖니."

정례가 눈치를 살핀다. 재혁은 곧 빵 터져버릴 제 어머니에게 속으로 죄송하다 잘못을 빌었다.

하유가 식당 앞에 도착했을 때, 유라와 지순은 벌써 와 있었다. 1월의 찬 공기 속에서 모녀의 주변은 한층 시베리아였다. 하유가 인사를 했다. 지순은 답이 없었고 유라는 다짜고짜 손바닥을 내밀었다.

"엄마! 요게 녹음이 되는 만년필을 들고 다닌다니까."

화려한 네일 아트를 한 손가락이 하유의 가방부터 코트까지를 전부 뒤졌다.

"밥이 넘어갈지 모르겠다. 집에 대한 이야기만 아니었으면 니 꼬라지를 볼 일이 뭐니? 게다가 감히 우리를 오라 마라 해? 부자 남친 꼬여 내더니 아주 눈에 뵈는 게 없지."

식당의 분리된 방으로 들어오자마자 지순의 입이 악취를 뿜어냈다.

"엄마, 신경 쓰지 마. 내가 은재혁보다 더 좋은 사람으로 물어온다니까."

"내가 그 화가 놈한테 당한 게 두고두고 한이 되어서 그래."

"이모, 간단히 말씀드릴게요. 아빠의 집, 제가 사고 싶어요. 금액은 시세보다 더 드릴게요."

식사 주문이 끝나자 하유는 바로 용건부터 말하였다.

"애 봐라. 니가 무슨 돈이 있어서? 맞다! 부자 남친이 있었지. 니 남친 정말 대단하시더라. 우리를 엿 먹이려고 그 돈지랄을 해?"

그리 당하고도 유라의 언어는 전혀 순화가 되지 않았다.

"넌 좀 가만히 있어 봐. 시세보다 더 쳐 주겠다고? 얼마를 줄 건데?"

지순이 뜻밖에도 유라의 비아냥거림을 제지했다. 지순은 신경전보다는 돈에 더 관심이 쏠려 있었다.

"2억, 드릴게요."

1억으로도 차고 넘칠 일이었다.

"어머, 넌 무슨 셈을 그렇게 하니? 니가 사겠다고 하면 이야기는 완전 달라지지."

"이모!"

"왜 날 이모라고 불러? 이제 집까지 정리하면 볼일도 없는 사이에. 보자! 다른 집 얻고 이리저리 맞추려면 3억. 그래, 3억 정도면 되겠다."

"억지 부리지 마세요. 제가 엄마의 유언도 말씀드렸잖아요. 우리 아빠가 손수 설계해서 지으신, 저에게는 소중한 곳이라고요."

"죽고 없는 사람들 이야기는 왜 꺼내? 밥맛 떨어지게."

"원래 공동명의도 아니죠. 저도 알아요. 따로 만든 공증서는 이모가 감추셨다는 것."

하유는 수묵화가 그려진 한쪽 벽면을 응시했다.

"그 말을 누가 믿니? 누가 보고 누가 들었다고 그런 걸 들먹여?"

"미쳤나 봐! 부모를 홀라당 잡아먹은 주제에 뻔뻔하기도 하지. 멍청한 정례 이모를 이용해서 전세 문제는 어떻게 빠져나갔겠지만 이번엔 쉽지 않을 걸."

"정례 이모에 대해서도 그런 식으로 말하지 마. 좋으신 분이야."

"좋지. 손바닥에 올려놓고 주무르기에 말이야. 멍청한데다가 단순하기까지 하니까. 은재혁이랑 끝장이 났으니 그 멍청한 아줌마도 이제 다시 볼 일이야 없겠지만."

유라가 비죽거렸고 하유의 인상이 구겨졌다.

"여하유, 잘 들어! 니 부자 남친도 계속 무사하지는 못할 걸. 니 편이 되는 사람들은 족족 불구덩이 속으로 떨어지잖아. 부디 결혼도 너무 서두르지는 마. 고아에 과부까지 되면 이런 쪽팔림이 어디 있다니?"

유라는 드높은 웃음소리를 흘렸고 지순마저 덩달아 비죽거렸다.

하지만 그때, 실내의 벽 한쪽이 확 젖혀졌다. 유라와 지순은 수묵화가 그려진 벽이라고 생각을 했다. 그런데 실제는 병풍식으로 늘여서 한 공간을 두 개로 나누는 파티션이었다.

"지순이 너, 감히, 감히 니가 어떻게……, 유라 너까지 어떻게……."

정례가 파티션의 한쪽을 붙들고 서 있었다. 몰아쉬는 거친 숨이 옆에 선 재혁의 어깨까지 들썩이게 했다

"아니, 언니, 그게 말이야."

지순은 변명이라도 할 태세였지만 유라는 입만 벌리고 있었다.

"너희들이 어떻게 나한테……. 우리 하유를 어떻게 ……."

결국 정례가 뒤로 넘어갔다. 재혁이 정례를 받쳐 안았고 하유는 물수건으로 손을 주물렀다. 유라와 지순은 그 틈에 혼비백산 달아났다.

정례가 병원으로는 가지 않겠다 고집해서 모시고 집으로 왔다. 하유가 청심환을 먹였고 재혁은 신경안정제를 주사했다. 정례가 가물

가물 잠 속으로 빠져들기 시작하자 하유와 재혁은 거실로 나왔다.

"오빠, 죄송해요. 이모가 상처받고 힘드실 줄 뻔히 알면서 제가 고집을 부렸어요."

하유의 시선은 줄곧 정례가 누운 방에 가 있었다.

"니가 미안할 일, 아니야. 때로는 거짓보다는 진실이 상처를 입히지."

"저는요, 무조건 참고 견디고 기다리고 있으면 모든 것이 제자리로 돌아간다고 믿었어요. 그런데 인생에는 거짓으로 무장된 함정과 절대 변하지 못할 덫이 있더라고요. 그러니 지금의 제 결정이 옳았으면 해요."

저를 위해 그 많은 일들을 해 준 시곤과 정은 그리고 재혁을 위해 하유도 제 할 일을 했다.

"진실의 편에 섰잖니. 옳은 길이었어."

"정말 그랬으면 좋겠어요."

고층 아파트 거실 창 너머로 빙어의 비늘 같은 하늘이 펼쳐져 있었다.

"오빠. 그리고 저요, 사랑하는 사람이 생겼어요."

"들었어. ……, 정은이한테서."

그다음엔 잠시 침묵이었다. 이렇게 두 사람의 사이에 놓여있는 연결 고리는 언제나 정은이었다.

"너를 많이 사랑해 주는 사람이면 좋겠어."

"그런 사람 맞아요. 어떻게 세상에 이런 마음이 존재할 수 있을까 싶을 만큼의 무게로."

"잘됐네. 잘된 일이야."

재혁의 진심이었다. 늘 애틋하고 여렸던 하유는 당당한 사람이 되었다. 그 남자와의 만남이 이렇게 변모시켜 놓았으리라! 그러니까 이제 저는 완전히 놓아주어야 할 때다. 뭐라 이름 붙여야 할지 자신마저 모르겠는 이 감정을 깨끗이 정리할 때다. 제 옆에 설 사람이 누가 되던지 그것이 옳은 일이었다.

"사실 오빠는 10년 전 그때, 너의 피아노 연주에 그렇게 마음이 끌리더라. 제대한 후 복학을 준비하면서 학교를 오갈 때 말이야, 그 선율을 듣고 있으면 꼭 하얀 건반으로 변한 내 갈비뼈 위를 니가 내리눌리는 것 같았어."

마음의 시작이었고 그래서 이제는 마지막이 될 수밖에 없는 고백을 재혁은 천천히 털어놓았다. 이것으로 그 시간은 모두 정리하는 거다! 다짐도 하였다.

정례가 눈을 떴을 때, 하유가 옆을 지키고 있었다. 재혁은 거실에서 전화를 받는 중이었다.

"하유야, 왜 안 가고?"

창밖은 어느새 어둠의 거미줄이 촘촘해져 있었다.

"깨시는 것 보고 가려고요. 죽을 끓여 놨으니 챙겨 드세요."

그러고는 잠시 느릿느릿 침묵이 주변을 걸어 다녔다.

"넌 왜 진즉 말을 안 했니?"

정례가 하유의 손을 잡았다.

"이모 마음이 아프실까 봐요."

"그럼 니 마음은?"

많은 말들이 생략되었지만 서로 다 알아들었다.

"불쌍한 것! 혼자 남겨진 것도 서러운데……."

정례는 후회막급이었다.

"이모, 제 걱정은 마세요. 제가 벌써 스물아홉 살이잖아요."

"나이 든다고 부모 그늘이 필요 없다니? 내가 헛살았어. 바보같이 내가 보고 싶은 것만 보고 내가 믿고 있는 것만 옳다고 생각하고 고집했으니. 내가 너 볼 면목이 없다."

진즉 재혁의 말을 들었다면 이런 꼴을 볼 일도 없었다. 보기에도 아까운 제 자식을 독사 굴속으로 떠밀 뻔했다.

"그런 말씀 마세요. 이모도 저한테 엄마시잖아요."

"내가 이 착한 걸! 사람도 아닌 것들! 독사 같은 것들! ……. 그래, 만나는 사람이 있다고?"

정례는 누웠던 자리가 내도록 후회였다. 하지만 이제 하유를 재혁 옆에 세우고 싶어도 기회는 머리카락이 짧은 뒤통수만 남았다.

"네. 향기로운 그림을 그리는 사람이에요."

"너무 부끄럽지만 언제 이모도 볼 수 있을까?"

"당연히 그래야죠."

"행복해야 한다. 힘들고 고통받은 만큼 갑절로."

정례가 하유의 얼굴을 만지고 있는데 재혁이 들어왔다. 모두 점심부터 식사도 제대로 못 했고 이제 하유도 돌아가야 한다고 말을 하였다. 정례가 조만간 꼭 보자 하고 눕는데 재혁이 이부자리를 만져 주었다.

"재혁아! 선은, 니가 싫으면 이제 그만 봐도 돼."

정례가 모로 돌아누웠다. 끙 앓는 소리가 났다. 이제 모르는 여자를 제 자식 옆에 세우는 게 무섭다.

"이 일과 상관없이 선은 보겠습니다."

단호한 재혁의 대답이었고 정례는 눈을 감아 버렸다.

"저기, 오빠."

"그래. 말해."

재혁은 아파트 입구까지 하유를 배웅하였다.

"우리 정은이, 정말 좋은 아이예요. 오빠도 아시죠?"

"그래."

재혁의 답은 짧았다. 조금 전 알게 된 진실로 재혁은 지금 혼란 속으로 미끄러져 들어가 있었다.

"얼마 전 우연히 정은이가 우는 걸 봤어요. 중학교 때 만나서 정은이랑은 14년을 같이 보냈어요. 그런데, 정은이가 그렇게 우는 건 처음 봤거든요. 그래서 말인데요, 혹시 선은 안 보시면 안 돼요?"

하유는 다 알고 있다고 말하지는 못하고 아까 촛불처럼 흔들렸던 재혁의 눈빛에 기대를 걸었다.

"늦었다. 그만 가 봐."

재혁은 나도 정은의 마음을 안다고 내색하지 못하고 마지막 밤의 정은과 마지막 통화를 떠올렸다. 그러자 두꺼운 솜옷을 입고 폭우 속에 서 있는 기분이 들었다. 언젠가 몽땅 벗어 말릴 수 있는 날도 올까?

유라는 제 방 침대에 앉아 패악을 부리는 중이었다. 밤새 난리를 치고도 분을 다 풀지 못했다. 철구는 바늘방석에 앉은 듯 들썩이다 날이 밝자마자 도망쳐 나갔다.

"그만하고 출근해. 계속 이러고만 있으면 어떡해?"

지순이 애원을 했다. 여하유! 은재혁! 외쳐대는 유라의 음성이 저주 문장 같았다.

"내가 그것들을 죽여 버릴 거야."

"제발! 이제는 하유도 혼자가 아니야. 그 남자 때, 내가 이미 얘기했지? 그런데 이제 은 닥터에 정례 언니까지 알게 되었어."

"무슨 상관이야? 내가 죽여 버리면 그만이지."

"이렇게 된 마당에 집이라도 지니고 있으려면 쥐 죽은 듯 엎드려 있어야 해."

"엄만 지금 이따위 집이 나보다 중요해?"

"그럼 길거리에 나앉을까?"

지순은 집에 대한 집착을 놓지 못했다

"하유가 정례 언니를 앞세워 집이라도 내놓으라고 하면 어떡할 거니? 하유는 몰라도, 정례 언니나 그 남자를 상대로 우리가 싸움이 될 것 같아?"

태생이 부자인 정례네 본가의 재력은 시곤도 따라가지 못했다. 유라는 분을 못 이겨 제 머리를 쥐어뜯었다.

그리고 그때, 뜻밖에도 정례가 찾아왔다. 뭐라고 변명을 해야 하지? 지순은 창백해지는 얼굴 위에 얼른 정례 전용 가면을 쓰고 계단까지 뛰었다. 한증막에 들어 앉은듯 숨이 막혔다.

"언니! 안 그래도 연락하려고 했는데."

2층으로 올라서는 정례를 보며 다급한 지순은 인사도 생략하였다.

"내가 다 설명할 수 있어. 마침 유라도 집에 있거든. 일단 안으로 들어가서……."

어느새 정례가 머리를 굴리고 있는 지순의 앞까지 다가왔다.

"어디서 또 독살스러운 세 치 혀를 놀려? 그리고 누가 니 언니야?"

지순의 말은 깡그리 무시하는 정례 역시 독기가 가득했다.

"이건 아무것도 모르고 먼저 간 은순이랑 지찬 씨의 몫."

정례가 지순의 뺨을 올려 쳤다. 격렬한 마찰음 후에 지순의 고개가 비틀어졌다.

"이건 너나 유라의 독에 당하고 산 하유의 몫."

짝! 다시 한번 정례의 손이 바람을 일으켰다. 지순의 눈이 퀭해졌다.

"내 몫은, 앞으로 다시는 안 보는 걸로."

지순의 볼이 벌겋게 달아올랐지만, 마음만큼은 아니었다.

"옜다! 죽고 못 사는 그 돈!"

정례는 마지막으로 동전 수십 개를 바닥에 내던졌다.

"집은, 하유가 신경 안 쓰게 겨울만 지나고 나가는 걸로 알게. 안 그랬다간 변호사를 만날 준비를 하고. 뭐, 자신 있으면 나랑 붙어 보든지."

삼벌한 정례의 경고는 시곤이나 재혁처럼 인격적이지도 않았다. 숨어서 지켜보던 유라는 그제야 벌벌 떨었고 지순은 동전 위로 무너져 내렸다.

은찬과 은결의 수업이 끝이 나고 30분간의 여유 시간이었다. 하유가 다음 수업의 교재를 검토하고 있는데 노크 후 숙영이 들어섰다.

"뭐 하나만 물어보려고 내려왔어요."

숙영은 교사용 책상의 성인용 의자를 들고 왔다.

"혹시 정은 선생, 무슨 일이 있어요? 부쩍 말수도 줄고 입시 반 수업이 있는 날 보면 저녁 먹는 것도 신통치가 않아서요. 원장님이 나보고 내려가 보라시네요."

"저도 잘 모르겠어요. 원장님이랑 선생님이 신경을 좀 써 주세요."

"자꾸 속이 쓰리다는 것이 단단히 탈이 난 모양인데. 사실 조금 전에는 휴가를 달라고 하더라고요."

"휴가를요?"

"성탄 연휴에 집에 다녀오고 얼마나 됐다고 집에 다니러 가고 싶다고. 입시 기간도 끝나 그러라고는 했지만, 나나 원장님이나 걱정입니다."

하유는 건물 밖으로 나와서 찬 공기를 쐬었다. 정은의 마음에 상실의 구덩이가 파였다. 깊은 심연을 메울 수 있는 것은 한 사람뿐이었다. 그런데 결코 제가 될 수가 없었다. 그렇게 오래 고심하며 서성이는 하유를 누군가 지켜보았다.

재혁은 요즘 제정신이 아니었다. 걸핏하면 물건을 흘리고 다녔고 진료할 환자의 차트를 바꾸어 들기도 했다. 오늘은 점심을 먹은 후 옥상에 올라갔다가 오후 진료 시간을 놓쳐 버렸다. 급히 진료실로 들어서려는데 예찬을 보조하는 이 간호사가 다가왔다. 응급으로 들어온 여성 환자를 먼저 살펴 달라고 부탁했다.

"상태는 어떻습니까?"

"임 선생님의 소견으로는 스트레스성 Stomach cramps(위경련) 같다고 하셨습니다. 기본 검사는 다 마쳤고요, 혹시나 싶어서 BGA(혈관가스검사)도 실행해 봤는데 이상은 없었습니다. 단 스트레스 수치가 높고 BP(혈압)이 조금 불안정해서 ABR(절대 안정)이 필요한 상황입니다."

이 간호사는 차트를 들여다보고 있었다.

"어드미션(처치)은 어떻게 했습니까?"

"수액을 주사하는 중이고 나머지는 선생님의 진단을 기다리고 있는 상황입니다."

재혁이 들어서자 베드 위에 누운 환자가 보였다. 늘씬하게 큰 키를 가진 환자는 벽 쪽을 향하고 있었다. 그런데 왠지 뒷모습이 낯이 익었다. 재혁의 심장이 철렁 내려앉았다. 달리다시피 환자에게로 다가갔고 조심스럽게 환자의 어깨를 잡아서 돌렸다. 그러는 동안 재혁의 맥박은 줄곧 불안정한 파동을 그렸다. 감사하게도 생각했던 얼굴은 아니었다.

"항 스트레스성 ST(안정제)를 투여해 주세요."

"어드미션(처치) 후에는요?"

"일단 투여가 끝날 때까지 기다렸다가 다시 이야기하죠."

말수가 없는 여자 환자의 얼굴은 눈부터 시작해 전체가 붙어있었다. 재혁은 마른세수를 하며 화장실로 갔다. 찬물로 얼굴을 적셨고 거울 속의 저를 들여다보았다. 정은의 눈물과 10년 만에 알게 된 진실이 떠올랐다. 하지만 이제 와서 뭘 어떻게 하라고?

그 시간, 정은은 하유와 고속버스터미널에 있었다. 남해 행 버스가 도착할 시간이었다. 정은은 끝까지 아무 내색도 없이 그저 모든 것을 내다버리고 잘 다녀오겠노라고만 했다. 저가 없어도 시곤과 잘 지내라 당부하는 정은의 말에서 입김이 피어올라 손이 시린 서리꽃이 되었다.

하유는 안타까워 입술이 말랐다. 재혁이 진실을 알게 되었다. 그래서 하유는 정은과 재혁에게 새로운 시작이 있을 것이라고 믿었다. 하지만 재혁은 진실을 알고도 정은을 놓아 버렸다.

규는 여전히 밥상을 따로 받았다. 하지만 시곤은 세 끼를 집에서 먹으려고 애를 썼다. 곧 점심시간이 다가와 붓을 내려놓는데 인터폰이 울렸다. 순옥이 한껏 들뜬 목소리로 빨리 1층으로 내려오라고 반복하여 말을 했다.

시곤은 브라프의 사료를 챙겨준 후에 현관으로 들어섰다. 밥 냄새와 함께 주방 쪽이 유난히 부산하였다. 뜻밖에도 규가 먼저 와서 앉아 있었다.

"뭐 하느라고 늦은 게야? 끼니를 챙기는 게 얼마나 힘든데 숟가락이라도 놓아주지를 않고서."

잔소리하는 규의 곁에는 학교에 나갔던 한수마저 의자를 차지하고 앉았다.

"곤아, 뭘 그러고 서 있니? 얼른 앉지 않고."

순옥이 눈을 찡긋거렸다. 말 없는 가운데 식사가 시작되었다. 얼마 만에 함께 하는 식사인지 몰랐다. 모두 규의 눈치를 살폈다.

"애비! 내가 애비까지 부른 것은 이유가 있어서야."

규가 입을 연 것은 식사의 마무리 즈음이었다.

"곤이, 너."

네. 답을 하면서 시곤의 심장이 두근거렸다.

"오늘이 목요일이라 있다가 저녁에 그 아가씨를 만나겠구나."

숨김없이 답한 시곤은 손을 공손하게 모았다.

"전하거라. 오는 일요일 오후 내가 차나 한잔하자 한다고."

시곤은 순간 심장이 튀어 오를 뻔했다.

"왜 답이 없어? 두 번 말하랴?"

"아, 아닙니다. 할아버지."

시곤이 몸을 일으켰고 젓가락 하나가 떨어졌다. 순옥과 한수는 서로를 쳐다보았다.

"감사합니다. 정말 감사합니다. 할아버지."

시곤은 만세삼창 대신 큰절을 올렸다.

"밥을 먹다 말고 이 무슨 해괴한 짓이냐?"

규만이 수저를 놀리는 손을 멈추지 않았다.

동방호텔의 커피숍에서 재혁과 마주 앉은 은서는 화려한 첼리스트였다. 토요일 오후의 커피숍에는 빈자리가 없었다. 통창을 지나 들어오는 햇살은 제법 온기가 있었지만 재혁은 제가 앉은 자리에는 햇살이 들지 않는 듯했다.

"바이올린을 전공하셨다 들었습니다."

"이태리에 유학도 다녀왔죠. 비첼리 음악학교에서 공부했어요. 지금은 부산시립교향악단에서 세컨드 바이올린을 담당하고 있죠."

정은과 똑같은 포지션. 재혁은 단번에 그 생각이 들었다.

"그런데 손톱이……."

재혁은 처음부터 은서의 손톱이 거슬렸다. 손톱마다 다른 무늬를 그려 넣었다.

"연주하실 때 불편하지 않습니까?"

"이상한가요? 이건 뗐다 붙였다 할 수 있는 거예요. 연주가 없을 때만 살짝."

재혁은 정은의 손톱을 떠올렸다. 항상 살 바로 아래까지 바투 잘라 다듬어져 있었다.

"재혁 씨는 손이 참 예쁘네요. 수술하는 의사 선생님의 손 같지 않아요."

은서는 재혁이 마음에 들었다.

"의사들의 손은 어때야 하는데요?"

"뭐랄까, 좀 더 강인하고 힘찬 손?"

정은은 그랬다. 손이 이렇게 섬세하니까 환자도 섬세하게 돌볼 수 있는 거라고.

"의사 선생님은 여가 시간에는 뭘 하세요?"

은서가 다리를 꼰 방향을 바꾸었다. 정은은 다리를 꼬는 법이 없었다.

"특별한 건 없습니다. 의학 서적을 본다거나 산책 정도."

"어머, 심심하게 사시네요."

정은은 "오빠는 이래서 내가 즐겁게 해 줘야 한다니까." 했다.

"그다지 심심하지는 않습니다."

재혁은 은서 씨는 무얼 하시냐고 되물으려다 그만두었다. 대화를 이어가기가 피곤했다. 남강 위로 이는 이랑을 일별한 후에 시계를 올려다보았다.

정은은 남해의 바닷가 모래사장을 걷고 있었다. 한적한 시간이었다. 바람은 차가웠고 어스름은 짙어지는 중이었다. 석양 속에 늘어지는 그림자는 정은의 것 하나였다.

'지금쯤 오빠는, 나는 알지도 못하는 여자랑 마주 앉아 있겠지.'

얼굴을 상상해 보았다. 잘 다듬은 눈썹, 조화로운 비율로 자리 잡은 이목구비, 아마도 비싼 명품임이 분명한 옷과 가방 그리고 구두. 고개를 저어서 생각을 흩어버리려고 했다. 그때, 도와주기라도 하려는 듯 휴대폰이 울렸다. 하유였다.

ㅡ 지금 어디니?

정은이 여보세요! 하기도 전에 다짜고짜 물었다. 하유답지 않았다.

"어디긴, 남해지."

– 그러니까 남해의 어디냐고? 집이야?

"언니가 말했지? 바다에 다 던져버리고 간다고. 그래서 지금 바닷가."

– 바닷가 어디? 자세히 말해 봐.

"해안 숲."

모래사장의 중간쯤이 해안 숲이었다. 편백나무와 쥐똥나무가 주를 이루는 숲 가운데로는 산책로가 있었다. 가을이면 과꽃이 흐드러지는 이곳을 하유도 잘 알았다.

– 그럼 거기에 계속 있어. 꼭.

"애 봐라. 추운데 빨리 들어가라고 하지는 못할망정."

– 꼭!

하유는 뭐가 급한지 인사도 없이 전화를 끊었다. 엉뚱하긴! 우리 하유, 참 많이 달라졌다. 눈앞의 파도는 계속 바위에 몸을 부딪치는 중이었다. 저처럼 멍이 들었으리라! 정은은 파도가 가여웠다.

"은재혁!"

정은은 손나팔을 만들어 모았다. 제게 멍을 들인 이름인데 밉지가 않았다.

"재혁 오빠!"

하지만 눈물은 나왔다.

"바보! 은재혁 바보! 바보 오빠! 꼴도 보기 싫어! 정말 싫다고!"

이대로 그냥 심장이 '빵' 터져 버렸으면!

하지만 그때였다.

"정은아!"

귀에 익은 목소리가 저만치에서 날아들었다. 정은은 고개를 돌려

보았다. 정은의 이름을 부르는 목소리가 작은 점으로 서 있었다. 순간 정은이 비틀거렸고 작은 점은 점점 다가왔다. 석양을 등에 진 그림자가 늘어졌고 시간의 수레바퀴는 슬로우 모션으로 굴러갔다.

"어쩌지? 그 꼴도 보기 싫은 바보가 왔는데."

정은의 눈물 끝에 그림자가 닿았다. 파도가, 갈매기 울음이, 석양이 숨을 멈추었다. ……, 재혁이었다.

"내가 왔어."

재혁이 불렀지만 정은은 뒷걸음질을 쳤다. 저녁 바다는 완연한 밤으로 건너가 찰랑였다. 석양의 색깔도 멍 색이었다. 재혁은 어느 정도의 간격을 두고 멈추었다.

"정은아!"

"왜? 오빠가 여긴 왜 왔어? 그 여자랑 알콩달콩 살 일이지 여긴 왜 온 거냐고?"

마음과는 정반대의 말이 나왔다. 터져 버렸으면 했던 심장은 펌프질을 해 댔다. 숨이 넘쳐흘렀다.

"오빠가 미안해."

"뭐가 미안한데?"

재혁은 은서와 헤어진 후 하유에게 전화를 했다. 정은이 남해에 있는 것을 확인하고는 바로 차를 달렸다. 참 많은 말들이 뒤죽박죽 머릿속을 유영했다. 조금 전, 정은의 집 근처에 도착했고 다시 하유와 통화를 했다. 정은의 정확한 위치를 알아낸 후에 정은을 찾아서 여기로 왔다.

"거 봐, 대답도 못하면서 얼마나 또 나를 헤집어 놓으려고 온 거야?"

"정은아, 오빠를 좀 봐!"

이윽고 다가온 재혁이 눈길을 피하는 정은의 양팔을 붙들었다.

"널 데리러 왔어."

"왜? 자기 마음 하나도 제대로 표현을 못하면서 왜 날 데리러 온 건데?"

이번에도 재혁은 답을 못했다.

"다 잊으려고 여기에 왔어. 미친 마음 같은 건 다 내다 버리고 가려고 바다에 왔다고. 그런데 뭐야? 왜 난데없이 나타나서 나를 잡아? 이런 나라도 오빠에게서 멀어지지 못하게 묶어두고 싶어서? 오빠는 정말 이기적인 사람이야. 아주 나쁜 놈이라고!"

모래 위에 얼룩덜룩 정은이 흘린 눈물의 무늬가 졌다.

"가. 이대로 그냥 돌아……."

하지만 재혁이 정은을 안아버렸다. 정은은 끈 풀린 마리오네트처럼 가만히 있었다.

"정은아, 니 말처럼 난 이기적이고 나쁜 놈이야. 내 마음을 잘 표현하지도 못해. 그래서 이 말이 얼마나 너에게 가 닿을지는 나도 모르겠다."

재혁이 정은의 목덜미에 고개를 묻었다. 맞닿은 핏줄이 서로에게로 뛰어올랐다.

"오빠가 처음에 왜 하유에게 마음이 끌린 줄 알아? 하유가 만들어 내던 피아노 선율 때문이었어. 하유의 집 앞을 오갈 때 흘러나오던 피아노 선율에 오빠는 갈비뼈 어디쯤이 아팠던 것 같아."

"그 이야기를 나한테 왜 해? 주인은 따로 있잖아."

"이미 했어."

순간 정은의 숨결이 멈추었다

"했는데, 그랬는데, 하유가 그러더라. 그 선율의 주인은 제가 아니라고. 그 선율은 당시 피아노학과 입시를 준비 중이던 저의 제일 친한 친구가 만들어 낸 선율이라고."

재혁은 정례가 쓰러졌던 저녁에 하유와 나누었던 대화를 떠올렸다.

"*오빠! 뭐라고 하신 거예요? 오빠가 우리한테 과외를 해 주었던 고 3 때 말이에요?*"

"*그래. 그래서 선뜻 과외를 맡았었지.*"

"*오빠, 아니에요. 잘못 아신 거예요. 그때 저는 우리 집 공사에서 아빠를 도와드리다가 손목 인대를 다쳤었어요. 당분간은 손목을 조심하라는 이야기를 들었죠. 그래서 그때 우리 집 피아노는 피아노학과 입시를 준비 중이던 정은이만 연주를 했어요.*"

"돌이켜 보면 항상 너였어. 네가 나의 가장 가까이에 있었지. 그리고 그 선율의 주인이 너라는, 시작부터 어긋난 진실도 알게 되었어. 그런데 난 널 밀어낼 수밖에 없었어. 너희 둘이 제일 절친한 친구인데 '하유가 안 돼서 너.' 이렇게 될 수밖에 없는 관계가 싫었어. 누구보다 너에게 두고두고 상처가 될 거니까. 혼자 숨기고 아파했던 너를 또 아프게 할 수는 없었으니까."

재혁은 저의 진심이 정은에게 닿기를 기도했다.

"그래서 오늘도 선을 보았어. 아무렇지도 않을 줄 알았지. 그런데 안 되더라. 참 이기적이고 나쁜 놈인 나도 진실을 알고 나니까 다른 여자를 보는 게 안 되었어. 비교가 되더라. 정은이는 안 저러는데 이 여자는 저러는구나. 정은이라면 안 했을 텐데 이 여자는 하는구나.”

바닷새들은 모두 둥지로 돌아갔다.

“언제나 너였어. 오빠를 웃게 하는 것도, 잔잔하게 하는 것도, 숨 막히게 하는 것도, 처음부터 오로지 너였어. 그러니까 이제 너랑 나 말고 우리가 되어 줄 수 있겠니?”

재혁은 무슨 대답이 나올지 두려웠다.

“오빠만 그런 마음이면 다야?”

하지만 밀당 같은 것, 정은에게는 없었다. 말만 그렇게 해 놓고는 재혁을 둘러 안았다. 그러자 정은의 언덕에 다시 별똥별이 쏟아져 내리기 시작했다. 늦은 저녁 바다를 환하게 밝혔다. 이제 진심은 집으로 돌아간 바닷새 대신 날개를 펴고 퍼덕이기 시작했다. 언제까지나 훨훨 날아가기를! 이 바다와 모래사장처럼 영원히 서로의 곁에서 함께이기를!

다음 날, 하유가 빌라의 계단을 내려온 순간 시곤은 저도 모르게 휘파람을 불었다. 하유는 허리까지 내려오는 저고리에 잘게 주름이 잡힌 개량 한복을 입었다. 머리도 땋아서 댕기 느낌의 리본을 묶었는데 꽃수와 멋들어지게 조화가 되었다.

“이상해요?”

하유가 어색히 웃었다.

“이상하긴요. 아주 예쁩니다.”

“할아버님이 좋아하실 것 같아 입었어요. 모두들 마음에 들어 하셨으면 좋겠어요.”

“틀림없이 그럴 겁니다. 하유 씨를 보자 하신 건 이미 결정이니까.”

물론 이제는 무조건 직진이었다.

함께 시곤의 집 대문에 발을 들이는데 브라프가 수문장처럼 앉았다. 꽃이 달린 고깔모자를 쓰고 <환영합니다!> 팻말이 달린 리본도 했다. 하유에게 뛰어오르자 고깔모자에 늘어진 술들이 반짝였다. 원의 솜씨였다. 규가 자신의 방 창문으로 내다보며 살며시 입꼬리를 올렸다.

"어서 올라와요. 정말 반가워요."

순옥은 미장원에도 다녀오고 홈드레스도 입었다. 소탈한 평소의 모습이 아니었다.

"여 선생, 어서 와요."

소파에는 성자가 한수와 함께 있었다.

"여 선생님, 안녕하세요? 큰아버님이 부르셔서 나도 왔어요."

경연이 주방에서 걸어 나왔다. 다과 준비를 돕고 있었다.

"곤이 형, 이제 나도 나가도 되는 타임인 거, 맞지? 형수! 오늘 정말 예쁘신데요. 한복 모델인 줄!"

안방의 문이 배꼼, 희원이 고개를 내밀었다.

"이럴 게 아니고 아버님께 인사부터 올려야지."

한수가 일어나 분위기를 정리하였다. 규는 하유처럼 개량 한복을 입고 방의 아랫목에 앉아 있었다. 성자는 한수와 희원이 부축해서 규의 옆으로 앉게 하였다. 시곤이 드디어 하유를 제 옆에 세우고 절을 올렸다.

"새아가, 오느라고 수고를 했구나."

규는 하유를 살갑게 새아가라고 불렀다.

"뭐 하러 저희까지 다 부르셨어요? 새사람이 힘들겠어요."

푹신한 의자에 앉은 성자가 괜한 타박을 주었다.

"글도 써야 하고 출근도 해야 하고 곤이랑 작업도 해야 하는데 왜 여러 번 인사를 하게 만들어? 이렇게 한꺼번에 하면 됐지."

"그럼 송이 오빠랑 윤이 오빠랑 희자까지 다 부르시지 그러셨어요?"

송은 셋째, 윤은 넷째, 희자는 성자의 아래 여동생으로 모두 진주에 거주하고 있었다.

"그럼 정말로 너무 많잖아. 그 애들은 다음에 한꺼번에 하면 돼."

규가 별일을 다 가지고 시비라는 표정을 지었다.

"새아가, 단도직입적으로 말하마. 사실은 내가 널 많이 반대했었다."

규는 다과가 들어오자마자 뜻밖에도 이 말부터 했다.

"미안하구나. 나도 세상의 편견에서 자유로울 수 없는 형편없는 사람이었어. 작년에 부모님 이별하고 혈혈단신이라면서?"

하유는 그늘 없이 답을 했다. 규가 그럴 수 있도록 만들어 주었다.

"보거라. 이제 여기 있는 모든 사람들이 너의 가족이란다."

규가 성자의 가족까지 부른 이유는 이 말을 해 주고 싶어서였다.

"인연이라는 건 어렵고 귀한 것이지. 하물며 가족이라는 이름으로 얽히는 인연은 더 단단히 얽혀야 하는 법이란다. 이제 우리가 가족의 인연으로 만났으니 아끼고 사랑하면서 살았으면 하는구나."

하유는 목이 멨다.

"그리고 새아가가 이것도 기억했으면 하는구나. 여기에 둘러앉은 너의 가족들이 너를 위해서 많이 노력했다는 것을. 내 동생은 전화로 몇 번이나 나를 설득했어."

성자는 확실한 지원군 역할을 했다.

"원이 녀석은 말로는 못하겠던지 편지를 썼더구나."

규가 옆에 놓아두었던 상자에서 편지 한 통을 꺼내었다.

"그리고 무엇보다 우리 곤이가, 너의 사람이 참 많은 노력을 했단다. 온갖 수고를 하면서 곤이 녀석이 쓴 편지도 이만큼이나 돼."

또 다른 편지 뭉치는 두툼하였다.

"그래서 궁금해지더구나. 이 많은 사람들에게서 귀한 마음을 받고 있는 새아가는 어떤 사람일까? 그래서 널 만나러 갔어. 한데 뜻밖에 내가 아는 얼굴이었어. 얘, 에미야!"

이번에 규의 시선이 향한 사람은 순옥이었다.

"작년에 내랑 납골당에 갔을 때, 기억이 나니?"

"무얼 말씀하시는 거예요?"

순옥은 기억을 더듬어보는 눈치였다.

"어지럽다는 나 때문에 에미는 약국엘 갔고 내 혼자 납골당에서 널 기다리고 있었잖아. 그때의 아가씨 말이다."

"아! 아버님께 더운물을 나누어주고 제가 돌아올 때까지 아버님의 옆에서 함께 기다려 준 아가씨 말이죠? 에휴, 경황이 없어 제대로 인사도 못 했네요."

"그럼 앞으로 두고두고 하면 되겠구나."

"네? 아버님? 설마?"

긴 침묵 후에 모두의 시선이 하유에게로 와서 닿았다.

"그래. 그때의 그 귀한 사람이 바로 우리 새아가였어. 새아가! 넌 기억이 나니?"

하유는 물론 기억이 났다. 이때 순옥이 하유의 한 손을 잡아 쥐었다.

"새아가! 너의 가족이 너를 위해서 많은 수고를 했다고 했지? 그 말도 맞아. 하지만 오늘 새아가가 우리의 가족이 된 것은 모두 너의 선한 마음 덕분이야. 어려운 이를 외면하지 않는 마음. 한순간의 스침도 허투루하지 않는 마음. 낮은 데 머물 수 있는 마음. 할애비는 참말로 존경스럽구나. 얼마나 좋은 부모님들이셨기에 이렇게 딸을 곱게 길러 놓았을꼬! 알지도 못하고 반대했던 나의 편견과 고집이 미안하구나."

"아니에요, 할아버지."

"미안한 만큼, 아니, 그 이상으로 널 아끼고 좋은 부모가 되어 주마. 그걸로 내 사과를 대신하면 되겠니?"

"아니에요. 할아버지. 아니······."

결국 하유는 바닥에 엎드리고 말았다. 땋아 묶은 머리에서 리본이 흘러내렸다. 방 안에 한동안 눈물 삼키는 소리가 잔잔하였다.

재혁은 정은의 집 근처 펜션에서 하룻밤을 묵었다. 정은과 함께 점심까지 먹고 돌아올 때는 남해대교를 건너 국도를 선택하였다. 차창 옆으로 푸른 잎 하나 없는 시골 마을들이 지나갔다. 겨울 바다와 어울리니 묘한 정취가 있었다.

"오빠! 우리 동네에 소문이 다 퍼졌어."

정은은 뭐가 그리 좋은지 연신 혼자 웃었다.

"양식장 집의 막내딸이 바닷가에서 웬 남자를 끌어안고서는 대성통곡을 했다고. 그 남자의 얼굴까지 현상수배 중."

재혁은 웃음을 참을 수가 없었다. 그래. 정은이가 있어야 오빠는 웃는다.

"봐! 역시 오빠의 옆에는 내가 있어야 된다니까."

정은이 재혁의 팔에 기대었다. 순간 재혁은 안정감을 느꼈다. 재혁은 항상 병을 지켜보면서 하루의 절반 가까이를 환자와 함께한다. 아무리 냉정하려고 해도 환경과 분위기에 휩쓸릴 수밖에 없다. 하지만 정은의 이 건강함과 활기가 저의 힘이 되어줄 것이었다. 재혁이 정은의 손을 꼭 쥐었다. 진심이 진심에게 닿아 포근하였다.

인사를 마친 시곤과 하유는 강변도로를 달리고 있었다. 하유를 데려다주는 길이었다.

"고생 많았어요. 이제 아무 생각 말고 푹 쉬어요."

"고생은요? 그렇게 많은 가족에게 둘러싸여 고생이라는 말을 하면 나쁜 사람이죠."

"할아버지가 반대했었다는 말을 직접 하셔서 마음이 상하지는 않았어요?"

"오히려 아닌 척하셨으면 상했을 거예요. 게다가 사과까지 해 주셨잖아요."

낮은 데 머물 수 있는 마음은 오히려 규에게 있었다.

"힘든 일도 있었고 괴로운 과정도 지나왔죠. 하지만 이제 모든 게 좋을 겁니다."

"다 좋지 않아도 돼요. 곤이 씨와 함께라면 넘어갈 자신이 있으니까요. 참! 그보다 아주 좋은 소식도 하나 있는데."

"그게 뭔데요?"

"우리 정은이에 관한 일이요."

하유는 말을 해 줄 듯 말 듯 말끝만 늘였다.

"빨리 말해 줘 봐요. 많이 궁금한데."

"궁금해요?"

"당연하죠."

"그럼 얼마나 궁금한지 표현을 해 봐요."

하유는 시곤이 했던 말을 흉내 내고 있었다.

"이 아가씨 보게! 여기에서 그런 말을 하면, 내일 아침뉴스 사건 사고의 한 면을 차지하고 싶다는 뜻인데."

시곤은 강변도로 한복판에서 핸들을 놓아버릴 태세였다.

"사실, 그게 말이에요."

달콤한 이야기를 하며 눈빛도 달콤하게 섞여들었다. 이윽고 시곤의 차가 빌라 앞에 도착하였다. 그리고 건너편에서는 정은이 막 재혁의 차에서 내리고 있었다.

"둘이 같이 올라오는 길인가 봐요."

하유는 정은의 뒤를 따라 내리는 재혁을 보며 박수를 쳤다.

"분위기가 좋아 보이는데요. 마침 잘됐네요. 이참에 제대로 인사를 나눕시다."

시곤이 먼저 차에서 내려섰다.

"정은 씨, 집에는 잘 다녀왔습니까?"

시곤은 하유의 등을 감싸 안고 정은과 재혁 쪽으로 다가갔다.

"시곤 씨! 우리 하유를 바래다주던 길인가 봐요?"

다가오는 정은의 목소리는 5월, 장미의 계절이었다.

"그리고 운 좋게도 정은 씨까지 만났네요."

시곤과 하유가 나란히, 재혁과 정은이 나란히, 서로를 마주 보며 멈추었다.

"우와! 우리 하유, 오늘 옷차림이 이게 뭐니? 혹시?"

"맞아. 오늘 정식으로 인사를 드렸어."

"다들 좋아하셨지?"

"당연하죠."

시곤이 대답을 대신 했다.

"축하한다, 여하유. 너무 기쁜 소식이야."

"하유 씨, 소개는 안 해 줍니까?"

"정은아, 인사를 시켜 줘야지."

그때, 시곤과 재혁이 동시에 말을 하였다.

"재혁 오빠, 여긴 설시곤 씨. 현재 저랑 만나는 사람이고 보타니컬 아트 화가예요."

"시곤 씨, 이쪽은 은재혁. 우리한테 정말 고마운 오빠이고, 내과의로 일해요."

"말씀 많이 들었습니다. 이렇게 뵙게 되네요."

재혁이 악수를 청했다. 하유를 바라보는 시곤의 눈빛에 신실함이 있어 감사했다.

"저도 하유 씨한테 말씀 많이 들었습니다. 많은 도움을 받았다고요."

시곤이 손을 맞잡았다. 정은의 진심을 알아준 재혁이 감사했다.

"정말 감사합니다. 우리 하유 씨한테 큰 의지가 되어 주셔서."

"천만에요."

다시 한번, 현재 하유와 사랑을 하고 있는 남자가 과거 하유를 사랑했던 남자에게!

"피곤하겠지만 다들 그냥 헤어지기는 서운하죠? 우리 집에서 따뜻한 차 한 잔, 어때요?"

정은이 제안하였다.

그때 그런 네 사람을 지켜보는 이가 있었다. 상우의 자가용을 빼앗아 타고 온 유라였다. 그들의 다정한 기운이 저에게까지 날아들었다. 유라의 마음이 시곤의 거울처럼 깨어지고 얼굴은 재혁의 수표처럼 구겨졌다. 유라는 망설임도 없이 시동을 걸었고 곧바로 차를 달렸다.

이상한 낌새를 제일 먼저 알아차린 것은 시곤이었다. 차 한 대가 무서운 속도로 달려오는데 정확하게 네 사람 쪽이 목표였다. 찰나였지만 운전자를 알아보았다. 나머지 사람들도 마찬가지였다. 시곤과 재혁이 동시에 하유와 정은을 감싸 안았다. 곧 시곤과 재혁은 등도 돌렸고 하유와 정은은 눈을 질끈 감았다. 온몸의 신경세포들이 자잘하게 쪼개지면서 솟구치는 듯한 찰나였다. 머릿속에서는 검붉은 사이렌이 줄기차게 울려댔다.

시곤은 누군가를 찾았다. 함께 살든 함께 죽든 꼭 그렇게 해 주시라고. 저와 하유 중 누구라도 혼자 남겨져 살아가는 일상은 상상조차 할 수 없다고.

하유는 간절히 기도했다. 브라프가 뱀에 물리는 바람에 오히려 목숨을 건질 수 있었던 것처럼 지금 이 순간에도 제가 시곤이나 모두에게 기적이 될 수 있기를.

재혁은 끊임없이 후회했다. 진즉 사랑해 주었어야 했다. 돌아올 때라도 더 많이 표현해 주었어야 했다. 언제나 한결같이 저의 곁을 지켜 준 정은을.

정은은 재혁을 꼭 붙들었다. 나는 오빠에게 사랑한다는 말을 얼마나 해 주었나? 표현하지 못하는 오빠를 배려하느라 나도 말을 너무 아꼈던 건 아닐까? 내 사랑은 줄기차게 반짝이고 있었는데.

그 찰나의 순간이 그렇게 길 줄 아무도 몰랐다. 사랑하는 가족들, 주변의 지인들, 그렇게 뒤에 남겨질 모든 사람들의 영상이 차례로 스쳐 지나갔다.

그런데……,

유라가 마지막 순간에 핸들을 옆으로 틀었다. 네 사람의 바로 앞에까지 바투 달려오는가 싶었는데 건너편 게이트볼 장 쪽으로 차를 꺾었던 것이다. 차는 철제 기둥을 들이받으며 펜스를 찌그러트린 채 들어 올렸고 그대로 벽면까지 돌진했다. 요란한 충돌음과 유리 파편이 부서져 내리는 굉음이 흩어졌다. 처참한 형상이었다. 유라를 닮아 상우가 애지중지했던 붉은색 소형차는 앞부분이 완전히 찌그러졌다. 뒤쪽에서는 허연 연기가 피어올랐고 차가 들이받은 벽면은 으깬 두부처럼 무너졌다.

"유라야!"

하유가 차 쪽으로 달려갔다. 시곤이 그 팔을 붙들고 뒤를 따랐고 재혁과 정은도 부산하게 움직였다. 하유는 쇠공에라도 맞은 듯 파괴돼 버린 운전석 유리를 통해 안을 들여다보았다. 겨우 유라의 얼굴만 보였는데 머리에서 동백꽃 색깔의 피가 흘러내리고 있었다. 하유가 다시 애타게 불렀지만, 유라는 조금의 움직임도 없었다.

시곤은 경찰서에, 재혁은 119에 각기 신고 전화를 했다.

❧ 과꽃은 꽃말은 <나의 사랑은 당신의 사랑보다 깊다.> ❧

감꽃 길 시골하우스

사진 속, 평면으로 남은 부모님과만 3번의 명절을 보냈다. 그래서 함께한 순간도 다 평면이었다. 하지만 올 설날의 모든 순간은 3D 안경까지 갖춰 쓴 알록달록한 입체로 살아 움직였다.

기독교인 시곤의 집에 제사는 없었다. 대신 규는 아침상 머리에서 선조들의 이야기를 들려주었다. 크게 벼슬을 한 분도, 이름을 날린 분도 없지만, 땅과 함께 정직하게 살았다고 했다. 선조에 대한 존경심과 땅에 대한 사랑을 느낄 수 있었다.

원의 가족들까지 와서 윷놀이를 하였다. 시곤과 경연이 한 팀, 하유와 규가 한 팀, 순옥과 원이 한 팀을 이루었다. 하유는 처음 보는 경연의 남편과 한수는 밀린 이야기가 많다며 따로 들어갔다. 성자는 옆에서 구경을 하였다.

"우리가 일 번이구나. 너부터 던져 보거라."

규가 윷가락을 가지런히 하유에게 건넸다.

"할아버지가 먼저 던지세요."

"윷가락도 늙은 손보다 고운 손을 좋아하지 않겠니?"

하유가 던진 윷이 하늘로 치솟았다.

"모로구나!"

규가 미리 외쳤고 윷가락은 정말로 모두 가위표 부분을 내보였다.

"모예요, 하유 씨!"

규는 물론 시곤도 손뼉을 쳤다.

"곤이 형, 좀 참지! 지금 형은 형수랑 다른 팀이거든. 하여간 이 형이 지금 사리 분별이 사망이니까."

왁자한 웃음이 터졌다.

"큰엄마! 잘 던지셔야 해요. 그럼 우리가 일 번으로 날 수 있다고요."

거의 막바지였다. 희원과 순옥의 팀 차례였고 순옥이 윷을 던지게 되었다. 두 개의 말은 벌써 나와 있고 두 개의 말은 업고서 3칸만 남겨놓은 상태였다.

"원아! 큰엄마, 간다!"

"큰엄마, 잠시만요!"

원이 제 입김을 손바닥에 모아 윷가락을 문질렀다. 순옥이 윷가락을 던졌다. 신나게 날아오르나 했는데 하나가 담요 밖으로 굴러나가 버렸다.

"에이! 이게 뭐야?"

"그러게, 원아! 마음을 곱게 써야지."

시곤이 아까의 복수를 했다.

"형이야말로 마음을 곱게 써. 자꾸 형수 편만 들지 말고."

원이 시곤의 목을 조르는 시늉을 했다. 시곤은 원의 배를 사정없이 간질였다.

"엄마, 나 죽어!"

원이 눈을 감으며 넘어갔다.

"곤이 조카, 조심해요. 우리 집에 하나뿐인 귀한 자식이에요."

경연이 부러 말리는 척을 했다.

"왜 이래, 동서? 우리 집에도 아들은 곤이뿐이야."

윷놀이는 더 이상 진행이 불가능했다. 하유도 한 때 은순과 지찬, 발톱을 숨기고 있던 유라네 가족과 윷놀이를 하면서 이렇게 행복했었다. 둘러보던 하유의 시선이 규에게서 멎었다. 규는 다 안다는 표정으로 이미 하유를 보고 있었다.

이른 저녁을 먹고 순옥과 경연은 친정으로 향했다. 성자는 시곤의 집에서 항상 잤다. 규는 하유도 묵어가라고 했다. 설 당일은 집에 가서 혼자 잤다. 성자의 잠자리를 보아 주고 시곤과 하유는 규의 방에 누웠다. 가운데 규가 눕고 오른쪽이 시곤, 왼쪽이 하유. 규가 그러자고 청했다.

하유는 쉬 잠들지 못했다. 시곤과의 첫 만남부터를 되새겨 보는 중이었다. 그야말로 전화위복. 철구가 저지른 만행이 아니었다면 시곤을 만나지 못했을 것이다.

"새아가, 잠이 안 오니?"

규가 문득 물어왔다.

"죄송해요. 시끄러웠나요?"

하유는 제가 덮은 이불에서 부스럭 소리라도 났나 싶었다.

"아니다. 옆으로 너랑 곤이를 데리고 누우니 심사가 든든하여 잠이 안 오는구나."

"전 가족들과 보낸 시간이 이미 꿈이라서 더 이상 꿈이 찾아오지 않네요."

"말도 참 예쁘게 하지! 사실은 널 보낼까도 했어. 하지만 떠들썩하니 있다가 혼자 눕는 잠자리가 허전할까 걱정하는 곤이의 마음을 내가 먼저 헤아렸구나."

"저야 다 감사하죠."

"새아가의 부모님은 어떤 분들이셨니? 내가 내 부모님 이야기를 들려주었으니, 어디 새아가의 부모님에 대한 이야기도 들어보자꾸나."

"그래도 될까요?"

규의 끄덕임이 보지 않고도 선명했다.

"저희 아빠는 집을 그리고 지었어요. 철근 한 가닥, 벽돌 한 장도 마음으로 쌓아 올려야 좋은 집이 완성된다고 했죠."

"설계도 하고 건축도 하였구나."

"네. 그렇게 지은 집이 든든하게 서 있는 것을 보면 뿌듯하고 행복하다고도 했죠. 엄마는 평범한 주부셨어요. 학교에 다녀오는 저를 늘 마중을 나오던 좋은 엄마였죠."

"바쁜 시절에 그러기 쉽지 않았을 텐데."

"그게 엄마의 기쁨이라고 했어요. 또 이런 얘기도 했죠. 세상에 인연이라는 것은 정말로 존재하는 거다. 그 인연은 피할 수도 없고 지나갈 수도 없다. 어딘가를 돌고 돌아도 꼭 그 자리에서 다시 만나게 되는 거다. 우연인 것 같지만 그 우연이 쌓이고 쌓여서 인연이라는 이름을 만들어 가는 거다. 아빠가 벽돌 한 장, 철근 하나, 마음 들여서 쌓는 것처럼 인연도 그렇게 쌓이는 거다. 라고."

"늙은 내 눈이 그릇되지 않아 생각한 딱 그대로의 분들이구나. 그래서 어쩐지 새아가를 처음 봤을 때, 눈에 익다 싶었어. 착한 사람들은 인상도 닮는 법이거든."

"저희 집도 아빠가 직접 설계하고 지으셨어요. 엄마와 저도 틈틈이 도왔죠."

"추억이 깃든 소중한 집을 남겨 주셨구나. 고마운 일이야."

"생각해 보면 고마운 분은 따로 있어요. 아빠는 그때 어떤 어르신의 집도 같이 건축을 시작했는데 공사비를 먼저 정산해 주셨어요. 그래서 저희 집도 같이 올라갔죠. 아빠가 꼭 같이 찾아뵙고 인사를 드리자고 했는데 제가 수험생이 되면서 흐지부지 지나가 버렸죠. 그 어르신께 두고두고 죄송한 마음이에요."

"그러니까 그게 11년 전의 일이로구나. 잠시만!"

규가 갑자기 몸을 일으켰다.

"갑자기 왜 그러세요?"

잠들지 않고 도란도란 이야기에 행복감에 젖어있던 시곤이 뒤이어 일어났다.

"곤아! 불을 좀 켜 보거라."

뒤따라 하유도 일어난 후였다.

"가만 보자. 이상하지? 분명 지 소장으로 알고 있는데."

일어나는 규를 시곤이 부축하였다. 규는 사진이 진열된 장식장에서 액자를 하나 들고 왔다.

"새아가! 혹시 아는 얼굴이더냐?"

규는 사진틀을 닦은 후에 내밀었다. 하유와 시곤이 함께 들여다보았다. 그리운 얼굴, 한 번도 잊어본 적이 없는 얼굴, 사랑하는 얼굴, 우리 아빠 여지찬. 그리고 옆에는 주름살이 덜한 70대의 규가 서 있었다.

"저희 아빠예요!"

"어쩐지! 이래서 새아가가 낯이 익었던 거로구나. 너희 아버지였구나. 시골하우스를 마음 들여 튼튼히 지어준 이가 새아가의 아버지였어. 이래서 사람의 기억이 요망한 게야. 어쩌자고 지 소장으로 착각했을까?"

"저희 아빠가 여, 지 자, 찬 자, 성함이에요."

"이런! 이름의 첫 자를 성으로 잘못 기억하고 있었구나."

"이모님도 하유 씨를 처음 볼 때부터 낯설지 않다고 했어요."

시곤은 당시 군대에 가 있어서 지찬을 본 적이 없었다.

"그때, 어린 새아가의 사진도 수월찮이 보았는데 어째 다 잊었을까? 그랬구나. 그랬던 거였어. 새아가와의 고마운 인연은 이미 이어져 있었어. 네 어머니의 말씀이 맞았어. 우리는 피할 수도 없고 지나갈 수도 없는 인연이었구나."

규는 커튼 틈새로 숨어든 달을 올려다보았다. 시곤은 하유의 어깨를 감싸 안았다. 지찬은 11년 전에 외동딸을 위한 인연의 집을 지어놓았다. 따스하게 더불어 살라고 든든하게 남겨주었다. 2월의 바람 따위는 감히 새어 들어올 수 없는 막내 돼지의 집을 견고히 쌓아놓았다.

개나리 꽃그늘이 바람을 따라 자리를 바꾸었다. 완연한 봄이 모두에게 희망을 내라고 속삭였다. 재혁은 퇴근을 서둘렀다. 규의 생신 잔치 날이었다. 정은과 만나 시간을 보내다 잔치에 참석할 예정이었다.

"은 선생님."

계단 아래에서 용케 피해 다녔던 경민을 그만 마주치고 말았다.

"이렇게 일찍, 어딜 가시나 보네요. 그런데, 해가 바뀌어도 제 소개팅은 소식이 없네요. 정은 씨는 건강히 잘 지내는 거죠?"

역시나 경민이 재혁을 반긴 목적이 따로 있었다.

"우리 정은이는 건강히 잘 지내고 있습니다."

언짢아진 재혁은 눈에 힘을 주며 은테 안경을 매만졌다.

"저랑 잘 만나면서요."

네에? 경민의 입술과 말의 끝이 동시에 올라갔다.

"우리 정은이는 저랑 만나면서 아주 건강히 잘 지내고 있다고요. 지금도 우리 정은이를 만나러 가는 길입니다."

재혁이 새초롬 멀어져갔다. 경민은 멀거니 응시할 수밖에 없었다. 정은은 학원 앞에서 만났다. 정은은 입시 반 학생을 위해서 주말 수업을 해 주고 있었다.

"학원 분들은? 다들 잘 지내시지?"

"당연하지 그런데 오늘은 밝은 시간부터 어두울 때까지 쭉 같이 있을 수 있는 거야?"

에너자이저. 정은의 활력이 차에 들어찼다.

"내가 늘 바빠서 미안해."

재혁이 최대한 배려를 하지만 만날 수 있는 시간이 많지는 않았다.

"미안하기는! 그리고 아무리 바빠도 내일 어머님과의 약속은 기억하지?"

내일 정례와 외식을 하고 쇼핑도 가기로 했다.

"기억하지. 그런데 우리끼리 만나는 데 어머니가 동행하면 불편하지 않아?"

"약속 잡을 때 어머님도 똑같이 물어보시더라. 그래서 내가 뭐라고 했게?"

"뭐라고 했는데?"

"오빠랑 둘만 있으면 너어무 심심해서 셋인 게 훨씬 좋다고 했지."

"어머니가 좋아하셨겠네."

"오빠가 남해의 우리 집에 갔다 와 준 데 대한 보답이야. 난 계산은 정확하니까."

"퍽이나 정은이답다."

재혁은 정은에게 고마웠다. 정례는 물론 영호까지 살뜰히 챙겨 주었다.

"오빠, 사실 처음엔 어머님이 어려웠다. 꼭 드라마에 나오는 부잣집 사모님 같아서. 그런데 알고 봤더니 무늬만 그래. 나름 소탈하시더라."

재혁은 정례의 말을 떠올렸다. 유라를 한때나마 저의 짝으로 생각한 것이 소름 끼친다고. 제게 너무 미안하다고. 그래서 정은이 더 마음에 든다고도 했다. 자기 의견을 말할 줄도 알고 참을 줄도 알고 눈치껏 준비할 줄도 안다고. 겉과 속이 비슷한 것 같아 마음이 놓인다고도 했다. 유유상종. 하유의 절친한 친구이니 말해 뭐 하겠냐고, 곧 있을 하유의 결혼식 혼수는 다 자신이 담당할 것이라고도 덧붙였다.

"어머니가 지인분들한테 니 자랑을 많이 하셔."

"그럼 오빠는? 오빠는 어떤데?"

정은이 장난스럽게 묻는다.

"심심하고 지루한 내 삶에 니가 있어 줘서 고마워. 니가 없는 내 삶은 이제 상상하기도 싫어."

재혁은 진심을 담아 답했다. 지난겨울, 유라의 차가 돌진해 오던 순간을 떠올렸다.

"그리고 또? 또 말해 봐."

정은의 눈은 여전히 장난기로 반짝인다. 사랑스럽다. 재혁은 주택가 골목 옆으로 차를 세웠다. 그런 후 몸을 비틀어 정은의 볼을 감싸 안았다.

"왜? 뭘 하려고?"

"사랑한다! 서정은. 내가 널 많이 사랑한다고."

재혁의 얼굴이 정은의 얼굴로 다가왔다.

"오, 오빠, 잠시만. 갑자기 왜 이래? 신성한 길거리에서 ……."

정은의 뒷말은 재혁의 숨결에 파묻히고 말았다. 봄이라서 간질간질. 성실하게 살아낸 모든 이들에게는 축복인 봄날이라서 너도나도 봄을 따라 간질거렸다.

남자는 여자의 휠체어를 조심스럽게 밀었다. 연신 어자의 머리도 다듬고 담요도 어루만져 주는 것이 남자의 깊은 마음이 깃든 듯했다.

"봄이라 해도 바닷바람은 아직 차가운데 괜찮아?"

상체를 숙여 건네는 남자의 음성이 바람을 몰아내었다.

"괘애안아요."

여자는 몸이 불편하였다. 답을 하는 목소리와 발음도 온전하지 않았다.

"조금만 더 있다 들어가자. 어머님이 기다리시겠어."

"내애가 다압다압해서 그예요."

"알았어. 내가 자주 바람도 쐬어주고 해야 하는데 도통 시간이 안 나서 말이야."

"아이에에요. 고오마아와요."

여자는 주말마다 잊지 않고 찾아주는 남자가 고마웠다.

"약은 잘 챙겨 먹지? 다음 주 수요일이 정기 진료 날이야."

여자는 말을 하기가 힘들어 고개만 끄덕였다.

"이번에 나가면 봄옷도 한 벌 사자. 예쁜 원피스로."

물론 넌 평생 걸쳐 볼 엄두도 못 내겠지만!

"입으을 일도 따로 어업는데, 뭘."

여자는 제대로 걷지도 못하는 신세가 저주스러웠다. 독한 생각도 해 보았다. 하지만 목숨을 향한 여자의 집념은 구차스러울 정도였고 남자의 지극정성은 극단적인 선택을 하지 않아도 될 핑곗거리가 되어 주었다. 남자는 아버지도 버린 저를 거두어 주었다.

"치료만 열심히 하면 언젠가는 좋아질 거야. 그렇게 믿고 살아야지."

"미이안해애요."

"미안하단 말은 안 하기로 했잖아."

"그으예에도 미이안해애요."

여자는 그나마 목숨을 이어 붙인 것은 마지막에 핸들을 꺾었던 덕분이라고 믿었다. 그게 제 사촌을 향한 마지막 긍휼이었는지 인간이 가진 최소한의 양심이었는지는 모르겠지만 제 사촌을 들이받지 않은 것은 천만다행이었다. 이제는 정말 남보다 못한 사이가 되어버렸지만 모두 자업자득이었다.

"아직도 여기에들 있었어? 점심 준비해 놨어."

등 뒤에서 말소리가 날아들었다. 목을 제대로 가누지 못하는 여자 대신 남자가 돌아보았다. 여자의 어머니였다. 한때 여자만큼이나 화려하고 사치스러웠던 어머니도 소박한 옷차림에 손을 모으고 서 있었다. 남자 앞에서는 보인 적 없는 겸손함이었다. 빈손으로 떠나와 남편에게까지 버림을 받았으니 당연한 노릇이었다.

"네, 어머님. 들어가죠."

남자는 제가 받았던 멸시를 하나도 잊지 않았다. 하지만 똥개 취급이나 받던 제가 이제는 먹이사슬의 최상위 포식자가 되었다. 이 관계의 지속 여부도 순전히 저의 독점 권력이었다. 마음껏 폭군이 되어도 좋으리라! 휠체어를 미는 남자의 동작이 바로 봄의 왈츠였다.

평소의 규는 검소했다. 그런데 웬일로 생일을 성대하게 준비하라고 했다. 단, 며느리들이 힘이 들 테니 집이 아닌 식당에서 준비를 하라고도 했다.

5남 3녀의 장남이다 보니 가족들과 가까운 지인들만 초대했는데도 수가 엄청났다. 수많은 선물 꾸러미가 축하 인사를 선넸다. 시곤과 하유는 나란히 서서 손님들을 맞았고 건너에는 한수와 순옥이 나란히 서 있었다.

"여기야!"

어느 순간, 하유가 손을 흔들었다. 정은과 재혁이 팔짱을 끼고 들어서는 중이었다.

"재혁 오빠, 어떻게 시간이 나셨네요?"

하유가 정은의 손을 잡고 인사는 재혁에게 건넸다.

"다른 일도 아니고 당연히 와 봐야지."

"형님, 와 주셔서 감사합니다."

시곤은 재혁에게 악수를 청했고 두 남자는 손을 잡았다.

"동생도 우리 집에 일이 있으면 그림을 그리다가도 올 거잖아."

이제 재혁과 시곤은 서로에게 형 동생이었다. 정례를 통해서 판매된 시곤의 보타니컬 아트 그림만 해도 수가 꽤 되었고 재혁은 규의 주치의를 담당하고 있었다.

"어르신, 축하드립니다. 오래오래 건강하시고 행복하세요."

재혁과 정은이 규에게 다가갔다.

"우리 은 선생 오셨구먼. 두 사람 국수는 언제 먹여 주는가?"

규는 볼 때마다 물었다.

"저흰 가을쯤으로 생각하고 있습니다."

재혁이 준비해 온 선물을 탁자 위에 내려놓았다.

"가화만사성이라고 했네. 뭐든지 가정이 안정되고 나서 다 평안한 법이지."

"명심하겠습니다. 어르신."

다음 손님은 시골하우스의 권숙과 종학이었다. 하유는 이미 시곤과 함께 시골하우스에 가서 인사를 했다.

"먼 길인데 와 주셔서 감사해요."

"그리 말하든 서운하제. 어르신 생신 잔치인디 당연히 찾아뵈야제. 나란히 서 있는 두 사람을 본께 내 맘이 이래 좋을 수가 없거마는."

종학은 표나지 않게 웃으며 여전히 말은 없었다.

"내가 첫눈에 딱 둘이가 인연이다 싶었거등. 허지만 아무리 글캐도 설마 하유가 지 소장, 아니, 여 소장의 딸일 줄이야 우찌 알아겠노. 내가 그랬제? 아무래도 눈에 익는 얼굴이라꼬. 내가 그석이, 우리 여 소장 밥도 수월찮이 차려 주었었단 말이제."

"이모님, 감사합니다."

"감사는 내가 해야제. 우리 큰 녀석이 여 소장 덕분에 마음을 잡고 새 출발울 했는디. 내가 요리라도 혀서 은혜를 갚는갑다 싶어 참말 좋구먼."

권숙은 하유에게 무언가를 건넨 후 엄마 미소를 지었다. 종학은 말 없이 시곤의 어깨를 두들겨 주었다. 성자는 희원이 미는 휠체어를 타고 왔다.

이벤트 사회자가 행사를 진행하기 시작했다. 형제들의 축복 말이 있었고 자손들의 큰절 순서도 있었다. 초대받은 도민혁 밴드의 축하 공연까지 끝이 나자 사회자는 규에게 인사말을 부탁했다.

"다들 와 줘서 참말 고맙네. 곧 있을 곤이의 결혼식에도 다 참석을 해 주길 바라네."

규는 인사 끝에 시곤과 하유를 손짓으로 불러 옆에 세웠다.

"이 결혼이 우리 집안의 첫 결혼이기도 해서 감회가 남다르네. 인사부터 올려라."

시곤과 하유는 좌중을 향해 고개를 숙였다.

"사실 내 생일이야 핑계고 이 두 아이가 맺어지기 전에 꼭 하고 싶은 말이 있어 자리를 먼저 마련했네. 길게 말할 것도 없고, 혹 개중에 모르는 사람들도 있을 텐데 여기 서 있는 내 손부 아가는 부모님도 안 계시고 형제도 없네. 혈혈단신 소위 말하는 고아란 말이지."

여기저기 수군거리는 소리가 났다.

"세상의 편견은 무서운 법이네. 부모 없는 혼자 몸이라 하면 색안경부터 끼고 드니까. 사실 내부터도 그랬던 못난 사람이고."

규가 하유의 손을 잡고 힘을 주었다.

"그런데 우리 손부 아가를 보면서 알았네. 아무리 인간이 환경의

지배를 받는 존재라고 해도 환경을 뛰어넘은 탁월함 또한 사람에게 있다는 것을. 이미 넘치게 받은 사랑은 없어지지 않고 항상 그 사람 안에 고여 있다는 것도. 거기에 대해서는 내가 이미 검증을 마쳤거든."

순식간에 수군거림이 멎었다.

"그러니까 부모님 없이 치르는 결혼식에서도, 앞으로도, 그 누구라도 내 손부 아기의 배경에 대해서는 말을 하지 말해 줌세. 그 누구보다도 고운 심성을 지녔고 사랑을 베풀 줄 아는 아이니까. 그만큼 예쁜 글을 쓰는 아이이고. 오늘 참여한 모든 분들을 위해서 우리 손부 아기가 쓴 동화책이랑 이 두 아이가 함께 만든 책을 답례품으로 준비했으니 글을 읽어 보면 내 말의 뜻을 알 거라 믿고."

경건한 침묵이 흘렀다.

"만약 이 말을 듣고도 혹시 말을 할 사람은 마음껏 해도 좋네. 하지만 내 얼굴은 두 번 다시 못 본다고 생각해야 할 거네."

"할아버지, 멋져요. 브라보!"

규의 마침표 끝에 정은이 박수를 쳤다. 눈가에 물방울이 찔끔 매달렸다. 다음으로 재혁이 박수를 쳤고 모든 사람들이 일제히 손뼉을 울려댔다. 모두 하유의 새 가족이었다.

잔치가 끝난 후, 어른들을 먼저 모셔다드렸다. 하유는 손님 접대로 힘들었을 시곤을 배려해 혼자 돌아가겠다고 했다. 시곤은 낯선 친척들을 맞이하느라 하유가 더 힘들었을 거라며 브라프를 태운 후에 운전을 자처했다.

"아까 권숙 이모님이 주신 게 뭔지 알아요?"

하유는 차 안에서야 생각이 났다.

"내 휴대폰이에요. 작년에 시골하우스에서 잃어버렸던 것."

"그걸 찾으셨대요? 어떻게?"

"별채 뒤 고추밭에 떨어져 있는 걸 아저씨가 발견하셨대요."

"참 신기하네요. 어떻게 작년 6월에 잃어버린 걸."

"비도 맞았을 텐데 녹슨 데도 하나 없어요. 꼭 결혼 축하 선물 같아서 기분이 좋아요. 잃고 돌았지만 결국은 제 자리로 오게 된다는 메시지 같아서."

"그리고 보니 신기한 일은 나도 있어요."

"뭔데요?"

"할아버지가 생신 답례로 하유 씨의 동화책을 준비하셔서 다시 한 번 찬찬히 읽었거든요. 그런데 첫 번째 동화책 <화구점의 강아지>에 나오는 강아지와 브라프가 닮은 게 있더라고요. 브라프도 강아지일 때, 기분이 안 좋으면 꼭 한쪽 귀만 접고 구석으로 돌아앉아 있었거든요."

백자귀의 밤, 시곤이 하유에게 준 생일 선물이기도 했다.

"브라프도 강이처럼요?"

"그 강아지 이름이 강이에요? 책에는 은이라고 나오던데."

"우리 정은이가 강아지라도 괜찮으니까 꼭 제 이름을 넣어달라고 했거든요. 전에 정은이 엄마가 하시던 꽃집 건너편에 화구점이 있었어요. 머리가 하얀 할아버지가 운영을 하셨는데 거기 있던 어린 강아지가 강이였죠. 절 잘 따랐어요. 엄마가 꽃집 문을 닫고 남해로 가시는 바람에 다시 가 보지는 못했지만, 화구점의 이름이 뭐냐 하면요."

"강이 화구점."

"강이 화구점."

둘은 똑같은 이름을 말하고 똑같이 서로를 보았다. "설마?" 이 말도 같이 나왔다. 시곤이 차를 세웠고 뒷좌석의 브라프를 쳐다본 것은 동시였다. "브라프 너!" 하유와 시곤이 또 동시에 한 말끝에 브라프가 컹 짖었다.

"그 할아버지는 가족의 반대로 화구점에서 강이를 키웠습니다. 연세 때문에 더 이상 화구점을 운영하실 수 없어서 평소에 잘 따르던 저에게 강이를 분양하셨죠. 브라프는 우리 할아버지가 지어주신 이름이에요."

그러니까 시곤은 하유 뿐 아니라 강이, 브라프의 새 가족도 되어준 것이었다.

"난 코로나 시절에 그 꽃집 아가씨한테 꽃을 사기도 했었는데."

하유가 답했다. 그건 십중팔구 마스크를 쓰고 있던 저였을 거라고.

봄날, 밤바람을 타고 벚꽃 눈이 휘날렸다. 시곤이 차창을 내렸다. 브라프가 꽃잎을 받아먹으려고 혀를 날름거렸다. 꽃잎 하나를 낚아채더니 코까지 벌름거렸다. 또 다른 꽃잎은 브라프의 옆에 놓인 책에 내려앉았다. 꽃 그림의 책 표지는 이랬다.

세상 어디에도 없었던 보타니컬 아트와 동화의 만남

<감꽃 길 시골하우스> – 설시곤과 여하유 부부

❦ 설시곤의 꽃말은 <여하유> ❦